冷月光

LENGYUEGUANG

陈 婧◎著

中国文史出版社

图书在版编目（C I P）数据

冷月光 / 陈婧著. -- 北京 : 中国文史出版社,
2021.12
（锐势力·中国当代作家小说集）
ISBN 978-7-5205-3421-5

Ⅰ. ①冷… Ⅱ. ①陈… Ⅲ. ①中篇小说—小说集—中国—当代②短篇小说—小说集—中国—当代 Ⅳ. ①I247.7

中国版本图书馆 CIP 数据核字(2021)第 246747 号

责任编辑：全秋生

出版发行：中国文史出版社
地　　址：北京市海淀区西八里庄路 69 号　　邮编：100142
电　　话：010—81136602　　81136603　　81136606（发行部）
传　　真：010—81136655
印　　装：北京温林源印刷有限公司
经　　销：全国新华书店
开　　本：787mm×1092mm　　1/16
印　　张：15.25　　字数：240 千字
版　　次：2022 年 3 月北京第 1 版
印　　次：2022 年 3 月第 1 次印刷
定　　价：58.00 元

目 录

永利街的救赎 / 1

辽阔之地 / 34

冷月光 / 52

邂　逅 / 69

夜　葬 / 104

西部惊梦 / 111

噩　梦 / 132

草长莺飞醉春烟 / 163

盐　罐 / 186

他们曾经相爱 / 207

永利街的救赎

1

这个冬天是乔麦住到永利街来第一次觉得不好。

因为冷，街里的老人都不出门，看不到老人就看不到祥和，这条街里有几双似曾相识的眼睛，也已经很久没再遇到。只有一条狗，是一条蓬松漂亮的萨摩犬，在雪地里快活地打着滚，像干洗一样要把身上清理干净。

乔麦也很想跳进雪地里洗一洗，她总觉得自己脏，怎么洗澡也洗不干净。

冬季之前的秋天发生了很多事情，乐乐回来以后，一直住在她这里，这座城市离老家不远，可以遇到很多以前的同学，乔麦是他们心中的白天鹅，而他们一直在私下议论乐乐是在北京当“小姐”。乐乐的“脏”让乔麦逐渐觉得自己也脏了，于是乔麦在他们面前闭口不提乐乐回来了，和自己住在一起。

直到乐乐跟老樊有了故事。

乔麦无法想象，乐乐不费吹灰之力就毁掉一切，曾那么宠爱自己的老樊，是那么迅速地喜欢上乐乐，乐乐让乔麦尝到失宠和妒忌，乔麦甚至自惭形秽，不想再活下去。她无数次在心里想杀人，乔麦想杀掉的人就是乐乐，但她没想到世间真的有巫术，只用意念就能杀人，乔麦在剧烈的仇恨中，只是一个意念就把乐乐送到了那辆车前，那辆车在“吱吱”作响的刹车声中，还是把乐乐撞得飞起来，乔麦看到老樊从屋里冲出来，那个曾经全心庇护着自己的男人，冲过去呼唤搂抱乐乐，不停地给急救中心打电话，乐乐现在躺在重症监护室里昏迷不醒。

雪不眠不休地下着，乔麦蜷缩着身体来到医院，透过玻璃看到乐乐苍白的脸，乔麦祈求她不要死去。乐乐的车祸事件被放在了网上，无数人关注她的生命，乔麦也耻辱地混迹在里面，因为撞倒乐乐的是一辆日系车，所以当她昏迷不醒，只能在网络空间宣泄愤怒的虫虫们说，美女一定要挺住，让那个买小日本车的卖国贼直接去见鬼吧。

乐乐就是这样的女孩儿。

无论走到哪里都不平静，乐乐总要与众不同，引人注目，嘲弄众生。大家都痛恨日系车，当它们停在街边不是被砸就是被画得乱七八糟，她就被一辆日系车撞了；在高中时尽管乔麦长得不错，成绩优秀，但乐乐却提前发育，风情万种，成为男生心中最向往的女孩子；前阵子乔麦和老樊的感情正浓，乔麦感到这是她一生最爱的男人，乐乐搅进来了。她病历上的家属签字，是老樊的，因为她一直对老樊说，她没有父母没有姊妹就是个野孩子。

老樊的心又细又软，为了女人的不幸他的眼睛里会蓄起泪，乔麦真恨乐乐，有关她与老樊的一切都会令乔麦仇恨。现在乔麦能坦然面对脑海闪过的念头，不再避开了，乔麦不再觉得自己很有道德，或是畏惧道德了，乔麦已经知道自己是个天生有恶念的人了，以前的清纯善良只不过没遇到时机。现在乔麦只想做一个更了解自己的人，乐乐就因为她身上那种坦然，而让乔麦心底一直觉得自己其实不如她。乔麦满含恐惧地再次祈祷她不要死去，因为如果那样自己的恶念之罪将永远无法洗清，乔麦不相信人的意念真的可以杀人，但看到乐乐真的要死去了，乔麦匍匐下身体，忏悔自己曾诅咒她死去。

乔麦认真地再无躲闪地开始想，为什么要恨乐乐。

乔麦确定地知道出事前自己已万分厌恶乐乐，自己曾那么爱她，哪怕是假装爱她，而她却一直在用自己的可怜打动老樊，用自己所有的优势诱惑他。她的优势乔麦都知道，乔麦承认她比自己更深谙情场，更懂男人，更有趣，更性感，而老樊真是个外冷内热、多情而难以捉摸的男人。

乔麦已经被关于这件事的思考磋磨得血肉模糊，可她还在思考，她认为乐乐也许根本不爱老樊，她可能为了报复自己，或者她既想占有老樊又想小小地报复自己一下，可她无法知道，自己有多么痛苦！再没有什么比发现将失去一个男人的爱，更能让人感觉到爱一个男人，乔麦还无法放手，所以无法戳破，乔麦戳穿任何表面的现实也不戳破这个——老樊灵魂深处爱的一定是乐乐。

乔麦还在装作相信老樊的话，他说他爱的是乔麦，乔麦努力相信老樊爱的是自己，而努力延续与他的关系。老樊让人难以抗拒，乔麦一直喜欢比自己大很多很多的男人，他掌控着乔麦，虽然乔麦一直保持警觉，时而逃离，但他其实一直掌控着乔麦，他太富有掌控一切局面的能力，以及波澜不惊和女人生活在一起的能力，他爱女人犹如爱他酷爱的各种花草，他爱各式各样的。可他毕竟跟大部分男人一样，不再深究心灵的深处了，乔麦原以为他是确定的，因为确定而不再深究，确定自己的底线，确定自己要干的事，要爱的女人，等等。可他是那么不确定，所以乔麦悲哀地发现老樊他好外在，乔麦大学时选修心理学课程时，一个希望把心理学讲到最通俗的女老师说，我们常说那个人好外在呀……

只有一个外在的男人才会觉得能同时爱着两个以上的女人。

乔麦提炼出这个结论时，揪心地感到自己再也不会像以前那样爱恋着老樊了，这足以治疗乔麦可怕的妒忌，但乔麦知道这不是好的办法，乔麦开始比任何时候都死寂地待在永利街的房子里，希望再次遇见那些似曾相识的眼睛，乔麦相信他们一定在暗示着什么。

2

乔麦和乐乐一起在县城长大。

乔麦的家在老县城中心，乐乐的家在北郊，北郊那片儿生活着大部分城里的菜农。北郊在乔麦的印象中不好，总飞着苍蝇。但北郊的边缘，那一片包裹着河岸线的香橼树林里，有一座残破的天主堂，天主堂拾级而下就是护城河，乔麦喜欢，在小学时每周她都被乐乐带去玩。

天主堂有个做打扫的老奶奶，经常坐在石阶上休息。老奶奶给她们讲过许多故事，乔麦记得最清楚的是摩西王子的故事，摩西出生时埃及城正在灭绝犹太人，法老下令所有出生的以色列男婴都要处死，父母把他放在木盆里漂走，一路漂到皇宫被王后收留，摩西长大成为埃及的一个王子，但他看到受苦难的以色列人时感到痛苦，最终他遵从内心，带领以色列人出埃及，过红海饮沙漠甘泉，到达迦南地。听完这个故事乔麦和乐乐都觉得神往，两个人一起傻坐在石阶上，幻想县城的护城河里曾漂过一个木盆婴儿，于是小小护城河被神圣的光环笼罩。

后来老奶奶又讲，这座天主堂曾住过一位罕见美丽的英国修女，老奶奶的奶奶见过，老奶奶的奶奶那时只有十八岁，有一天在水边洗衣服，那个修女突然降临，站在她身边，用不太流利的汉语向她询问教堂在哪里。修女的身体苗条修长，美丽仁慈的蓝眼睛像磁铁一样吸引了她，老奶奶的奶奶情不自禁扔下衣服，跟随她去了教堂。老奶奶告诉乔麦和乐乐，人死的时候会有天使来带领进入天堂，乔麦和乐乐于是都觉得死是件快乐的事儿，她们俩许下一个共同的愿望，死的时候一定要看到天使的模样，然后坐上天使的翅膀，到温暖的天堂。

长大后乐乐却完全否定这段故事，每当乔麦说很想念那个老奶奶，乐乐就说老奶奶纯属扯淡，这么偏远的内陆小县城，怎么可能住一个美丽的修女，如果那儿真住过那样的人我妈就不会是那副德行了，修女的身边不可能出那种只有猪窝里才出的女人，真亏了老奶奶编出那么多修女的故事骗人。

3

乐乐死气沉沉地躺在监护室的第十天，医生拿着一堆检验报告过来对乔麦和老樊说，明天再不好转希望就不大了，这时乔麦看到老樊的眼睛里弥漫的哀伤，他的脸难过地抽搐了一下，他的表情使乔麦一瞬间再次希望乐乐死去，自己再也不用品尝这种痛苦。

但乔麦知道乐乐不会轻易死掉，她的生命力旺盛，从来是个自己主宰自己的人，她对死活一直无所谓，小时候她就为了见上天使一面说愿意杀死自己。后来每次谈这件事她都笑得一塌糊涂，最后她总看着乔麦说，我怀疑等我们千呼万唤见到天使时，发现她长得原来跟你一样乔麦，要知道天使散落在人间！

乔麦的心被“哗”地温暖了一下。乐乐是在夸她，乐乐是个桀骜不驯、满嘴脏话的女孩儿，唯一在说乔麦时常常目光温柔，没有鄙夷不屑和贬损。乐乐的家太穷，她是养父母抱养的孩子，她把自己称为引窝蛋，引窝蛋是菜农们放在窝里引母鸡下蛋的那只蛋。乐乐的父母抱了她以后就连生了一儿一女，所以乐乐的学名他们都没认真取过，养父姓王，她的学名于是就叫王乐乐。那时的乐乐很古怪，想跟乔麦她们那一帮穿得漂亮的女孩儿玩，又冷冷地傲气地假装从她们身边经过却不理她们，直到乔麦主动跑过去把她拉进小朋友中间，大家才发现她那么好玩，她又野又会玩，像头生机勃勃的小鹿，鬼主意很多，知道很多好玩的地方。有一天她把大家带到了天主堂，她爬到香橼树上把清香的果子摘了丢下来，女孩儿们都用裙子做成围兜接住了一枚，然后拎着裙子围着香橼树欢叫，只有乔麦看见乐乐跳下树后摸着自己脏兮兮的裤子，忧郁的杏眼里充满了羡慕。

4

医生的话使老樊坐立难安，他对乔麦说他公司有事要先走，问乔麦可不可以在医院多待一会儿，乔麦点点头把他送到医院门口，自己返回监护室窗口，静静打量着乐乐。

乐乐躺在病床上，身上插满各种管子，营养药物使她的面容饱满起来，恢复了童年时的恬静，看着她的圆脸杏眼，乔麦感到恍惚，觉得又回到了童年。如果明天是乐乐重要的日子，乔麦想好了，决定明天不过来，因为老樊一定会来，既然他还是那么地使自己容易痛苦，他和乐乐那么多秘密他都不向乔麦坦认，乔麦也不会把关于乐乐的全部故事告诉他。老樊离开医院时乔麦发现他在消瘦，他那若即若离的一搂，使乔麦噙着泪扭头快步离开了他，乔麦承认女人的心容易反复，连自己也无法了解自己，前一刻她觉得已经不需要老樊的爱情了，可一见到他就再次溃不成军，他的脸是那么熟悉和亲切！他对昏迷不醒的乐乐的照顾，使乔麦看到他比自己所能了解的更善良，他牢牢地站在这土地上，信奉并实践他自己的人生哲学，让乔麦的那一点形而上的思索化为泡影，乔麦颓然发现自己依然爱他。

乔麦离开医院时已筋疲力尽，她步行走回永利街，元旦将近，新的年份要开始，小区门口搭了一个舞台在表演节目，顺便推销榨汁机。乔麦觉得冷，仿佛全身已经冻僵，连血液都要凝固，她用手裹紧羽绒服，挤进人群中站着，希望人间烟火温暖自己，她感觉快要在这个冬天死去。

乔麦抱紧肩膀站在人堆里，孤独和寒冷使她留恋人群，她对人群的哄笑毫无知觉，只茫然地盯着台上忘乎所以的演员，直到下一个节目开始，是一位小有名气的歌星，人群忽然兴奋地涌动，乔麦被推搡时感到人群外有一束微光，她扭过头迎着微光走到场外，洁净的空气扑面而来，乔麦终于再次见到她等待的眼睛，似曾相识的眼睛。

这眼睛乔麦在永利街见过三次，一次是个雍容慈祥的老太太，她跟乔麦对完话就不见了，然后乔麦在无比欣慰的心情里看到了天空的异象，一朵像长着翅膀的天使般的浮云。还有一次是一个美丽的妇人，她用喜悦赞赏的目光绕乔麦一圈，似乎观赏文艺女神，然后不见了。最后就是这个年轻男人，他们一同从公交车下来，他驻足让乔麦先走，注视着乔麦的眼神充满爱意，眼睛显得那么亮，乔麦确定他不同于老人和美妇，他一定真实存在，因为他再次出现了！在这样的夜晚，他奇迹般再次出现，他见到乔麦出来深深地看了她一眼，他对乔麦点点头，然后在前面走着，像领航一般，乔麦被冻结的血液复苏，呆呆站立原地，看着他走进蔷薇家园，他用背影告诉乔麦，他也住在这个小区。

5

乔麦一直喜欢比自己大很多很多的男人。

她喜欢男人的皮肤略显粗糙一点，眼角有皱纹无妨，当他笑起来，每道皱纹里都有故事，关于野心带来的深痛巨创，或关于女人的故事。而那个关于女人的故事，男人永远也不会告诉乔麦他的真情实感，他外表冷漠内心深情，像一生只爱过一次一样地，只爱乔麦。

乔麦知道自己关于爱情的理想近乎荒诞，就在她已经要放弃这个理想的时候，这个人居然出现了，他就是老樊。

认识老樊在一次颇费周折的画展，两个画友拉赞助乔麦沾光，办了一场三人的油画展，那是乔麦有生以来的第一次办画展，此前她一直觉得自己的画还不够好。画展结束后答谢赞助商，乔麦被安排在一个显然是主宾的男人身边，他说话不多，众人却把焦点定格在他身上，大家都把他喊樊董，乔麦认真地看了他一眼记住了。

觥筹交错间大家提起画展上乔麦的画卖得奇好，她那些色彩迷人的静物，基本都被买走，画友们有点羡慕地调侃说，全被有钱又附庸风雅的阔太太买去装饰屋子了！乔麦并不介意，这时身边的男人突然插话说，乔麦的画我也买了一幅，我觉得她的画功很好，有这样的底子日后会有好作品。

他熟练地呼喊着乔麦的名字，他的眼光很准，这也是乔麦并不自惭的原因，经他说过之后众人纷纷点头称是，乔麦着实感激地向他举杯，他偏头致意时乔麦看到他的全貌，他有着乔麦希望的一切，他的年龄他的皱纹他的眼睛，乔麦坐在他的身边，嗅着他身上阵阵扑来的气息，画友们告诉乔麦，樊董是金牌王老五。

老樊的身体瘦长结实，有一张耐人寻味的英俊的脸。在一起后乔麦曾问过怎么称呼，他说你叫我老樊。他告诉乔麦只有她可以这么直接地、亲昵地叫自己，自己很喜欢听。第一次乔麦这么叫老樊时，他抿嘴笑了很久，脸颊挂上两道笑痕。

他从不讲自己的事，乔麦只知道他大学毕业后居然蹲过两年监狱，为了什么是个谜，但现在很有钱，经营着一家大的房地产公司，独身主义者。乔麦从不问他的私事，也从不去他的公司，他的一切乔麦从未觉得与自己有什么关系，乔麦只享受着他的爱情。他在乔麦面前奇异地温和，温和得像一个慈祥的父亲，处处迁就，偶尔也幽默地嘲弄她一下。如果乔麦突发奇想要听听他和他的女人们，他总会不厌其烦地正色下来，用眼睛看着乔麦的眼睛说，你是我现在的唯一。

乔麦无从对他的女人们有想象的空间，竟逐渐在他的怀抱里安顿下来。

6

乐乐打电话说要离开北京回来跟乔麦暂住的那天夜里，乔麦又做那种同样的梦了，一个陌生女人的身体，胸部柔软充满弹性，从她身后紧贴过来，双手从她的腋下攀绕过来停留在她的乳房上，乔麦在半梦半醒之间感到快乐和冲动，女人用缥缈的声音跟乔麦说，不要男人，我们俩一样可以幸福地生活在一起。

乔麦开始感到不对，使劲挣扎，从这个梦中惊醒时她一头汗水，选择性遗忘的那段生活再次重现，她无法回避地记起自己也曾在北京生活过，使她仓促离开的不是梦想难成，而是这个奇怪的梦。

那时乔麦和乐乐合住一间地下室，日子很苦感情很深，乐乐把乔麦照顾得很好，她在一家房产公司售楼，乔麦没有收入她养着，乔麦生理期的时候，乐乐不让她碰凉水，帮她洗带血的内裤。乔麦第一次做这个奇怪的梦惊醒后，她看到乐乐睡在旁边，睁大眼睛看着自己，乔麦狐疑地盯着她说，天啊，我刚做了一个可怕的梦。

什么梦那么可怕？乐乐怪异地看着她。

一个无法描述，恶心的梦。乔麦回答。

乐乐不悦地板下脸，你神经有问题。之后就把脊背对着乔麦睡着了一夜。一周后乔麦决定回家，她记得乐乐的一切好，当年她推着行李到达北京西站，是乐乐接她，她睡在乐乐租的地下室，北京的冬天那么冷，调休时乐乐约了附近几个富婆在楼上打麻将赌钱，她总有办法赢她们，一条黄段子，几句俏皮话都能把寂寞的老女人笑得眼泪流，因为和乐乐在一起的快乐，她们不太在意输多少，家中老房子拆迁的赔偿款，下辈子都花不完。乐乐不在家睡的夜晚，走时总没忘记把电热毯提前打开，让乔麦在温暖的被窝入睡，她轻手轻脚地走，叮嘱乔麦锁好门。乔麦早上醒来会留在家里画画，时间一到开始洗菜做饭，乐乐到家时午饭正好热气腾腾摆在桌上，晚上乐乐不让乔麦动手，她会带好吃的回来，或是乔麦画画她做饭。

乔麦走的那天乐乐特别烦躁，她买了月台票把乔麦送上火车，火车开动后她追着火车跑起来，围巾跑掉了也不管，乔麦对她挥手，看到泪水挂在乐乐的脸庞，她的圆脸和杏眼，乔麦撕心裂肺地掩面抽泣。

7

乐乐回来的这个夏天，天气异常炎热，乔麦在电话里毫不犹豫地邀请她先住自己这儿，我会好好照顾你！她欢欣地对乐乐说。

通完话，乔麦甩甩额头上沁起的汗珠，热得不像样子的夏天乔麦也从不疏忽，赤脚裹一袭米色的连身长裙，老樊说乔麦穿这条裙子像自由女神般修长轻盈，他说话时无限向往地看着乔麦。乔麦在画室安了一张单人床，她打算把卧室让出来给乐乐睡，她满心都觉得亏欠乐乐，在她住进来之前，愿意无微不至地为她布置房间。乔麦忘不了十五岁那年，乐乐从她家被赶走，那天乔麦受命对离家出走暂住她家的乐乐说，我妈说你老住在我们家还是不好，还是回去认个错，跟父母和好吧。

当乔麦艰难地说完这番话时，难过得几乎发出哭腔，乐乐的脸色变得苍白，深潭一样的大眼睛忧郁地看了看乔麦，然后沉默地收拾完东西走了。乐乐在乔麦家住下时那么开心，每晚都哼歌，乔麦喜欢听着她的歌声入睡。现在乔麦有自己的住处了，很愿意重温那种生活，她在给乐乐收拾房间时尽心尽力，一点都没考虑到老樊，直到去卧室橱柜搬东西时，看到自己画的那幅金刚人猿，才想起居然没跟老樊商量过，她把金刚拿出来挂上，打电话让老樊过来有事商量。

乐乐必须住在这儿！乔麦讲明一切后撒娇地对他说。

老樊听完后揽着她的腰嗔责，生活怎么都不规划，那我来了怎么办呢？

把你挂到墙上去，乔麦嘻嘻笑起来。

老樊喜欢看乔麦的笑脸，宠溺地捏捏她的鼻子，转头指指墙上的金刚问，和它一样挂着？他跟乔麦逗乐，乔麦向墙上巨猿眼睛的深处看去，老樊的眼睛被乔麦画进它千丘万壑的黝黑额头下面那双无辜痴笨的眼睛里去了，两人的眼神非常相似，乔麦熬夜画它时，心中涌动着莫名的情愫，一边画一边流着泪水，乔麦坚信世间有这样极致的美，画完后她把画用红布盖住，揭布时把老樊请过来，他没像其他人那么说，哟，为《金刚》画了幅电影海报来着！他说的是，那是我吗？乔麦因为他惊人的艺术感受力而踮起脚主动吻了他。

8

乔麦是如此喜欢自己住的这条街。

它的名字叫永利街，一个通俗得无法产生任何联想的名字。乔麦希望它像它的名字一样不起眼，永远就这样悄悄的，只有乔麦知道它所有的好处，而不要再被别人发现。永利街内是不通机动车的，虽然它的巷子并不十分狭窄，但巷口的两棵大桂树像门神一样挡住所有车子，没人舍得也没人敢提出移走这两棵树，要移树肯定要先问树下那些静坐的百岁老人。没有车进，那一株株一直延伸到巷子深处的蔷薇疯长，醉了乔麦的心。就这样乔麦每天略带闲适地进出，心情是喜悦的，她想这一切都因为有老樊，房款是向老樊借的，没有老樊她现在无法拥有这一切美好。但乔麦很自傲，她娇俏地回眸一笑说，将来我成名后一定卖画还你！老樊故而也从未说过要她嫁自己，不要还钱要她的人这类的俏皮话。乔麦故而也从未对他的到来欢欣雀跃，酣畅地表达，她只微微一笑，安静地注视着他，然后等待他上来饥渴地拥吻。

六十八路公交从巷子口经过，这是全市唯一巷口通公交的街道，在乔麦住的蔷薇家园楼下围墙外面有一站，途经青年公园和购物广场，驶向高铁站，满足了乔麦对生活的所有需求。乔麦常常定定地坐在站台的木条椅子上等待六十八路公交来带她去公园漫步，去购物，或带上她和作品去另一座城市参加画展。

巷子祥和，也成了流浪猫和狗的福地，总有老人和孩子喂它们食，乔麦曾有一次坐在木条椅子上时，看到马路中间压死一只刚满月的猫咪，它的小头颅乖顺地贴在地面上，就像睡着了。乔麦心疼不已，穿过车流去把它抱回来，站台就有一个慈祥的老人过来接手，她的眼睛在白日光明中让乔麦一震，她看着乔麦说，丫头你的心地很好，把它交给我来处理吧，它还小呢。

老人怜惜的目光投注到小猫咪身上，小猫咪在她的手上醒过来，抬起脸看着老人柔柔地“喵”了一声，纵身一跃回到蔷薇花丛中去了，老人庄严仁慈地看着猫咪离去，乔麦瞪大眼睛，想确认那一幕时，忽然间老人就不见了。乔麦急切地四处张望，最后抬头看天惊诧不已，在蓝蓝的天空，乔麦赫然地看到一双雪白的翅膀。乔麦没有把这个告诉任何人，乔麦决定把这谁也不会相信的异象埋在心里，乔麦知道连乐乐也不会相信，尽管她们俩小时候躺在护城河边的草坪上时都信誓旦旦说自己看到天上云层里长着翅膀的天使了，但现在的乐乐会斥责乔麦说胡话，是天天画画产生的幻觉。如果乐乐来住，生活可能要暂时改变一下节奏，她骂骂咧咧，抽烟喝酒，还有晚睡的习惯。

9

在乔麦把蔷薇家园的首付交完之后，老樊拿来一百万，让她把房子全款付清，他们的爱意正浓，乔麦接受了。

当乔麦认真地对他说，等我钱一凑齐就还给你。

老樊回答，有了就还，没了不还，好吗？乔麦坚定地强调——一定要还的。老樊没有求婚，没有坚定地强调不要她还钱，乔麦心里隐隐失落，虽然她明知老樊是独身主义。乔麦也并不渴望结婚，她觉得自己也许不够爱他，否则一个女人对一个男人爱到极处不就是要和他结婚，完整拥有他，当然也包括拥有他的钱吗？乔麦意识到自己变成跟乐乐同一种逻辑，立即根除自己希望老樊送这套房子的潜意识，乔麦一直认为自己和乐乐是不一样的人，是不要男人花钱供养的。

乐乐不同，乐乐从北京打回电话时，给过乔麦很多建议——男女无友情，他妈那些嘴里喊着友情的男女，背后都有一腿，每一个男人都愿意左拥右抱，所以不要幻想爱情傻妞。她的种种言论乔麦已经听腻了，高中毕业乔麦考上浙江一所不错的美院，而乐乐只在本市读了财校，然后出门北漂，现在两人都已长大，大到乔麦再也不愿别人教自己该怎样了。当乔麦不耐烦地沉默着，乐乐了如指掌，她无所谓地在电话另一头一边点烟一边说，哼，知道你不喜欢听我老这么说，我们眼中的世界的确不可能一样，我们生来不同，你是娇小姐，我是贫民窟的下等人，对吗？

乐乐的语气让乔麦心里涌起怜惜。就在乐乐即将回来的前一个早晨，乔麦从一夜酣睡中醒来后异常清醒，忽然想到了老樊和钱的事，乔麦在一激灵中发现，自己和乐乐骨子里其实是一样的，自己其实已经累了，很希望老樊毅然决然地说房子就是买给你的！既然自己心底有这样的想法，那乐乐又有什么错，乐乐认为男人爱一个女人就应该为她花钱，自己又有什么资格一边花着男人的钱，一边看不起乐乐，乔麦在异常清醒的早晨清醒而愧疚地发现，自己从来就在轻视着又可怜着乐乐，而还自认为自己是有道德的人，她一下呆坐在床边不知道该如何面对乐乐了。

第二天的下午乐乐到了。

乔麦从窗户往下看到一个戴着墨镜、拉着皮箱的漂亮女人走进小区，就开始心花怒放地静静观察，乐乐向保安问路时取下了墨镜，乔麦觉得她彻底变了，她的脸不再是圆圆的，她的下巴变得很尖，容貌像一朵盛开的牡丹，但她的杏眼略显松弛，瞳仁里已经没有童年的忧郁，代之的是空洞和放纵，涂得血红的嘴唇使她一袭黑衣显得鲜艳、肉感。乐乐的小腿迈动着，“弗朗西斯卡般的小腿”，乔麦总喜欢把生活中的各种美与她酷爱的艺术形象扯在一起，所以乐乐的小腿，结实的生命力强大的小腿，她告诉过乐乐，那是“弗朗西斯卡小腿”，现在她终于又见到了，弗朗西斯卡小腿裹在丝袜里有力地向前走着，那么熟悉而亲切，乔麦的心里涌起强烈的爱，她想起了她们俩的童年和在一起相依为命的北京生活。

进门后乐乐热烈拥抱乔麦，用手指着墙壁说，那家伙还不错，对你还算负责任。

乔麦立即纠正，不是那家伙，这是我自己买的，钱以后会还他。

好吧好吧，乐乐看了乔麦一眼，你买房，他掏钱！你们什么时候结婚？

不会结婚，早晚会分开的，他是独身主义者。乔麦接着又再次对乐乐强调，房子是我买的，确实向他借了钱，说好以后会还的，我已经在存钱。

乐乐盯着乔麦，半晌忽然说，乔麦你还是这样！三十岁女人的天真并不好玩，男人给情人买一套房子没什么大不了，女人也得为自己打算。你还是那么喜欢骗自己，凭你现在的收入还得起吗，不就是陪他两年拿身体兑现算了。

乔麦愣住了，乐乐比以前更锋芒毕露，她对乔麦轰炸一番后，又歉疚地搂搂乔麦的肩膀，乔麦耸耸肩心里很难过，她认为乐乐说的有可能是对的，她确实在自己骗自己，艺术之路从不轻松，在艺术界成名没有偶然，凭着自己的勤奋和老樊有限的推崇，她也只是在这座小城市冒出一点尖尖角。乐乐当过裸体模特，对艺术圈洞若观火，她在北京时就爱这样，一边照顾她一边讽刺她，让乔麦觉得她像妈妈一样啰唆。乔麦觉得生活尽可以简单，但不能没有美没有艺术，而乐乐说如果没有饭吃艺术也会变成豆腐渣。的确乔麦在北京没有靠卖画挣过多少钱，没有乐乐乔麦可能露宿街头，有时乔麦无力地感到她被父母保护得太好，他们不让孩子去经历人生苦难，但终有一天苦难会降临，在这一点上乔麦是自卑的，她认为乐乐更了解人生的真相，更能挣钱，并且被丢到北极也会活着回来。

乐乐喊累要两人一起去床上聊，刚躺下她就睡着了，乔麦看着她熟睡的脸，忽然发现她跟老樊很像，老樊也会委婉地赞美式地批评，老樊说，乔麦你是个多优雅的女人啊，如果再接一点地气，你会成为杰出的艺术家。乔麦明白老樊和乐乐说的是一个意思，老樊一定也在心里笑过自己，一个跟他绕圈的女人。所以他好脾气地哄着，好吧有了就还没了就不还。乔麦这时忽然剧烈生气，并羞愧自己从未积极筹措资金来还他，乔麦总是刚存上一笔钱，又因为要实现一个愿望，去冬天的内蒙古采风，然后用完了。唯一使乔麦骄傲的是房款的首付是乔麦自己交的，虽然钱是爸妈给的，然后乔麦就理直气壮地一再强调他那一百万是借的，会还上的。

第二天乔麦在一个叫小南国的酒楼里招待乐乐，与乐乐一同上楼时，乐乐像女王般丰满自信，颐指气使，服务生男孩儿诚惶诚恐地把她们带到包间。乐乐低声对乔麦说，这一定是个刚从老家出来的山炮，你等着看我来逗逗他。

乐乐捏着菜单，眼睛却盯着那孩子，小帅哥，你来帮忙点。

男孩儿忸怩地走过来，接过菜单，乐乐在乔麦耳边说，他们领班一定交代过要推哪几个菜。于是转过脸凶巴巴地对他说，点得不好吃的话你可得负责吃完！

那孩子吓得脸色都变了，说他去找领班来点。

男孩儿仓皇逃出去后，乔麦从桌子下面踢乐乐脚尖，乐乐哈哈大笑起来，逗他玩玩而已，看他吓得，以后怎么混社会呢。

领班是个八面玲珑的女孩儿，乐乐正色点了一堆吃喝，全是家乡菜，嚼得津津有味。乔麦看着她，还是由衷高兴她回来了，乔麦说改天介绍老樊给她认识。乐乐嚼着黄瓜戏谑地说，你不怕我把他抢走啊。

乔麦轻松地说，你要喜欢，只管拿去好了。

她们相视而笑。

10

老樊开始约乔麦外出，知道蔷薇家园不方便后。

他教乔麦学车，拿出很多时间，一直到乔麦能优雅地转动方向盘，他陪着她在山山水水间徜徉，拉练。乔麦开着车，信马由缰，这天他们闯进一座夕阳中的小镇，看到炊烟和落日时老樊问乔麦能不能逗留一晚上，乔麦有点感动，点头答应了他，他们没有在外面留宿过，除了偶尔两次他赖在蔷薇家园同住，乔麦从不主动挽留他留下过夜，她一直小心地维护着自己的尊严。

老樊在镇上找到一家干净的小旅馆，当乔麦从狭小的卫生间冲完澡，他伸出长胳膊轻轻一抱，乔麦落在铺着雪白床单的小床上，他们都为守在一起的感觉微微震动，这一夜乔麦柔情似水，一直依偎在他的怀里，夏末的小镇旅馆依然有蚊虫飞舞，他起身拿驱蚊水为乔麦涂抹时，乔麦在月光里对他讲起乐乐。乔麦讲了这个圆脸杏眼的女孩，小时候眼神那么忧郁，她不是父母亲生的孩子，她不知道她的亲生父母在哪儿，父母领养她以后又生了，她显得有点多余，于是乔麦就经常跟她玩。她讲她们小时候常去一座老天主堂，天主堂的老奶奶很喜欢她们，她是位虔诚的天主教徒，长着一张椭圆祥和的脸，一双仁慈的眼睛，她告诉她们，人死的时候会有天使来带领进入天堂。乔麦和圆脸杏眼的女孩于是都幻想过，长着翅膀的天使的存在。

老樊搂着乔麦，把下巴放在乔麦的额头轻轻蹭着，等乔麦讲完，他忽然问乔麦，知道撒旦吗？那个诱惑亚当夏娃偷吃禁果的蛇，就是他变的，而他也曾是六翼天使。

乔麦抬起脸向老樊看去，他的眼睛充满爱意地笑望着乔麦，他关于天使的这一番谈论却使乔麦意外，使乔麦觉得他神秘莫测。乔麦娇声说，你怎么知道这些事啊！她把脸贴到他的胸膛，在微微的不安中感到强烈爱他。

乔麦和老樊在清晨一同醒来，窗外下起大雨，他把外套展开，裹着乔麦，带她到街对面吃早餐，在外套下的狭小空间里，他紧紧搂着乔麦，吻乔麦的嘴唇。

11

乐乐一直在找工作，每天俊俏地出门。

终于在一个秋末的晚上，乐乐宣布找到理想的工作，乔麦、乐乐和老樊，他们三人一起吃饭了。

乐乐最后到，她仿佛知道老樊喜欢看什么样的女人，在第一次攻占老樊的眼睛时，她穿着一件及膝的风衣，脚上是羊皮小靴子。乐乐坐下后看着老樊说，呀好熟悉，上辈子一定见过。

老樊一定是这世界上唯一在初次见面时没听过乐乐脏话的人。这个玩笑一点都没有冷场，乔麦先笑了，乔麦是如此乐意乐乐与她引以为傲的男友交好。乔麦像献宝一样，对女友介绍着男友，对男友介绍着女友，一杯扎啤喝完后乔麦诚心而傻气地追问老樊，你觉得乐乐漂亮吗？

老樊淡淡一笑，不肯回答。

乐乐是个美丽的女人！乔麦大声地由衷地对他赞美，乐乐笑着嗔责乔麦傻瓜。乔麦则抱着两人的头，将两人拥在一起，她是高兴得有点醉了。

当用餐结束桌面撤干净时，老樊给乐乐和乔麦各递了一杯水，乔麦看见乐乐展颜一笑，回报他一个极其撩人的眼风，看在乔麦眼里一样很开心，乔麦觉得这是老樊魅力的象征，乐乐愿意为他文雅起来，愿意拿这样的眼神看他，说明连乐乐也喜欢他。

乔麦事后问老樊看见了吗，他面无表情摇摇头说没注意。

12

老樊对乔麦来说逐渐变成一个陌生神秘的男人。

乐乐和老樊是什么时候开始私下联络的，乔麦完全不知道，是乔麦让他们互留电话，以后三人就是共同的朋友了。乔麦幸福于这种结构，他们俩都是乔麦爱着的人，三个人像哥们儿一样喝酒聊天，最开心的当然是乔麦。

起初老樊提不起什么兴趣，有乐乐在他非常沉默，两个女人逗乐时他只牵牵嘴角，算是笑。后来熟了，乐乐把他逗得大笑起来，乐乐敲着桌子要他的烟抽，嗔他为“抠门的财主”，乔麦大笑起来，老樊看到乔麦如此开心，他的笑容也绽放出来，乔麦跟乐乐掺合在一起，她们一同向他乞讨一支烟，并喊他“抠门的财主”！

老樊跟她们玩闹起来，他的烟被她们疯狂地抽完了，他把最后一支叼在嘴里逗她们，耸耸肩对她们摊开手说没了，他说话时烟却根本不掉，他跷着二郎腿坐着，脸上挂着戏谑的笑容，乐乐拿起火机“噌”地把他嘴上的烟点着，他居然不用动手也能抽烟，乐乐看呆了，大笑着推了他一把，你这个家伙，你有毒啊你！

乔麦羡慕过乐乐与男人熟络的这种能力，当乐乐一来到乔麦的面前，乔麦总变得暗淡无光，她觉得自己完全被乐乐的光芒盖住了，乐乐更洒脱更丰满更具吸引力，乐乐更放纵更直接能给予男人无限的轻松。乔麦觉得自己把她看得很低也看得很高，把自己看得很高又看得很低，一定是出问题了，这太分裂，乐乐对乔麦有奇怪的影响力。

乔麦很留恋三人聚会的欢乐，她喜欢这种朋友般的模式，而害怕过分卿卿我我的爱情，她害怕过分亲近，害怕婚姻的琐碎庸常，庸常之中的互生厌倦，乔麦要长长久久的爱情，要老樊永远爱自己，自己也永远爱老樊，乔麦满怀幻想和他终身相爱，绝不破除他的独身主义，乔麦也会独身，一直做他的秘密情人，乔麦要画出更好的东西，成为出名的画家，然后把这样的自己永远献给老樊。也许，乔麦才是真正的独身主义者。

13

乔麦第一次见到拿破仑，是在老樊公司的庆典上。

老樊公司十周年庆典，他说想让乔麦以女主人的身份参加！他笑着说的，难辨真假，乔麦的心激烈地跳动了一下。他说乔麦如果觉得不便可以带上乐乐，他为乔麦购置了礼服，殷切的眼神令乔麦幸福。

无论是不是女主人，这是一件大事。乔麦穿上礼服，一套黛青色的衣裙，非常华贵而别致。乔麦到时老樊很忙，他看见乔麦立即吩咐秘书过来接待，片刻他赶过来，在她耳畔低语，你太美了！众人颇多含笑侧目，但老樊并没有向嘉宾隆重介绍她，乔麦觉得自己多想了，不过老樊去迎客后，她确实在秘书的陪伴下坐在醒目的位置。

乐乐下班直接过来，她出现时宾客已经齐聚，她走进来，穿着红色抹胸裙，像一颗磁石吸引了几乎所有的目光，乐乐的精心修饰令乔麦感到惊讶，乔麦的心里开始有隐隐的不安，她看到老樊停留在乐乐身上的目光。

老樊对乔麦和乐乐介绍拿破仑，拿破仑是个不折不扣的小个子，狂放不羁，当乔麦发现他的轻狂背后还有书生气时，才开始不讨厌他。乐乐称呼他“拿破仑”，乔麦也这么叫他。

老樊做介绍时，拿破仑绅士地吻了乔麦的手背，他似乎已经认识乐乐，紧紧攥住她的手，意味深长地说，好久不见，乐乐小姐！

拿破仑把乐乐带到一边说话时，老樊毫无必要地对乔麦解释，上次你身体不舒服，我跟这家伙签一个约，把乐乐叫去了，她是个天生的外交家。

乔麦淡淡一笑，那是你的事，不用跟我说。

但乔麦的心却莫名伤了，她的脸色阴郁下来，不想自己显得太小气，掩饰地对老樊撒娇地说，你这儿太闷放我出去透透气！

老樊点头答应，乔麦转身离开他，独自在酒会上漫游。离开他乔麦感觉好多了，在灯红酒绿杯觥交错中，乔麦神思恍惚，灵魂出窍，她无拘无束地漫游在他的公司庆典上，对他的成就置若罔闻，对他的辉煌没有吐出一个溢美之词。

老樊落寞地看着乔麦的背影，她是理想的女伴人选，他不介意大家对他和乔麦的关系揣测，他喜欢从事艺术的女人，他告诉过乔麦遇到她以后自己变得安于经商，自己对艺术的理想由自己的女人在替他完成，他的生意做得越来越顺手。他想安排好乔麦的一切，让她不受琐碎世事的消磨，但每当乔麦漫不经心，说走就走，他总感到胸腔里传来针刺般的疼，只一下，时间很短。

乔麦走后，乐乐端着酒杯来到老樊面前，她的低胸晚礼服使她显得雪白丰满，乌黑的头发绾在脑后，在酒会上她灼伤每个男人的眼球，也包括老樊。乐乐踱过来时对他会心一笑，他的心立即变得很乱，乐乐从喊着他身上有毒的那个晚上，开始给他留信息：老樊，我们俩都是这美丽世界的孤儿。

乐乐的万丈光芒投向他，他只好退后一步，站在阴影里，公事公办地跟她说话，拿破仑带来的工程是这次公司十周年庆典最大的礼物，里面有你的功劳乐乐，我为你也准备了一个大红包。

乐乐的脸色变了，冷冷地说，我不要你的钱，有些男人的钱我要，有些男人的钱我不要，要情分。

老樊忧虑地看了乐乐一眼，门口有重要客人，他对乐乐说了声对不起转身走了。

乔麦已提前回家，她对老樊很失望，他总是那么让人捉摸不透，乔麦很不喜欢，自己并不会强迫他结婚，或一定要公开两人的关系，但他并没让自己有任何归属感。

14

乐乐变得常常莫名烦躁，她一个人在家时突发奇想，把乔麦的画室恢复成完整，把乔麦的东西全部搬回卧室，在客厅里把沙发改造成她自己的床，乔麦买东西回来看到她睡在沙发上，问她怎么了，她冷冷地看着乔麦说，我在找房子，很快搬出去，就这样先将就两天。

乔麦放下东西搂着她的肩说，我毕业那年去北京找工作，你也收留过我呀。

她轻轻推开乔麦，别总是这样可怜别人乔麦，如果再有机会，我不会像你这样客气。

乔麦很茫然，她隐隐知道为了什么，又不愿相信。直到乐乐在沙发上沉睡，乔麦夜里去洗手间，她的电话扔在地上挡住了乔麦的路，乔麦伸手拾起时电话刚好响了两下，是短信息，信息来源提示——老樊。

乔麦无法不好奇这条信息，因为上面闪动的是老樊的号码，他在凌晨一点给乔麦的好友发信息说，别胡思乱想了，快睡吧。

乔麦往上翻了一下，乐乐的信息跳出来：我不会伤害她，就让我爱你，我们瞒着她偷偷相爱吧。

乔麦明白这个“她”指的是谁，乔麦扔下电话，锁上洗手间的门，趴到马桶上呕吐着，压抑地痛哭起来。而乐乐则从假寐中直起身体，她知道乔麦在哭，她压抑着进一步行动的冲动，用被子“呼啦”蒙住头。

在乔麦沉默不语、病恹恹待在家里时，乐乐忽然心情很好地回来，站在小区楼下大声地叫乔麦，乔麦默默走到窗边，乐乐站在一台黑色的宝马车旁，抬脸对乔麦笑着讲电话，说要让乔麦看一个人。

说完她假装检查轮胎，踢踢前排右轮，对车里的男人说，胎没气了。驾驶室的小个子男人蹦出来看胎，她抬起脸冲着乔麦坏笑，男人明白是她使坏，于是也对五楼的乔麦报以坏兮兮的笑容。

乔麦扶着窗台看着他们静静微笑，那个男人是拿破仑，乐乐要搬走了，他来帮乐乐搬东西。乐乐临走前拥抱乔麦，轻描淡写地说要在拿破仑的公司上班，还说晚上有红月亮，想约大家一起到湖心公园去看。

乔麦并没跟老樊联络，他却过来接乔麦，车上坐着乐乐，乔麦上车跟她亲近地坐在一起，多谢她提醒自己看天文奇观。乐乐拍拍老樊的座椅说，是老樊告诉我的！

乔麦于是忽然觉得老樊如此陌生如此遥远，世上原来真的本无新事，当乔麦刚觉得爱上一个男人时，在世间演出过千百遍的烂故事发生在自己身上了，第六感觉告诉她，这就是一个关于背叛的故事，乔麦无法洒脱，心如刀绞而强装笑颜地继续坐着。

湖心公园的红月亮下已经站着一个人，小个子拿破仑。

乐乐告诉过乔麦，老樊和拿破仑在联手搞一块地，市里最后一块棚户区，地段非常好，乐乐说拿破仑因为手上有关系，已经收了老樊九百万用来打点。红月亮下的拿破仑先过来跟乔麦打招呼，乔麦看见老樊就在这时走向乐乐，用手指天上的红月亮给乐乐看，他们俩红月亮下的背影显得非常好看，拿破仑顺着乔麦的目光走过去，搂着乐乐的腰走了，老樊才回到乔麦身边问，今晚可不可以去蔷薇家园看你？

乔麦忧伤地回答，我们现在不是已经看过了吗？

他托起乔麦的下巴问乔麦怎么了，乔麦抗拒地挣脱了他，他用手把乔麦的肩膀固定住，询问地看着乔麦的眼睛，乔麦忽然幽幽地质问他，棚户区改造那个工程，你有没有做一个失去良心的商人？

他笑了，饶有兴味地说，你从不关心这个的！

乔麦压抑着愤怒，继续不信任的目光看着他——为了一块地行贿那么多，将来工程的质量有保障吗？棚户区老百姓的利益有保障吗？

乔麦在质问他时感到痛苦，她从不关心政治，更不关心生意，也许她痛苦的是，一个人怎么能那么亦正亦邪，他的心怎么能那么不可捉摸，那么地摇摆不定。他却认真地解释说，只是某些人损公肥私，便宜卖地罢了，我绝对不会利欲熏心，老百姓一定会得到利益，你只看阳光照着的那一面就够了。

我并没有看到任何一次拆迁老百姓得到真正的利益了，乔麦用伤心欲绝的眼神看着他。已经记不清是从哪天开始，乔麦觉得和他已相隔万水千山，她压抑着绝望对他说，看完月亮我要回家，我们分开一阵儿，都冷静一下。

他的脸色变了，紧张地问乔麦，怎么了？你最近总是不开心。

如果是从前他会毫不犹豫地回答，我永远不会和你分开！乔麦回答他的问话说，我想也许我弄错了，你并不是我想要的人。

老樊意识到不对，他看着憔悴的乔麦很心疼，没跟拿破仑和乐乐打招呼，他把乔麦拉进车里，就开回蔷薇家园。在乔麦开门时，他没等她把他拒之门外，就进门把乔麦按在墙上吻上去，他像一座火山，有点怒气又有更多的欲望。乔麦拼命挣脱他，多日的委屈爆发出来，乔麦近乎跟他厮打，他才放开乔麦，乔麦于是看到他的脸颊上挂着的那一串泪水。

老樊告诉了乔麦很多，在乔麦平静下来，乔麦以为那就是全部。他说他爱的是乔麦，但他很同情乐乐。乐乐怎么了？乔麦把脸扭在一边，毫无生机地问。

你不是也告诉我，乐乐很可怜吗？

她并不要别人可怜她，难道你不觉得作为一个人更需要的是尊重！你们要把我当个傻子一样瞒着，偷偷相爱，不是吗？

老樊的脸涨红了，很大声，想那样的并不是我，不要偷换概念！

乔麦被这个词刺痛，他喜欢嗔责乔麦偷换概念，但每次调侃时都那么温存，而今天他厉声指责自己，乔麦感到一切都完了，乔麦胸中仇恨那个女人，像头绝望的母兽，她转而开始指责乐乐，那她就是个无耻的人，既不尊重别人，更不尊重自己！

老樊意识到自己失态，开始搂她抚慰她，却接着说了一段更让乔麦伤心欲绝的话，他说——乐乐比你知道的更惨，初中三年级的时候她寄居在一位同学家，同学的母亲赶她走，她深夜在街上流浪，被一个地痞跟踪强奸，告诉你这件事是不应该的，她不希望我告诉任何人，但你不一样，你知道后会对她更好。

乔麦五雷轰顶，震惊于这个故事，也震惊于乐乐的城府，她从来没告诉过自己这件事，以致乔麦怀疑这件事的真实性，乔麦伤心欲绝地感到，乐乐已经在老樊的心里住下了。

15

骗子销声匿迹的黎明，乐乐从湿漉漉的梦里醒来，除了纵欲的体液还有如期到来的经血，湿漉漉的梦里堆满了绝望。

没有男人的房间显得空空荡荡，这个网名叫“杰西”的骗子倒选了一家不错的酒店。她住过各种宾馆，从总统套房到肮脏的小旅馆，她从不假装是个好女孩，对于假装好的人，她会加大砝码地嘲弄与报复，这可以成为个性签名，她冷漠地在心里嘲讽自己。十五岁时第一次做交易就挣到一百元钱，她没忘记过，她觉得挺值的。那么晚一个人在街上晃，男人能怎么想呢？她怀疑那个中年男人并没看清楚自己还太小，他看上去比自己还要紧张，而她得以有生第一次住宾馆，从那个在她眼里就是天堂的家被请出门，她并不怨恨，但她不想回那个猪窝一样的家，她用身体换得了一间有房顶的漂亮屋子，并且睡在一张雪白的舒适的床上，那个男人并没让她非常难受，那种疼比起寒冷，比起绝望，都好受多了。他走时还抚摸了她的脸，留下一张很大的钞票，她花了整整一星期。

骗子走后她在枕头上看见一张字条：我回去筹钱乐乐，一定再回来找你！

她把字条撕碎抛到半空，鼻孔里哼哼地怪笑几声。

从第一眼她就怀疑他的三十万。三十万幽会一次，这是她在 QQ 上标出的价码，出得起这个价的男人至少有一张不太难看的脸，可以不修边幅，但敞着领口的至少是一件 CK 衬衫，踢满灰尘的却是一双哈驰皮鞋。而他，除了年轻就是肥胖，奇怪的是，他唤起了她的情欲，他那结实的步履，浑身抖动的肉，像能把她碾碎，他们在网上聊过一段时间，他如火如荼地想见她，乐乐留下的话是，三十万一分不少。

见面后她没在第一时间谈钱，而是选择把自己塞到他的身下。一天一夜，放纵让她回到肮脏，也彻底让她告别了痛苦。

她的痛苦是，她想要一个男人，一个可以让她衣食无忧、如在天堂的男人，却投鼠忌器无法得手，按她的性格她会毫不留情，可她这次却做不到，因为她要从一个她爱的女人手里抢夺那个男人，她相信只要她正常发挥一定得手，而任何一个女人只要能得到这种男人，为他洗尽铅华，奉献终身都值得。

只要她愿意，她几乎可以直接拿走他了，那个男人太善，一点悲苦就能博得他的同情，同情之后的怜惜，怜惜之后的欣赏，欣赏之后的魅惑，魅惑之后的性，她曾以为是最好的，因为她已经爱他，而他睡了她却像没发生一样，依然回到旧情人的身边，算什么！所以她答应了和网友见面，为了彻底地报复老樊，她还对这个叫“杰西”的骗子开出了价钱，无所谓她觉得自己早就成了一个妓女。却没想到讲好是一次肉体交易的性，却轻易压倒与老樊那刻骨铭心的体验，她在骗子的缠绵抚慰中，一次次升上巅峰，晚上十点时，她从昏沉中醒来递给他一个账号，骗子接过账号嗫嚅说，下午你睡着时我出去取过钱，发现户头上的钱都被我妈转走了。

她甩甩头发笑笑地死盯着他，他结巴起来，真的乐乐，我妈肯定偷看了我的聊天记录。她无语，这么身形肥硕的男人，嘴上却一直挂着我妈我妈，她知道再说什么都没用。她相信他下午去过银行，他买回来的咖啡只有银行旁边那家甜品店有，而且他结巴地说，我回去后不管能弄到多少，先给你汇一笔过来，以后再想办法。

为了他这句话，她伸出手臂又搂住他。上午九点碰头住进宾馆，到现在他们已经做过无数次了，其质量让她觉得他真该付她钱的，要么她该付他钱。可现在钱不钱都不重要，他已成功摧毁她的信念，她一直坚信只有和爱的男人做爱才是最幸福的，她心中的念想已所剩无几了，现在又被毁灭一桩，为此她恨这个死骗子，她狠狠地把他推倒，骑到他身上，剥开了他的衣服，他的肥肉无比温暖无比性感，可他的那个，悲剧发生了，骗子在说出没钱后，坚挺的那个再也立不起来，她的神经瞬间被抽空，而那空空的绝望的欲火，还在向上蔓延，灌进了她的心房，她哭着，捶打他，你这个骗子，骗子！

浮肿着眼睛醒来时是第二天的早上，看完字条乐乐从鼻孔里发出几声怪声，像哭又像笑。她并不怀疑他写这张字条时的真心，不过她知道他再也回不来了。她扑倒在床上抽泣，拿出电话，打给唯一的永远的那个人，她打给了乔麦。

电话接通时她声音喑哑地说，我的那张卡，还在老地方，如果明天我还没回去，你按原来我们说过的，把它汇给我的养父养母。

乔麦听完电话，眼泪立即滚落下来，她知道乐乐做得到，在北京她干过，给乔麦打完电话后，把自己跟那个想甩了她的男人反锁在一间屋里，逼他跟她一起跳楼，楼下的北京警察铺好气垫，围观的人密密麻麻，最终他们被解救。

乔麦哭着训斥她，你这个家伙，动不动就吓唬人，赶紧给我回来，否则我就报警找你，我绝不会让你死，你别灰心，一切都会好起来的！

乐乐听到乔麦的声音后，颓然合上电话，她厌倦乔麦声音里那种温暖与励志，她很早以前就经常厌倦乔麦的温柔，乔麦的纯真，乔麦的善良了，她甚至凶恶地想，挖掉乔麦那双善良的眼睛，把她也扔到自己生活的那种烂泥塘，或猪圈一样的地方，乔麦还会总这样像个慈悲的天使吗？现在她得到的答案是，即使把乔麦扔在猪圈里，乔麦也会是一只善良的母猪，双眼皮的，她因为这种痛快的想象而大笑起来。

16

在拿破仑的帮助下乔麦和老樊找到了乐乐。

拿破仑是计算机专家，乐乐又是他熟悉的人，他轻松解开了她账号的密码，打开了她的聊天记录。乔麦有点瞠目结舌，问他怎么做到的，他却斜睨着乔麦说，乐乐是个很有意思的女生！

老樊在旁边不耐烦地骂了他一句，扯淡，赶快干活。

乔麦看着老樊焦急的样子，就在这时认为自己病了，乐乐的口头禅从他的嘴里吐出了——扯淡，乔麦的心抽搐，他的目光停留在乐乐身上，乔麦的心曾抽搐，他焦急寻找乐乐，她的心抽搐，他看完聊天记录后表情痛苦，乔麦的心再次抽搐。

看完聊天记录，老樊对拿破仑说，找到乐乐后我们装作一切都不知道，让她依旧回你公司上班！

他说话时完全不看乔麦的脸，男人真是奇妙的动物，绝情起来竟是这么冷酷。

乔麦听到自己心碎的声音，但乔麦认为是自己的妒忌在作祟，他是同情乐乐，否则怎么也不可能在自己面前如此坦荡地保护她，后来乔麦在无数次的自我折磨时又想，如果是乐乐，当时早已直接判断出，这两个家伙一定劈腿了。而乔麦却站立在那儿，想不明白老樊为什么要这样伤自己的心，自己为什么如此伤心，却无法指责他什么。

拿破仑与老樊，在乐乐袒露的秘密面前，都没有嘲笑的表情。

拿破仑的嬉皮士脸倒少有地审慎，他说乐乐回来后还是在他这儿上班，他以公司名誉先给她弄间住处，他说这话时把目光停留在乔麦的脸上，仿佛他懂得乔麦内心的痛苦。乔麦回避拿破仑的目光，轻声对老樊说，送我回家吧，我有些不舒服。

乔麦提出要求时目光炯炯，不容抗拒。她不会让老樊去拯救乐乐，她已经被妒火烧灼得奋起反抗。

乐乐那儿就让拿破仑去吧，乔麦坚持地看着老樊的眼睛。

17

乐乐在宾馆里割腕，被拿破仑送到医院。

拿破仑救回乐乐后对她很呵护，乐乐也变得温柔顺从，跟拿破仑似乎变成一对情侣，只有老樊闷闷不乐。

拿破仑为讨乐乐欢心，邀请乔麦和老樊为乐乐归队庆祝一下，地点订在一家驻唱歌手非常有名的酒吧，乔麦看到拿破仑真心对乐乐，也振作起来，很想从头来过，也很想老樊开心起来。她一反往日的风格，穿着白色的小西装赴会，她和乐乐、拿破仑三人先到，老樊到时他们都站起来迎接他，但乔麦却看见，他的目光掠过自己停在乐乐的身上。

乐乐凑近跟乔麦喝酒，她搂着乔麦的肩时，身体离老樊于是也很近，老樊一定嗅到了她发出的气息，乔麦厌恶他们之间飘荡在空气中的信号，当乐乐酒杯里的红酒因为要完成隔空致意而不小心洒到乔麦雪白的西装上，乔麦忽然失控地推开她叫着，讨厌！

乔麦放下酒杯含泪向酒吧门口奔跑，老樊追过去拽她的手被她打开。

拿破仑追上了乔麦，他的眼神温柔没有半分责备，只是过来贴心地搂了搂她，在她耳边低声劝慰，忍耐！我们总是要忍耐一些事情，才能到达另一种可能。

乔麦抽泣着点头。

那好，我们还是按原计划进行！拿破仑搂着乔麦的肩膀把她带回酒吧。

他们准备在夜里出发，开车两小时跨省界去逛很有意思的玉器一条街，回到酒吧时乔麦看到老樊不悦的表情，他在无声地责备她，而无法知道她的心已坠入茫茫的暗夜。

乔麦向乐乐道歉，乐乐显得比她更为歉疚，因为世界上没有人比她更知道伤心的滋味。乐乐主动退出，说自己明天要上班，不去看玉器了。

剩下的三人依然按照既定行程，天黑下来时，三人在玉器街的地摊买酒喝。拿破仑对乔麦体贴备至，老樊的兴致忽然高起来，两个男人开始大口喝酒，老樊边喝边指着月亮说，多美的夜晚，乐乐如果来了多好，我们四个人多尽兴。

乔麦的心冷笑一声，她想起了乐乐的话，男人都愿意左拥右抱。老樊反常地喝着酒，一杯一杯往喉咙里灌，他的酒量一直不错，终于喝到醉。

乔麦扶着老樊上酒店电梯，他却疯癫地拉着乔麦跑楼梯，一进房间就踢上门，把乔麦压在床上，他与乔麦翻云覆雨，贴着乔麦的身体依然说着往日的情话，我怎么这么喜欢你乔麦，你看，从来就没改变过。

他说话时捧着乔麦的脸，然后贴在她的脸上沉沉睡去，乔麦任由他的躯壳压在自己身上，躺在黑暗中泪如涌泉。

夜里老樊忽然大汗淋漓，乔麦把被子干的一面翻过来为他盖上，等他再出一身汗，乔麦又把自己的干面让给他，她睡在他的汗水里。凌晨时他恢复正常，安稳睡去。

拿破仑过来敲门，约乔麦晨练，乔麦犹豫地回头看了床上的人一眼，他哈哈一笑，老樊醉了吧，我就知道他昨晚会醉。

于是乔麦和拿破仑沿着城墙慢跑，拿破仑对他的身高毫不自惭，对乔麦吐出的语言也坦率到赤裸，乔麦，第一眼看到你就觉得你应该是我的女人，他说，可惜你和老樊在一起了。

乔麦惊讶地仰起脸对天问，那乐乐应该属于谁？我还以为你们是一对儿呢，按你的逻辑乐乐是不是应该是老樊的女人啊？她痛苦地调侃。

拿破仑沉默一会儿继续说，你和老樊并不合适，你是个好女人。晨练的人渐渐多起来，他又说——老樊有太多秘密，其实他经常住在公司里，他的别墅基本空着。他在公司有一套非常完备的房间，他从小是个孤儿你不知道吧，我还是听乐乐说的，老樊太草莽，没读过大学，他并不聪明，连珍珠和沙子都分不清，你就是我心里的珍珠乔麦，我和乐乐，只是逢场作戏。

拿破仑说完用眼睛看着乔麦，乔麦的心开始阵阵刺痛，乔麦直视着拿破仑的眼睛告诉他，你用不着跟我说这些。

拿破仑说，好吧本来也不是想说这些，我想说的是，如果你考虑我，我愿意娶你。

乔麦面无表情地看了他一眼，转身往回跑去。

18

三人返回市区后拿破仑说要送乔麦，老樊坚持自己把乔麦送到蔷薇家园，上电梯时乔麦冷冷对他说，我身体不舒服要回去休息，就不请你上去了。

没给他说话的机会乔麦就关上门，她从即将合上的门缝里看到他受伤的脸，发现报复真的带来快感，减轻痛苦。

可接下来却更乱更痛苦，她后悔了想把他追回来，求他陪着她抱着她，转念却依然又恨他，想折磨他报复他。她失眠无法入睡，发疯地想寻求慰藉，甚至疯狂到想把拿破仑叫来，问问他是不是真的要结婚，如果和别人结婚可以折磨老樊，那么她宁愿毁了自己让老樊终生痛苦。

最后乔麦决定，什么也不能做。

她知道自己生病了，摆脱这一切的方法是必须做出决断，她想到网上看看别人都是怎么摆脱这种痛苦的，于是在键盘上敲击了两个字：失恋。屏幕立即跳出来一些不着边际的句子：只要是长得漂亮的基本会灭了我；尼玛，空虚寂寞冷；修改我泡妞的手段，草，这东西害死我了。

乔麦烦躁不已，又重新键入两个字：爱情。

还是不得要领，有讲故事的有发牢骚的，最后乔麦在链接里得到一句话：Love did not first come,first served not only loved the talent is a third party（爱情没有先来后到，只有不被爱的才是第三者）。

乔麦的心被击中，觉得这句名言正好可以嘲讽自己。乔麦继续搜索，再次敲击出——嫉妒，有一段话跳出来，随着跳出的还有一种音乐，乔麦的灵魂为之一震，她感到曲调非常熟悉，久远以前一定听过，然后忽然明白这是首赞美诗，篇头两句：嫉恨如阴间之残忍，爱情如死之坚强。后面反复吟唱：爱是恒久忍耐/爱是从不妒忌/爱是不作害羞事/爱不喜欢不义/爱是凡事包容/爱是爱人如己/爱是凡事盼望/爱是永不止息。

怎么可能！乔麦哭泣着反驳，抓扯自己的头发，爱是恒久忍耐爱是凡事包容爱是爱人如己爱是凡事盼望，爱是永不止息！乔麦无限向往，可一切都已丑陋，她悲怆地抓起电脑边一支毛笔，在荧光屏上胡乱地涂抹，想把这段话抹去。

第二天的夜晚又来临时，乔麦没有等到老樊的任何消息，重复前一天的光景她将无法忍受，她决定行动，晚上到老樊的公司去看他，当然她知道也许有一个魔咒在等着她，拿破仑意味深长的暗示，不知是想干掉老樊，还是想获得一个女人。

乔麦到了，但她再不是那个优雅的画者，她久久地站在树下的阴影里，面目阴沉，形容枯槁。出发前她没忘记打电话问老樊在哪里，他用亲切的语气说他已回到家了，问乔麦是不是有事。乔麦对着电话摇摇头，选择相信拿破仑，老樊一定在公司！并且乔麦强烈感应到他和乐乐在一起。

挂了电话，乔麦来到他公司外面，这棵树正对着他的公司，她以树为掩体做一个窥探者，忧愁与仇恨使她显得像个女巫，漫长的二十分钟过去时，她看到老樊开门迎接乐乐，他还顺便在他的庭院小菜地里摘了两个红番茄，几个青辣椒。乔麦从不知道他在公司的房间还有厨房，他曾邀请过乔麦到公司他的住处，而乔麦坚持保持被动，由他到蔷薇家园相会，乔麦知道他很会做菜，他常在乔麦的厨房为她做菜。

而现在他在为乐乐做菜，边做菜边和乐乐开心地谈笑，乐乐无限柔情地站起来，从后面抱住正在切菜的老樊。老樊不再切菜了，似乎想拿开女人的手却又转身搂住女人，两人因为脸颊凑近，猝然吻在一起，老樊牵住乐乐的手，到桌边坐下，两人认真地谈了些什么。乐乐摇头，用手不停地在老樊的身上抚摸，老樊终于无法忍耐，拉起她，两人进到里面的卧室，乔麦再也看不见什么了。

乔麦浑身颤抖，觉得必须做点什么，她觉得自己颤抖着拨了乐乐的电话，当乐乐出来，乔麦觉得自己曾像疯子一样咒骂她，像泼妇一样打她耳光，又觉得当她出来时，看到她饱受爱抚满面春光后，这时自己是在一辆车里，自己选择了报复，抱住方向盘，直直向乐乐冲过去，她被撞倒了，然后乔麦清楚看到老樊拨打急救电话，帮忙把乐乐抬上救护车，乔麦惊恐万分，昏沉踉跄回到家中，倒在床上沉睡过去。

19

乔麦知道自己病了，病得并不比乐乐轻，她确定是自己的恶念诅咒了乐乐，不然乐乐怎么真的被车撞了。

乔麦每天从医院回到家中，在自己的床上陪乐乐死寂地躺着，很少吃东西，老樊来过两次，她没请他进来，她依然爱他却已不再渴望他的爱情，更不愿听他在自己这儿表达对乐乐的哀伤。她躺在床上看着窗外时，瞳孔充满对死的向往，现在她觉得完全了解乐乐了。

直到乐乐在医院的第十天凌晨，天还未亮，乔麦被狗的惨叫惊醒，她神经质地穿着睡袍飞奔下楼，狗的腿被车撞坏，它连声哀叫试着想逃跑，却瘫倒在地，乔麦冲过去要抱起它，一个男人清亮的声音阻止她——先别动它，剧痛的情况下它会伤人的。

乔麦扭过头看到竟然是他，那个长着一双明亮眼睛的年轻男人，乔麦等过他，希望能再见他，他却一直没有出现。现在他来了，站在日月星辰的下面，轻声叫她不要碰狗狗，由他来处理。他对乔麦微笑着，无限温暖，乔麦领受着这种温暖，看到骨瘦如柴的流浪狗的哀号，开始泪如雨下，他把哭泣的乔麦和狗都弄到马路边。他迅速检查了狗，说它的腿骨需要固定，他问乔麦愿不愿帮忙把狗弄到他的家，他是一个外科医生，刚下小夜班，他可以在家里给狗治疗。

在一间光亮的屋子里，乔麦和外科医生待了半夜，为救一条狗。

他的屋子干净轻盈得像一所空中楼阁，他的手拯救地飞舞着，为狗打了石膏和夹板，然后他们一起听了一段音乐，熟悉的动人的曲调。乔麦离开时，跟年轻的外科医生立下一个约定，他邀请她随他一起去做一次山区的远足，他说他每个月一次，独自到贫困山区去义诊，觉得很快乐。乔麦答应下来，乔麦想他一定并不理解，自己是一个即将溺毙的人，他却捧来了甘泉注入。

乔麦默默看着他的眼睛，他用洞察一切的目光，赞许地对乔麦微笑着，他为乔麦打开门送她走，天亮了，白日的亮光扑面而来，就在这时老樊打电话来说乐乐苏醒，第一句话就问乔麦好不好。

乔麦的灵魂开始飞舞，瞬间豁然轻松，她回头想寻找那双眼睛与他分享，却发现并没有人，那个年轻的外科医生并不在，乔麦用目光环视窗外，唯有碧空如洗，在苍穹深处，乔麦再次赫然看到了那双雪白的翅膀。

乔麦推了一下身后的门，发现没锁，于是重新回到屋里走动，四处寻找长着那双眼睛的年轻男人，在走动中乔麦清醒过来，屋里除了自己谁都没有，因为这是乔麦自己的家。

乔麦一直都在自己的家里，彻夜敲击着键盘，等待黎明。

辽阔之地

练虹曾经无比憧憬她的情人张默北常年出没的地方，万川之源阿里。

但现在已经晚了，一切都已来不及，她知道自己再也去不了阿里，没有张默北她哪儿也不会去，她已经是个有病的女人，每到发病，她只有一个意念就是逃走，随便到哪儿，随便去死。而发病越来越频繁，利培酮调大剂量才刚稳定一周时间，她又乱了，穿上那件血色的外衣，她脸色苍白，手上提的包里装着乱七八糟的东西，经过母亲的卧室向门口走着，她一边走一边用力地念了一句——必须走！这三个字在房间里响亮地回荡，把她吓了一跳，她向空气中看了一眼，确定没什么异常，又继续向前。她一直不胖，如今更瘦了，瘦得快要透明的身体裹在血红的真丝上衣里，腰上束一条带子，高跟鞋刺耳地敲击着地板。

母亲在卧室的沙发上打盹，低垂着头，练虹心中并没有太多的柔情，但还是走进去，把她怀里搂的一本书抽出来，把自己手上拿着的书塞给她，对她喃喃说，张默北，你替我抱抱她吧。

母亲呆滞地接过书，这是一本游记，她抚摸着，手指有意无意地拂过那个名字，然后仰起脸看着练虹，浑浊的眼睛透出孩子般的依恋，像利剑穿透云层，练虹顿时感到心脏被击中，她头脑晕眩，踉跄地退回房间，无法坚持要在今天出走了。母亲成为她逃不了的债，她背负这个女人已经很多年，当年她发现自己痴心敬爱的母亲不过是个满怀私心的领养者，她就开始憎恨她。如今母亲老了，唯有她的老年痴呆，又恢复了她慈祥的面容，她那孩子般的依恋，成了击中练虹情感的利器，使练虹恢复了内心对她的柔情，练虹捧着眩晕的头回到自己的房间，伏在书桌上，因为理不清思绪，把头一下一下“梆梆”地磕着，她努力地挣脱，却还是无法冲破那张要粘住她脑子的网，只能仰面朝天躺在床上。

母亲曾是个很有名的女人，二十世纪七十年代的老牌大学生，在一家很庞大辉煌的国营化工厂是技术权威，凌驾于很多男人之上。她高大肥壮骄傲，但她风光背后的暗影，那见不得光的东西，只有练虹知道，只有练虹知道她对乔东的畸恋，她把乔东幻想成儿子和情人，不管多老，女人对情爱永远保持幻想。母亲曾对练虹历数张默北千万般不好，但从不说乔东的不是，因为乔东是她唯一许可的女婿，那是她可以掌控的一枚棋子，只有把练虹嫁给乔东，才能保证晚年无虞。

所以练虹永远不想跟乔东结婚，姐姐练凤说你还是嫁给乔东吧，房子妈是绝情到底要送给乔东了，我将来不可能管她，你不嫁给乔东她也得由你养老送终。练虹平静地回答，好吧我会给妈养老送终，你放心吧姐。练凤并不知道她自己有多蠢，母亲的智商就比练凤要高出太多，母亲说练凤我是指望不住的，她没脑筋，一切都为了你小虹，你不想结婚我们娘儿俩过一辈子，你单位分的房子有电梯适合我住，那套旧房子乔东住习惯了，就让他帮你守着吧，你们俩一结婚房子还是你的。

凭什么是乔东来守房子啊！练凤曾悲恸地控诉，乔东的反应却暧昧而坚持，他始终不站出来说不，练虹讨厌他像一只小蜘蛛精的样子，就算他等一辈子，练虹也不愿意嫁给他。不过现在一切都不值一提了，因为她唯一想嫁的男人张默北已经死去。

这件事无力回天，她不能想，她告诉自己。

她开始急急地脱衣服，然后一丝不挂躺在床上，她知道张默北是真的不在了，一想到这个事实她满嘴的溃疡就剧痛起来，她记得在张默北死之前她还在跟他吵架，她并不想那样，可她无法控制，她冷笑着对他说，你这个骗子！说什么你把全部的爱都给了我。他不跟她吵，埋着头一根一根地抽烟，她继续说，你就是两边示好，想同时占有两个女人。他皱了一下眉，还是忍着，他把她惯坏了，他让她自由表达一切思想，他总对她说，我要你原原本本的。

他确实把她惯坏了，在他去世之前她变成一个狂躁的女人，经常跟他吵架。她总是从鼻孔里先哼一声然后说，算了吧，你这个欺骗女人的高手，如果不结婚我一定不会再让你碰我一下！

她知道这句话最能激怒张默北，他把两人的性看得很重，每一次做爱他都拼尽全力，像要把她吃下去，融掉化尽一样。所以他最伤心的是她说两个人不再结合了，最不喜欢的是她用“不给他了”来要挟他，这时他掐灭烟头严肃地提高声调说，不要再闹了练虹，我们之间不需要用婚姻来证明，可以用我的命！

她永远记得他说话时的样子，英俊的脸已开始憔悴，布满胡子碴儿，可他的语气，他眼里的光，却让她想到阿里，他说过他愿意和她一辈子生活在那儿，她的心于是又充满希望。

练虹在床上躺了半小时后，脑子里的“嗡”声开始减弱，她的脑海开始放映她与张默北的故事，她赤裸着身体躺在床上，昏沉中感觉到他的体温，她感到他俯身下来，一片绵软的热浪。练虹不愿睁开眼睛，任由一切继续，像穿越时光隧道，她惊喜地感到他在自己的身体里，有力地占据着，魂梦难求的体验。清醒后练虹开始闭着眼流泪，哭了很久，门沉闷地关着，母亲耳朵不好，倾泻而下的眼泪和号啕使她松快了很多，她感觉到自己还可以活下去一天，于是她决定起床，劳动。

练虹要清洗昨天盛筵后满厨房的杯盘碗碟，昨天练凤带着丈夫来了，练虹很不喜欢那个人，就把自己关在卧室一天没有出去。早上推开门看到这些东西的一瞬间，她想起心爱的男人被撞得血肉翻飞的身体，这些碗碟刺目而肮脏，让她无法承受，她已经承担一切，还要在他的死里承受这些！就在这时她决定要走，在装行李时她充满了愤怒和死去的决心。但现在平息了，他已附体，明天希望他还来，每天一次，永不分离。

练虹戴上橡胶手套，穿上围裙，开始清洗。母亲住到这套房子后厨具越来越多，都是练凤买的。刚搬进来时在母亲的监督下，乔东和练凤常常一起做饭给全家吃，练虹曾看着他们想，母亲打错了算盘，乔东和练凤为她养老才最合适。吃完饭练凤先走，乔东在母亲暗示的眼神中留下，练虹默许他跟自己坐在一起，乔东看着她的眼睛叹口气说，就让我来照顾你一辈子吧，你可以不尽妻子的义务，我天天看着你就满足了。练虹不置可否地对他一笑，抱歉不可以，这种话已经说尽，风从餐桌旁的窗户进来拂起她的长发，她思念的男人是张默北。练虹跟乔东坐在一起只是为了掩母亲的耳目，私下再跟思念的人幽会。与母亲的斗智斗勇使她老练，她再也不是当年那个单纯的女孩了，她的贞洁绝不是毁在张默北的手上，而是从母亲骂她“荡妇”开始，在那以后她就真的变成了荡妇。练虹无所顾忌地点燃一支烟抽着，甩开头发时饱满的额头露出来，乔东无限痛苦无限向往地触了她的脑门一下说，我就喜欢你这样的额头，里面好像装了许多东西，使你与别人格外不同。

练凤也有一个饱满的额头，练虹万分懊悔当初没有撮合乔东与练凤，如果他们结婚，一切圆满，自己就可以独自住着，而不用全盘承担母亲的老与孤寂。练凤是向往能与乔东结婚的，虽然练凤不算聪明，但在母亲的厂里她是个勤快熟练的女工，有自己的生活哲学，也自有自己的狡黠。对于阶层不同的练虹，她总顺着母亲的话说——妈要我这么早上班，就是攒下钱供你读书！姐妹之间没什么可计较的。她们两人异口同声都这么说，所以大学毕业练虹要求分回原籍，来到日报社工作，一心要报答母亲和姐姐，她心中充满了神圣的亲情。

回来后她很快发现自己完全多余，家里房间已经住满，她只能和练凤挤在一张床上。母亲脸上难得地整日挂着笑容，一个白皙的长腿男孩子在家中厨房做饭，母亲笨手笨脚地把一个围裙帮他系上，他就是乔东。

乔东在孤儿院长大，中学毕业当过兵，退伍后和母亲、练凤同厂，因为求上进调到厂技术科，已升为副厂长的母亲主管技术科，乔东就成为母亲的干儿子，住进了练家。

练虹很快申请了单身宿舍，每周回家三次。

曾经所有人都认为练虹会嫁给乔东，母亲虽然唯一可容她结婚的对象只有乔东，但也依然摘下眼镜摇摇头说，乔东是不错，就是学历低了点配不上我们练虹。练虹一眼看透母亲的纠结，她希望乔东结婚，又害怕乔东结婚，左右摇摆，生怕心里的那条蛇钻出来见光，以至于她老年的样子更猥琐了，无望的思虑使她面色晦暗，头顶像男人一样毛发稀疏，露出秃头来。

而乔东，练虹向坐在身边的乔东看去，他有一张极似美国影星汤姆·布鲁斯的脸。乔东的痴情有种魔力，能把自己的魂魄短暂地从张默北身上摄走，只要她愿意让他接近，他就能把握机会亲近自己打动自己，自己的确跟乔东吻过。为了气张默北练虹曾故意地描述，乔东的吻让人惊心动魄！

事实刚好相反，她一直后悔那天的吻，她在乔东的吻里嗅到母亲的气息，他太可怜，他已经被母亲精神阉割，他的吻又饥渴又退缩，又贪婪又无力，吻完后她冲进卫生间反胃地呕吐，想到张默北顿时泪流满面。后来吵架时她又一次对张默北提起，她说你不娶我因为我是我妈说的那种女人，我是荡妇，对吗？

张默北生气地扳过她的脸，眼圈红红地对她吼着，你怎么可能是荡妇！你忠于自己，你就是跟一百个男人吻过我也不在乎，我爱的是你骨子里的东西小女人！

这时她就开始捶打他，破涕为笑并叫嚷着，你是个魔鬼张默北！

只有在张默北那儿她永远是顽皮的少女，她的拳头打过去使他露出得意的笑容，她一边不歇气地打，一边看着他的脸，她爱看他的笑容，他的每一次笑容，都让她有种阴霾尽散的感觉。她就这么始终没告诉过他，她和乔东无法做爱，从未上床，她永远只能和唯一爱过的男人，和张默北，做这件事情。

把除污剂喷到油烟机上，练虹开始感到力不从心，只是洗一堆碗她感觉自己的思绪已游走了几个世纪，如今一切都已荡然无存，像一部电影，已经演到悲剧性的尾声，却还没讲故事的初始。

故事是从十年前那个夏日午后开始，因为得了单位的新闻奖而蹦蹦跳跳回家，练虹急于向母亲报喜，推开门时，母亲正靠在乔东的怀里抹着老泪，乔东僵硬地把手支在椅子上，安慰之于人类是正常和伟大的情感，但他们靠的姿势猝然的分开刺痛了练虹，如果是张默北他不会这样，他会坦然地搂着，拥抱着那个被他安慰的女人，伸出食指对练虹轻“嘘”一声，毫不理会她的醋意。乔东啊乔东，我曾经在乎你，你是那么柔情，却又这么卑贱委琐，是童年的苦抹杀了你的自尊吗？练虹在继续地洗着碗，一边自言自语，她甚至把碗碟摊了一地，坐下来了，她擦洗着，在追忆乔东质问乔东时，她感到自己已是个白发苍苍的老妇人。母亲的反应不像乔东那么无措，她只是忽然不像母亲而像一只千年狐狸，灵动地遮掩。她的老泪还吊在眼角，转而却说，正在跟乔东说你们的婚事呢，你回来了小虹？不是领奖去了吗，给我看看！

练虹扭头就走，对于她的解释心生厌恶。

从母亲的家出来后练虹失魂落魄地游荡，纠结自己亲眼所见的一幕，如果纯洁就不会那么怪异，如果不纯洁她该怎么面对！乔东是她喜欢的人。她一路思索的并不是别的污秽不堪，她思索的仅仅是精神的纯洁。她在马路上流浪着，怨恨着母亲，母亲多年来从不允许她和练凤问起父亲，母亲回避和仇视男人，却又对有关男人的一切隐晦和意淫，甚至连邻居在大院里晾晒男人的内裤都敏感生气，浑身哆嗦，却堂而皇之地收一个干儿子住在家里，在他的怀里哭泣。练凤和自己都还小的时候她就一直要收养一个儿子，一次次不成功，几乎被要儿子的念头弄神经了，也许她根本没弄清她需要的是儿子还是男人。

终于她曾成功购买一个三岁的男孩儿，孩子到家第二天就生命垂危，她上当了，但她不甘心，她把孩子送到医院治疗，彻夜看护，回家后心情不好就打练凤说她偷懒，不想照顾弟弟。孩子不治身亡后她在床上躺了一星期不吃不喝，练凤生火煲汤给她端到床前被她挥手打翻，她像个泼妇似的哭号，说白养两个吃饭的，以后都是要嫁出去的人，她要练凤和练虹都跪在她的床前，向她保证长大后报答养育之恩，孝顺她为她养老送终……

回忆使练虹忽然明白了，母亲并不爱她和练凤，她像个怪胎，只是要控制所有人！练虹筋疲力尽地回到报社，在门口草坪呆呆地坐着，心里充满着绝望和厌恶，为了忘掉一切她买了几罐啤酒“咕咚咕咚”喝着。夜幕降临时她醉酒了，开始头痛欲裂，正在她想躺下时，张默北从办公楼上下来，这是练虹第二次见到他，虽然两人同在一个单位，可他是社里的风云人物，挂着报社副总的头衔，却并不坐班，长期出入藏区，听说也是国内权威的摄影记者，她想他不会记得自己，用杂志挡住脸换了个方向，躲开他。张默北却直直过来，在她身边蹲下，她昏沉地气鼓鼓地看着他，他却笑得像太阳一样温暖，偏着头看自己，发生什么事了小姐？她冲他嚷道，跟你有什么关系！他看出她不对劲一屁股坐下来陪着她，她于是不争气地哭起来，冲昏头脑地把所有的事讲给了他听。

他目光温柔地看着练虹，听完后说，其实乔东和你母亲都无罪，猥琐的是他们的掩饰，是他们脑海里令他们自加罪恶的念头玷污了真实，伤了你。你想一个寡居多年的女人，不说靠一下了，本来就有权力得到生理上的抚慰。

她大叫一声不想听下去，张默北托起她的下巴，强迫她看着自己的眼睛，他的眼睛里盛满广袤的悲悯，他说，你并不想用压抑人性、无视人性深层需要的自欺方式来追求虚幻的美好，对吗练虹？她的眼睛泛起泪水，他对她点点头，这就对了，其实我一直想再见到你，你上班第一天莽莽撞撞地在电梯口撞到我的怀里，你向我道歉，充满青春朝气地跟我说你叫练虹，彩虹的虹，我后来专门留意你，读过你写的东西，我很喜欢，但你的思想需要快速成长起来！我会帮你。

她凝视着张默北若有所思，他安慰地搂搂她的肩膀，她再也不胜酒力，向草坪上滑倒。张默北把近乎衰竭的小女人抱起来塞进车里，要送她到医院，她在车里又哭又闹哪儿也不去，张默北只好把车缓缓开到一座旧楼房，将她带到七楼，练虹在黑暗中半倚在他背上，看着他掏出钥匙，“嘎嘣儿”打开门锁，屋里一片漆黑，他说没有灯电路坏了，这儿是他的工作室。张默北点起蜡烛，屋里除了整墙的书，只有一张行军床，练虹昏沉地在床边坐下，被车颠簸的酒劲涌上来，他过来扶住她，她于是吐了他一身，然后摊开手脚睡去。

练虹停止刷洗，关于张默北的回忆让她满脸微笑。当清晨的第一缕阳光照亮，她醒来看到身边睡着一个男人，哭了。哭声把张默北惊醒，他什么话都不说，紧紧地把女孩搂住，他理解所有的花蕾即将绽放前的娇羞，哭什么，我又没把你怎么样，我的小女人。她推开他贴自己胸口很近的讨厌的头颅，问他，你把我叫什么，你的小女人？

是啊，我的女人。张默北无所谓地重复一遍。

七楼之夜后张默北开始找机会约她，练虹从不拒绝，她不会拒绝一个传奇式的男人，也不拒绝他惊喜的凝视，吊儿郎当的偷吻，但他期望在黑暗中完成的事一直未能如愿，直到冬天即将来临，她终于在他的哀求下跟他再次来到七楼，睡到他的行军床上，让他紧紧搂了一个晚上。她毫无经验，整整一夜身体紧绷浑身发热，每一次他想换个动作深入一下，都被她紧张而滚烫的身体吓住，一夜他都不停地搂一会儿，松松被子让她散热，然后再心满意足地搂住。

第二天张默北乐颠颠地修了电，装上一个取暖器，干吗这么原始，练虹劝他装空调。他固执地说，我就喜欢这东西，散发着火光，我打算和我心爱的女人在火光中过一辈子。但她却说什么也不去了，她被自己发烧的身体吓住，如果做那件事，她觉得会发生可怕的后果。他们的约会于是就吃遍大街小巷，把江滩码头都游荡完，这样一晃就到了下雪时节，她的睫毛上凝着霜还嚷着要吃冰激凌，他买了两盒过来，她正要伸手，他“咕隆”就把它们从领口塞进去了，她看着他胸脯鼓起来忍住笑想帮他拿出来，他捧住她的手眼神痴缠，别管我，我快烧死了，就让我降降温，你实在想吃我们去七楼吧，我总不能在这儿脱衣服给你找。

于是又来到七楼。进门他就把她当棵大葱从地上拔起来，扛着往床上去，带着献身的决心，她面色苍白。到底害怕什么小东西？他把她安放到床上后爱怜地认真地询问。怕，怕得病，她胡乱地找借口。那你仔细地看，我愿意让你检验，这不是干干净净嘛，如果我用不干净的身体接触你，那还不如让我死，我从不跟不爱的女人做这件事。

我怎么知道你爱了多少女人呢？练虹的声音小得像蚊子，发着抖。张默北轻柔地脱掉她所有衣服，惊叹地欣赏着爱抚着，她又瑟瑟地提出，我不能出事，出那种事，你知道的。他停下来看着她点点头，又搂住她吻遍她的全身，直到她停止发抖，才温存地对她说，你还没准备好，我决不伤你，从你撞上我的那一天也许一切已经注定，知道吗？爱一个女人，就可以忍住不伤她。

瞒着众人恋爱后，全家人过了一段常相聚的日子。

母亲光荣退休了，乔东会开车，练虹就把张默北的车拿过来让乔东开，把练凤和母亲带上兜风。母亲起初拒绝随同，她很警觉，从窗户打量着张默北那辆旧吉普，这辆螳螂腿老爷车在西藏各地跑了上千万公里，形象令人不敢侧目，母亲冷冷地问练虹车是谁的，她敏锐地嗅到有一个男人，她对那个幕后的男人很不满。但练虹还是很想把她带出去，打破她足不出户的怪异生活，她蛰伏在屋里的阴沉湿胖而苍白的脸，让练虹觉得越来越可怕。

她让乔东去说服，等乔东顺利地把换了件衣服的母亲带上车时，练虹的喉咙却不自禁泛起一种油腻般的恶心，她咽下那种感觉，跟母亲靠在一起。她的压抑和故作遗忘使乔东坦然，他喜欢住在练家，他已经把这里当家，至于练虹，不管她游荡多久，跟谁恋爱，只要回来他就毫不犹豫娶了她！

张默北在路上遇到过自己的车，躺在一起时问练虹，那个开车的男人是谁？

练虹说，那就是乔东。

看上去他非常喜欢我媳妇，他酸酸地说。

练虹回避问题地反击，你是有媳妇的人，别叫我媳妇。

张默北黯然，那欢乐的一车让他向往，只因为里面坐有一个他认为属于自己的女人，想到这个女人有一天终要结婚，跟另一个男人同床共枕他不堪忍受地皱眉。练虹也一样，不愿承认却无法遏制地开始妒忌，妒忌能与他同一屋檐下的那个女人，她开始喜欢试探他。在两人如火如荼地做爱之后，她对他说母亲在逼自己跟乔东结婚，张默北皱着眉一言不发，她又心疼地搂住他对他说，我会反抗，你不能娶我我们就一直做情人。他的回答是歉疚的一吻，她死心了，默默长叹，原来如此！他从未打算娶自己。

她逐渐开始莫名地赌气，不接他的电话，不去他的七楼，搬回到她的宿舍住。耐不住想去找他就学着抽烟，烟像男人一样使她静下来，她发现了孤独中那份难能可贵的自由，她用工作来排遣，常主动申请采访任务，业务越来越突出，当主编对她青眼有加时她领情感恩，出差回来常带些土特产送去，她在飞速地成为一个经历复杂、处事老到的女人。她思念着张默北，每次她出差回来他却走了，他漂完回来她又故意让他见不到她，他只好到宿舍门口守，为见她一面死死地守，两个人的阵地从老楼房七楼转到她的宿舍来，每见一面都有濒临末日的感觉，疯狂做爱。

母亲中风了。

母亲的中风是被练虹的爱情弄出来的，她知道练虹恋上了一个有妇之夫，在报社宿舍精准地堵住了两人，张默北不慌不忙地穿裤子，让母亲和练凤不敢靠近，母亲生气地骂练虹是荡妇，张默北扶住母亲的肩劝她冷静，母亲甩开他的手，扬言要到单位举报他，在母亲吵闹不休时练虹听到脑子里有种声音在响，为了稳住母亲她忍耐下来，她不想毁了张默北，她跟随她们搬回家住，单位的房子很快就会分到手，有了房子她就自由了，可以重新规划生活。

房子却落入了母亲的掌控。

练虹分到了一套两居室，在寸土寸金的城市里。关于养老问题母亲立即召开家庭会议，参加的人有母亲、乔东、练凤和她的男朋友，练虹被通知必须到场。母亲老谋深算地说，练虹能力最强，是妈的骄傲，家里的顶梁柱，现在又有了房子，以后妈的养老问题再也不用发愁了。

练虹反驳说，你自己也有房子啊妈！母亲严厉地说，我的房子我另有安排，养老是你们做儿女的责任。

练凤激动不安，她想结婚房子却没着落，她猜测母亲对房子有了新的安排，也许是要把房子给自己，便用脚使劲踹了一下男朋友，两个人齐声说，妈说得有道理。

乔东闷着头，一言不发。

会议圆满成功，练虹的房子一拿到手，母亲就堂皇地搬过来住下，乔东和练凤经常过来做饭，房子成了大家的。练虹从鼻孔里冷笑，她借口工作忙，偶尔回家吃个饭，对乔东和颜悦色，母亲居然陶醉在新居里，不再加以管制。练虹暗地里开始了另一个计划，她采纳了张默北的建议，向报社申请到阿里去，那可是一片辽阔之地！他目光炯炯地说，在那儿我们是自由人，可以体会像鹰一样飞翔的感觉。阿里全面唤起她的希望，她认为那将是她自由光明地活着、摆脱一切的重生之地。母亲被她表演的障眼法蒙骗，安然地生活着，她一定认为该抓的已经抓到手，以后的一切都会顺理成章，直到这天的上午练虹跟她摊牌，自己即将被派到西藏，以后恐怕不能常回来了，她的血压忽然高达两百，冲破了血管，流入她的颅内。

母亲的中风改变了一切。

练虹不能去阿里了，照顾一个病人的艰难和琐碎击垮了她，大到治疗方案小到每两小时的端屎擦尿，她甚至开始考虑跟乔东结婚，一同照顾偏瘫在病床的母亲，因为她发现乔东竟能熟练地不厌其烦地做这些事。她没有告诉张默北，她不知道该怎么告诉他，不知道该怎么诉说的还有另外一件事——躺在病床上的母亲并不是她和练凤的生母，她的人生永远地失去选择权。谜底的揭晓在一个筋疲力尽的上午，练凤从病房出来忽然歇斯底里对她，我们俩完全可以不尽这个义务，练虹，我们和乔东一样，谁都不是她生的！

那真是一个奇异的上午，练虹来到医院，练凤的男友已守在病房门口，看到她急忙敲了敲病房门，让练虹在门口稍候练凤在给病人擦洗，接着练凤从里面摔门出来，气冲冲对她喊着，你还说妈糊涂了，她不仅不糊涂而且精明得很，是铁了心把房子留给一个到家没多久的外人了！我们俩完全可以不尽义务了！

她感到窒息，练凤却毫不给她喘息的时间，几十年的谜团“噼里啪啦”瞬间揭开：今天姐把一切都告诉你，我们都不是她的孩子，她从未生育过，领养我们只是为了养老，领过来又嫌烦，根本不想管我们。更过分的是连房子都没打算过给我们，她没病的时候就偷偷立遗嘱房子是乔东的，我今天就是专门来试试她的，劝她重立一份遗嘱，你有单位有学历追求的男人多，我要啥啥没有，想结婚还没房子，我苦口婆心跟她说如果愿意房子给了我，我以后养她，结果她竟然按铃叫护士把我赶出来，简直是脑子不正常。你还是嫁给乔东吧练虹，我反正将来不管她了，你不嫁给乔东也是你给她养老送终……

练凤的声音特别聒噪，像金属刮过脑仁，她听完练凤的话后明显地听见自己脑子里发出“咔咔”的声音，她有点茫然无措，却又感到自己这一刻忽然比什么时候都更需要练凤，练凤才是这个家最有能力最热爱生活最强大的人。像要抓住一根救命稻草，练虹急切地对练凤说，我会给妈养老送终，你别走啊姐，房子我们再想办法。

练凤甩开她，气冲冲地走了。

乔东来到医院，在床前服侍母亲，已经痴呆的母亲对乔东依然敏感，她吃着乔东喂的饭，对他咧开嘴傻笑，动手去摸他的脸，痴呆终于解决了她的难题，她再也不用纠结，而可以自由地表达了。练虹看着床上躺着的老女人，开始厌恶与仇恨，原来她并不是给予自己生命的人，回顾往昔她也不曾爱过自己，她收养自己只有一个目的，就是这一天的来临，她病了她老了，并且她以慧眼选中了自己而不是练凤，练凤被她无情地踢出局，她确实从不打算把房子留给练凤。现在这一天已经来临，经年历久所缔结的关系使自己无法摆脱责任，想明白一切练虹平静地问乔东，你是不是也知道真相？

乔东点头。

练虹冷笑了几声，你们还都挺能装的！

乔东沉默，练虹软下来，你愿意帮我吗？她看向乔东，乔东点头。

中午时分她从医院食堂买盒饭回来，看到乔东搀扶着母亲在医院的花园里走步，她颅内的血块被处理后开始好转，她的头发已经全白，稀疏地在风中飘着，练虹忽然明白了张默北眼里那无限的悲悯，世界上本没有好人坏人，全都是可怜人。

乔东白天拼命工作，中午和晚上一直待在医院，照顾母亲也照顾练虹。练虹知道他的意思，但日日焦灼，她唯一渴望的是摆脱一切，到那片陌生的土地，去见那个在等她的男人，目前的状况使她毫无办法，她脑子里的声音日益频繁地出现，她关掉手机逃避所有刺激。

思绪游走了漫长的时间，还在继续飘荡，练虹无法控制。那种“咔咔”的声音时常折磨她，她到医院拿了镇静剂，总算把它暂时赶走。张默北打不通她的电话径直从西藏回来了，那天她到医院母亲不在病房，她来到花园时，发现搀着母亲学步的不是乔东，竟是张默北。

她屏息看着他，他消瘦了许多许多，却毕竟来了，她像小鹿一样欢快地跑过去，牵住了他的手。母亲变成慈祥而呆滞的老太太，对张默北讨好地张开嘴巴笑，她曾把他当成最大的敌人斥责威胁，现在却认不出这个头号敌人。那天阳光明媚，三人一起散步，吃午饭。

在练虹以为生活从此美好时，乔东来了。

乔东看到张默北的瞬间无比愤怒，练虹的介绍被他打断，我知道他是谁！凭着你能写两本书，和她有一样的嗜好，就想左右她的一生吗？如果你给她一个交代我就放过你，如果你继续这样不负责任地跟她来往，乔东越说越激愤，浑身颤抖地对张默北举起拳头，信不信我杀了你？

练虹从未见过这样的乔东，她痛苦地感到乔东与自己血肉相连，已经是亲人。张默北没有退缩，他用男人臂膀的力度挡住乔东挥拳的手腕，并不看他而是对着练虹说，今天跟你还有妈妈在一起感到这么踏实，其实我已经在想这个问题，也许早该考虑这个问题的，等想好我告诉你我的决定！

他又走了，她跌坐在母亲的床头，乔东剥夺了她哪怕虚幻的幸福，她残忍地不看留下来的乔东一眼，但她的眼睛却又能清清楚楚看见乔东给母亲擦脸洗脚，他一边默默做着，一边一眼一眼地看向自己。

乔东做完一切被她劝走，她说想静一静，争夺她的男人都走了，世界空空荡荡，她的脑子“咔咔”又响起来。

母亲出院时练虹把她带回自己的房子。

热闹的生活再次兴起，乔东过来帮厨，热闹的核心是练凤，练虹既然承担起了老太太的赡养责任，她也愿意过来做饭，反正总是要吃饭的，她已经结婚并怀孕了，带着丈夫天天过来做饭吃饭，周末更是蒸煮烩炒，绞尽脑汁地生活。

练虹躲到自己卧室避开厨房的油烟，表达欢迎的唯一态度是吃完饭她抢着洗碗。有一天她发现练凤仅用来蒸食物的炊具就如此之多，一柄放在钢制压力锅里的铁箅子，两个型号不同的置于炒菜锅的铁箅子，电火锅上的蒸锅，还有一套三层不锈钢蒸锅专门蒸馒头，奇妙的是练凤会在一餐饭同时使用了这么多家伙，清洗这些东西令她焦躁，她有一个强烈的冲动，想把这些东西扔出去，她的病因为各种蒸锅而加重了，脑子里奇怪的声音越来越多。

她又去了一次医院，带了些药回来，药物使她暂时平静下来，她平心静气地等待张默北。以前同吃同住的是母亲，现在既是母亲又像陌生老人，早上她不睡懒觉很早起来在洗手间搓她的袜子，练虹在她的背影里坐马桶。当练虹凝神地写作或阅读，她在一边晃来晃去，给植物浇水什么的。到了晚上她喜欢不开灯坐在黑暗中，练虹怜惜地问她，怎么不睡？

她说，你这个房子好多玻璃，从玻璃上可以看见车子一辆一辆地开走。

练虹就过去搂搂她，她立即像孩子一样紧贴过来，使练虹感到前所未有的恬静美好，却又充满末日气息。

唯一让练虹难以忍受的是练凤的吃，练凤已经生下一个孩子，坐月子居然住过来，她讪笑着说，妈在的地方就是我娘家！

练凤因为喂奶能吃下整盆的食物，于是从厨房蔓延到餐厅，再后来客厅全都堆满食物。早上还没睁开眼，厨房已经有动静，练凤在炸油条，她不娇气，并没因为坐月子就不动，人如果不动手做饭吃一天都活不下去！她知道妹妹在想什么，响亮地说出她的人生格言。练虹很明白如果没有练凤她将无法赡养母亲，母亲的胃口还很好，吃饭也挺讲究，而自己永远不可能每天把时间花在做饭上面。

饭把练凤越吃越胖，把练虹越吃越瘦了，最后她满嘴口腔溃疡，索性什么也无法吃下去。等待张默北是如此痛苦，脑袋里冒出的声音越来越多，她开始极度厌恶练凤，练凤早上吃完计划中午，中午刚吃完开始准备晚餐，让她焦虑到无法承受，然后她发现当自己躲在卧室时，眼睛可以穿过墙壁看到邻居家，而且可以一直穿，穿越整幢楼房。

练凤生育后，不再过来的乔东这天忽然出现，练虹站在窗前，乔东对着她的背影说，我要结婚了。练虹一动不动，过了一会儿忽然扭过身来，问了他一句完全无关的话，你怕死吗乔东？

乔东回答，不怕。

那你怎么还会想结婚呢？

乔东不懂她的意思，但看着她说，如果你说愿意跟我结婚，我可以立即退掉那边。

她摇摇头，有点羡慕他。她想起医生叫她重塑信心生活下去，于是很想激励一下乔东，她亲热地叫着他，乔东！乔东你千万别做傻事，把过去的事都忘了吧，妈那套房子你也别要，那就是个坟墓，你租个房子好好过日子，将来生自己的孩子，你会幸福的！

乔东失望地走了，练虹决定开始不吃不睡等张默北，她一直等到半夜，头脑里各种声音很多，念头也很多，他果然是个骗子！她站起来围着床开始转来转去喃喃自语，说是回去思考，给我答案，其实借故溜走。她转来转去，怒气冲天，一直转到困倦，倒在地板上睡过去。早上醒来头脑恢复一片澄明，她想，昨天为什么不给他打个电话呢，连乔东都要结婚了，她非常想他，哪怕只是看一眼。

打完电话练虹等了一天零五个小时，张默北终于来了，胡子拉碴，面容憔悴。练虹见到他就像见到丈夫一样，唠叨不停，所有的委屈化为埋怨，化为讥讽，化为伶牙俐齿，最后她问，你想好了吗？你不是说回去想想吗？

我想过了，我想娶你，可在我跟她谈离婚后，她转身就在浴室里割腕，我今生只能对不起你了虹儿，张默北捧起练虹的脸，看着和他同样憔悴的女人，忍不住落下两行眼泪。

练虹被张默北抱得感到窒息，这个结果是她意料中的，她只是觉得犯不上又牺牲一个，那个他存心保护了那么多年的女人也跟着碎了，万事都这么复杂，她自言自语，接着她又开始对他一连串地指责，不能结婚还谈什么感情，我拿什么给我妈养老送终，你是个大骗子！

张默北把练虹固定在怀里，抚摸她的背给她顺气，她还是无法停止，絮絮怒骂——说什么心在哪儿哪儿就是家，这个家你管过吗？你知道油盐柴米、吃饭过日子的重要吗？张默北脸上挂着泪紧紧搂着她说，如果你愿意我可以开始管，除了婚姻我什么都能给你，我们开始过日子！

晚啦晚啦！她的脑海一片混乱，思绪像万马奔腾，你这个欺骗女人的高手！谁知道呢，我只能去领养两个孩子了。张默北紧紧搂着她，大滴的泪珠开始跌落。练虹挣扎着推他，忽然想起乔东要结婚，惊呼起来，我已经答应嫁给乔东了！我要和他一起给我妈养老送终。我要结婚！我要结婚了……

张默北不再犹豫，抱起苍白惊恐的练虹，他要送她去医院，他忧心如焚，发誓只要她好起来，从此永远守着她。

练虹知道张默北的死讯是在她出院后，她并不记得他死前曾送她住进医院，她恢复得很好，治疗后很快就开始好转，她记得与他争吵的片段，到交警队寻找他的事故鉴定时，资料里附有一张他被交警从车里抬出来的照片，他血肉横飞自由自在地躺着。回到家后她关上房门，把胳膊和脸掐出大片的乌青。

练凤担负起这个家，她是个勤劳的女人，总愿意做吃做喝，这个屋里两个精干的女人都傻了，她必须镇定。安排好一切，练凤去报社给练虹请了假，关于练虹的病她一个字也没透露，她游刃有余地照顾着两个病人。

练虹出院后病情很稳定，她坚持上班，疲惫地回家，抢着洗碗，一直到这天上午，她先是觉得愤怒极了，想出去流浪，随便死去，后来被母亲留住，她回到房间，用冥想跟她爱的男人见过面后平静下来，又建立了一点活的希望，就来到厨房开始洗碗，洗着洗着她坐下来，过去的岁月在脑海里播放，卷土重来的“咔咔”声使她忍无可忍地打碎一个碗，接着她用碎碗的瓷片割开手腕的动脉，厨房里缓缓血流成河，随着血液离开身体，她感到释放的轻松和愉快，她飘起来，想起了阿里，还有张默北磁性的赞叹声音——那真是一片辽阔之地！

因为阿里她飘荡的速度快起来，当她的身体飘过母亲时，她的心痛了一下，又很快恢复轻松快乐，急切地想走，她终于成功地飘走，她远远看见了自己心爱的男人，他黧黑英俊，正在拍摄藏羚羊，抬头看到她时他露出笑容，极度的快乐使他们拥抱在一起，奔向他们的辽阔之地……

冷　月　光

从元志的车上下来，李香儿不经意回头，看到他在玻璃后面冲自己狞笑。她闭了闭眼睛，告诉自己，这是幻觉，结束一段性史对他这种男人来说，不过一场游戏。

分手的第二十一天，她在电梯与元志再次重逢。

她和元志从未在白天谋面，这天的电梯里，元志却赫然站在几个外科医护中间。她准备跨进去的长腿停下来，元志出现在日光里的脸让她惊愕，对他说分手时他不同意而且威胁过自己，她曾想如果他真的像他所说，要去找到郑东并告诉他一切，她一定会杀掉元志。但元志的脸在日光里是和蔼的，显出本来的英俊，当他略显幽怨地看向她，李香儿在他脸上读到爱意。元志在电梯即将合上时，不顾众人的目光用双手掰开，偏头示意她进去，众人笑起来，他是医院的风云人物，这两年最红的外科主任。

李香儿只好进去，他继续跟小护士说笑，漂亮泼辣的外科护士开出玩笑时，他抬起腿装出要踹的动作，三十九岁的男人要酷，吸引不到李香儿的眼球，在酒吧乐队主唱过的李香儿见惯了风月，她面无表情地站在电梯一角。任凭元志有意无意地挡在她的身边，像一堵墙一样把她跟所有人隔开了。李香儿嗅到他身上的烟味和那股她熟悉的气息，她能想象如果电梯里没有同事，他会立即动手，而她只能听令服从。电梯把所有人放下，元志寸步不离地跟到顶楼，李香儿知道会是这样，他上周已经上演过，醉酒跑到她家楼下，对着她的窗户喊——李云香、李云香！

李云香就是李香儿，毕业后拿到派遣证的第一天，她就去镇派出所把这个名字改了，这个故事她不会告诉郑东，所以元志知道了。元志不顾廉耻地号叫，想唤起她的记忆，是太不了解她。尽管她对他讲了自己的往事，元志还是不明白，她并不爱自己，她对自己很冷血，每个人都在复制幼年，美好复制美好，野蛮复制野蛮。

旧楼上住的都是医学院编制的小年轻，没人知道李云香是谁，也没人听懂醉汉的呼喊，元志不是傻子，他没忘记自己的身份，他的确是下任的院长人选，但他现在还是外科主任，院长不能撒野，外科主任依然可以疯狂。他的家在白求恩花园，他从他的复式洋房跑到安静的学院小区来，是一种奇异的力量。

李香儿憎恶元志的发疯，他们只是做爱，没资格发疯和谈感情。郑东睡着了，面容恬静，李香儿默默关上窗户，她盘着腿坐在床上，在元志的吼声增大分贝时，她无声地站到门后，手里拿了一根黄杨木棒，静候元志的进一步行动，直到有人拉走他，黑夜恢复了平静。

李香儿下电梯后没往科里走，直接去了空中花园，元志跟过来就要强行搂她，外科医生的风流韵事从不丢脸，甚至被作为能力的象征，元志肆无忌惮地宣誓对她的占有令李香儿愤怒，可她却不表达，多年前她就发现自己失去了宣泄愤怒的兴趣，愤怒在她心里只会郁积成为死，她会杀掉那个令她愤怒的人，她清楚地知道。

但这个夏天的早晨，一直春风得意的元志显得清瘦憔悴，他为情所困的脸打动了李香儿，她推开元志，但允诺给了他一个日子。

郑东出差时，李香儿再次跟元志幽会了。

身为绯闻人物，李香儿只爱丈夫郑东，她无法为郑东生孩子，只要郑东流露出要她的信号，她会在那晚认真地把自己洗干净献给他，但每次郑东离开她的身体，她却依然是空的是饿的，这种饿现在由元志来填满。

元志的老辣与郑东的单纯相撞，她无法抗拒，老辣是一种力量，女人都需要活在男人的这张翅膀下。元志是医院的微创介入手术学科创立者，他的手术在国内挤入排名，他是当之无愧的无冕之王，院长也要看他几分脸色。他以骄人的业绩向所有人证明——有个市长爹（郑东的父亲曾是主管经济的副市长）也没用，捞世界还是得靠自己。元志不动声色地让郑东处境尴尬，医院不少医生都心照不宣地知道一个笑话，元志搞到了医院最传奇的女人，郑东的老婆——李香儿，只有郑东自己不知道。

李香儿披散着长发戴着墨镜到达宾馆，她并不在乎众人的目光，她想躲避的是自己，她相信另一个自己始终陪伴着她，此刻正用悲悯的目光凝视着她，她们有时撕扯分裂，有时却会和解成为姐妹。在满足欲望这件事上，她恨透了让郑东蒙羞，同时她想总有一天会结束这一切，解决元志这个控制自己的男人，可现在她首先渴望与他做爱。

解决了身体的积郁后，李香儿的情绪立即转入虚空和厌憎，元志从背后搂住她纤细的腰肢，求她不回家，陪他过一夜，她毫不犹豫地拒绝了。

她从元志的车上下来时，回头看到元志在黑暗中冲着自己狞笑，最近她总是容易看到充满恶意的表情，她闭了闭眼睛，这是幻觉她告诉自己。她相信元志是在讨好地冲她笑，分手不到一个月时间他瘦了不少，重新见面时他小心翼翼，甚至连动作都轻柔起来。他在房间等了足有一个半小时，一台小手术的时间，她刻意让他等待。

门铃响时他欣喜万分，窝在沙发里的身体一跃而起，利落地打开房门，他对这个女人永远没有把握，她就像一座冰山一样难以融化，他却又凭直觉信任她迷恋她。在搂抱她时他期待她像最初那样，讲她少女的故事，她所受的委屈，那时他感觉自己是她真正的男人，他的心变得柔软，回到刚上班面对病患时那种柔软，那时他曾忽然地明白过，只有和这样的女人在一起，而不是家里那个已经不再修饰自己、黄着脸每天只是敦促存储儿子的留学经费和其他主任夫人比地位的女人，他才不至于疲惫心硬，杀伐决断，走得太远。

但李香儿从没让他安心过，她似乎什么都不怕，什么都不贪恋，唯一被他找到的命门就是——郑东。他已经试过一次，并成功地重新得到她，看着怀里幽静迷人的肉体，他的脸上露出满足的笑容，凑近她笑嘻嘻地准备奚落她一番，她却支起身子，冷冷地盯着他说，以后再到楼下去喊那个名字，我杀了你。

元志迎着她眼里的寒光，眼圈红了，把我杀掉吧香儿，没有你我活不成，我愿意死在你的手里。

在小区楼下李香儿抬头看家里灯是灭的，回到家妈妈王仙娥却坐在客厅沙发上像幽灵一样，在一道月光里用厌嫌的眼神看自己。她讨厌王仙娥这样，这会勾起自己对所有旧日的体验，那个久远的地狱般邪恶的村庄，母亲厌嫌的目光，被毒打的屈辱，被强暴的恨，醒来后冷冷的月光，她赤裸着下身躺在一片荒原上。她挣扎着起身，月亮是弯刀形状的，昭示着她去杀人，她想拿刀，却发现一丝力量都没有，她甚至提不起自己的裤子，愤怒使她浑身颤抖，她撕心裂肺地哭喊。

月光是一样的，沙发上的坐的人影黑乎乎的，那双厌嫌的眼睛亮着，和多年前一样，她顿时止不住浑身颤抖，极力终止回忆镇静下来，侧身进了卧室，没有去理会那依然坐着的黑影，她以最快速度把自己脱光，用被子盖住。月光冷冽，李香儿四肢冰凉地躺在床上，她看着窗外天空寒光闪闪的月亮，如果那是一把匕首，她会用它把所有心怀恶意的，包括那个叫作母亲的人干掉。

李香儿很少回老家渔港村，那儿有着一潭黑水，名叫渔港却不产鱼，考上大学那年，她曾发誓再也不回去。

现在李香儿已经成年，职业高尚，努力过正常的生活，她把寡居无人理睬的王仙娥接到自己家养老，每天给她做饭吃。王仙娥老得很彻底，年轻时曾瘦削过的脸蛋荡然无存，她肥胖安详，连脾气也没有了，每当郑东不在家，她才无所顾忌地用手指甲剔牙，打嗝放屁，眼神凶狠地盯她的女儿。

这见证着一件不可思议的事发生——郑东跟王仙娥之间产生了奇异的母子情，彬彬有礼、谦和高贵的郑东很喜欢泥腿子丈母娘。郑东对李香儿说，香儿你总说小时候妈对你不好，我怎么觉得她人挺好，又风趣又会生活。

王仙娥听到女婿这番话时，正在客厅沙发上坐着打游戏机，她在村里是嗜赌的女人，除了吃饭就是出去打牌，手上仅有的钱赌光，不愿好好种地，李香儿就把她接来了。女婿的话使她呵呵笑起来，笑出痰鸣音，她看了一眼当初她确实不喜欢的女儿李云香，按算命先生的说法，这个女儿就是讨命鬼，一降生就把亲爹克死，王仙娥看李香儿一眼之后狡黠地说，不就说我老打她，亏得打！她一个人成了器，剩下没打的都混成龟孙蛋儿。

郑东呵呵笑起来，李香儿惊奇地看着他们俩，忽然明白了一件事，郑东并不懂自己对他说过的话，她曾那么认真地对他讲述的往事，现在变成了笑话。而她知道元志懂，在一次做爱结束她告诉元志，她小时候被取了一个很土的名字，叫云香，她妈不喜欢她，她每天早晨去上学总是饿着肚子，有一天她起床发现母亲在炒鸡蛋米饭，她欣喜万分，上了个厕所回来揭开锅，金灿灿的米饭一粒也没为她剩下，王仙娥都盛给了两个儿子。元志没有表示同情，元志也给她讲了一件事，有个眉清目秀的男孩上学时个子矮力气小，虽然学习好班上的娃子却还是爱笑话他，有一次劳动课老师问谁能带工具到学校，他想争口气就端端正正举手说，我带粪桶！结果回家后老爹踹了他一脚不准他拿，因为粪桶在那时是个很大的工具，从那以后男孩在学校的绰号就叫“元粪桶”，现在元粪桶每次回老家看父母，村书记都前后陪着，他看见以前叫他绰号的小学同学，还在用粪桶浇地。

元志讲完时李香儿修长的手指正夹着一支烟，她温和地看了他一眼，两人相视一笑，偎依在一起。

李香儿永远也不会继续对元志讲后面的故事，就是那么一个粗鄙的母亲，在一个晚上因为女儿偷吃了东西又抵赖不承认而把女儿打得半死。打完后还强行把她拖出门，女儿绝望中朝对面山上走去，准备从山的最高处跳下去寻死，这时比死更可怕的事发生了，她被尾随在身后的一个男人拦腰抱住，急速拖拽，头撞在大石头上昏了过去。半个小时后她清醒过来，发现自己躺在一片荒草地上，月亮像一把匕首一样挂在天空，然后她看到自己被脱光的下体。

李香儿承认，杀人的冲动就在那时深深植入了她的脑海，她准备回家拿刀，死也要把这个男人找到。支撑起身体时却因为剧痛她又躺下去。

有两年的时间李香儿被传闻病了，她想，借着这个传闻自己终究会杀人。

但谁也不配来审问，那一天来临她会自己结束自己，绝不让那些真正病了的人嘲笑自己。在她工作的地方，带刀的人多了，以各种方式弄点钱，每个人都以各种方式弄点钱，在动不动就见血的地方弄钱，这钱与其他就不同，就蘸上血了，不爱说话的她开始时常危言耸听，说千万不能走得太远，否则逃不掉那一天！那段时间她跟一个干瘦的年轻内科医生交往甚笃，他们同科，这是个只开便宜老药片的、医术高超的家伙，他们被定为一对神经病。

内科医生终因不能创收被排挤，后来白袍一脱回老家养猪去了。李香儿为他鸣不平跟主任理论，主任以不正当男女关系把她上交，她被强制休假，杀人的欲望又萌生起来。她一直在想，如果以后杀人遭遇审判，被称为法官的人第一句会问她，你叫什么名字？

她一定会冷笑起来，法官她不熟识，检察官她是见过的，有一个姓黄的不就是吗？当时最小的弟弟出了点事，妈妈王仙娥哭闹说没人管自己的亲兄弟，她被迫拿钱出来贿赂，请检察官吃饭，这位土著检察官不使用普通话，一口方言讲得极有韵味，拖着尾音并带着拐弯儿说，在屋里等着，三天两早上我就给你办好了！

结果他收了数目不小的钱物后避而不见了。李香儿开着车来到检察院楼下的树荫里，抬头看看姓黄的那扇窗户，里面有动静，于是她拿出手机直接拨打那部座机，铃声响得她在楼下都能听见。检察官接电话后她没喊黄检，而是直截了当地说，老黄，你跟我玩什么猫捉老鼠？

姓黄的立即就下楼来了，毕竟他每年考评都是优秀检察官。

法官和检察官一定有异曲同工之妙，如果法官提问时，该怎么回答自己的名字？同事们曾告诉她，你的名字真好听，像个港姐的名字。她却很后悔用“香儿”做名字，抹掉过去，她还是她，也许李云香才是个怀旧的、光明平和的名字，在这个平庸的名字笼罩下，也许她会是一个快乐的容易忘记仇恨的女孩，跟大家一样喜欢在太阳底下摊开四肢，晒晒太阳。

郑东喜欢李香儿就是从她的名字开始，郑东是个大暖男，整个医院找不出第二个他这么谦和的人，浑身都散发着好出身带来的贵气。那一年医院大操大办新年晚会，一大帮年轻的医生护士坐在一起，有人对郑东介绍说，这是我们的院花李香儿。

郑东看她时眼睛发出愉快的光芒。

李香儿早知道郑东，他爸爸是市长，谁能不知道呢，医院里的许多女孩渴望飞上这棵枝头做凤凰。李香儿只对他淡淡一笑，她是几乎死过的人，自惭形秽使她对猎物更有耐心和方法。郑东喊她，香儿！他的声音非常磁性，非常好听。此后的岁月里，郑东喊这个名字时声音里的爱意，从未消失过。

但李香儿已经厌倦了，她依然爱他，可她厌倦他的至简至纯，他可真不愧是象牙塔里养出的公子哥，难道他真的丝毫也不能感应到——他的妻子处境复杂？李香儿已尽全力伪装和保护他。她本是个在困窘中长大、靠跟生活搏斗才保存下来的女孩，没有经验和耐力，也许她早已死在渔港村，或者在村里找一个比那晚作恶的男人好不到哪儿去的丈夫。那个夜晚之后，李香儿找到校长要求回学校复读一年，后来顺利考上高中，高中三年王仙娥不给她生活费，她借遍了所有的邻居和亲戚，种种屈辱挥之不去，上大学时她再也不求任何人，一直靠奖学金和打工挣生活费，见到郑东的第一眼她就知道，只有自己能拿下他，郑东是命运对自己的额外奖赏。

李香儿常常想起那个新年，郑东来到宿舍外面，他在清新寒冷的空气里喊着她的名字，香儿，我爱你！我已经告诉我爸妈我要娶你！

那一瞬间李香儿觉得自己突然被清洗干净，将要重新活过来。直到生活在一起多年，她才发现郑东爱她是错，她生来复杂，无法把李香儿活成一个简单而光明的名字，简单地穿衣吃饭生孩子，幸福地老去平安地死去。

再次卷入与元志的纠缠，李香儿倍感沮丧。

那种杀了王仙娥的念头使她失眠，半夜起身到客厅摸了一把沙发上蜷曲的人，王仙娥的身体柔软而温暖，什么都没发生，她长舒一口气。天亮后她还得继续去上班。

李香儿住的旧楼光线很不好，去上班的路会越走越亮，直到她感到金碧辉煌时，医院的门诊大厅就到了。她仿佛来到一个不需要日光而可以自己放光的巨大帝国。

已经三十五岁的李香儿在医院也依然醒目，年轻的医生会打听——谁是李香儿？被问的人不屑地努努嘴，刚过去那个，冷着脸走路屁股一扭一扭的就是。被各种目光追着看是李香儿必须适应的课程，她只能冷着脸，目不斜视，白袍穿在她身上总比别人更合身好看，是因为她特地拿到裁缝店修改过。

她如今在CT扫描室工作，病人们都觉得她傲慢冷漠，对她很没好气，却不知道她整理他们的资料非常认真，她也从不打乱患者排队检查的秩序，找她插队很难，连本科主任想插个关系户进去都不行，曾有一次主任假笑着恨恨地说，小心我不要你了，开了你！

对这位首创临床医师检验单每单均有提成的主任，李香儿毫无尊重，听见主任的话后她站起来，挺胸叉腰冲着他说，有本事你开啊开啊开啊，我倒想知道你用哪个理由开了我！

李香儿跟主任对峙时眼里闪着寒光，但她的桃腮含着笑，肢体动作是威胁的然而也妥协的，那是很女性化的动作，男人一般也就算了，他们知道李香儿美丽，也知道她惹不起。

元志当然也知道。

他认识李香儿是在她被风传患病的那年，她被内科主任上交，主任说科里同事看到她跟科里医生约会，两人促膝交谈，篮球场散步，影响很不好。这个理由院领导予以驳回，最终导致她被强制休假的那天，元志在场。

他正好在院长办公室谈事，秘书过来通报说李香儿在外面闹事。院长“霍”一下起身，风度尽失地说，疯女人，她已经缠我三天了，现在又给我来这手！元志笑眯眯地看着涨红脸的上司，不明白他为什么要急躁，总要和别人有不一样的定力，才配得上拥有权力。

院长气急败坏地下去时，元志好整以暇地站在窗口欣赏着，这是他第二次见到李香儿他确定。他能准确地记起他曾见过她，是在医学院老家属楼附近。那天他去学院图书馆查资料，经过这幢楼，楼下长着遮天蔽日的松树，在夏日的炙烈阳光中挡出一片荫翳，他看到一个女人在树下休息，戴着墨镜，脸被一头长发遮盖，只露出很小一部分，但已足够精致，她的肤色略显苍白，两瓣红唇微微启着，她的脚边有一只流浪猫不停挨蹭，她冷漠地看着它，但没有赶它走，而是从手上的皮包里搜出一根细细的玉米肠，他奇怪她的包里会有这东西，只有一种解释，这个女人经常在这里喂小动物。

现在这个女人一反冷艳的模样，眼里含着泪花疾声呼吁——我们是大医院，有着上百年救死扶伤的荣耀历史，带头拒绝一下差价太大的药物转型，减轻病人负担惠泽众生，不是我们应该做的吗？我们科的孙医生没错，医院应该留住这样的好医生，院长不解决我的诉求，我就每天来，非要讨个说法！

围观的人多起来，都是到办公楼办事的医务人员，他们诧异地看着李香儿，惊呼她是不是神经真的有问题了？

元志陷入沉思，眼前的一幕确实很戏剧化，但这个女人的泪眼让他的心脏莫名绞痛了一下，药物很多年来已经如此，大家各挣各的钱，井水不犯河水，市场活跃为新药的研发提供了资金支持，医院也出过一些拒绝开新药、坚持用老的便宜药品的顽固分子，但老药逐渐停产，新药毕竟也有新药的优势，顽固分子挡大家的财路，自己也走上绝路终究幡然悔悟，回归潮流，曾有老主任不合时宜被提前撤换下岗，还从没出现过一个护士跳出来。元志的眼睛定格在她的脸上，她还在含着泪倡议抵制回扣药，她说她很多次亲眼看到老家来看病的乡亲，他们卖了猪，卷着家里所有的储蓄，怀着希望来的，可他们那点可怜的钱，住院三天就被赶回家了。抵制回扣药，尤其这次药剂科即将引进的新型化疗药氟尿一号，一百五十元一支，是原来的氟尿叮的三十倍，药物成分一模一样，只为改头换面获取暴利，可病人又有多少人要倾家荡产！李香儿说到这里哽咽起来，泪水大滴流下。

人群开始窃窃私语，元志关注着动态，紧紧盯住女人，他的心已经被她的泪眼紧紧抓住了。这时院长出现，把众人驱散，指着她咆哮，药剂科跟你有什么过节，你要这样诋毁！

我倡议的是事情，并不针对任何科室和人！李香儿迎刃而上，她抬起下巴轻蔑地看向一院之长。

院长张口结舌，元志摇摇头，叹惋这猪一样的队友，女人的勇气固然可嘉但太不值得，事情不会有任何改变，胳膊拧不过大腿，这样对她很不利，他想帮这个女人。院长只能亲自把李香儿请上楼去谈，元志在她到达办公室前离开，走时他对院长建议业务缓一步无妨，人心一定要安抚。

院长跟李香儿推心置腹地谈话，他提到关于有阳光就有暗影，成熟的人无法追求绝对的公平，而只在意一件事带来的普世意义。

我不知道普世意义，李香儿低垂着眼帘。我只知道成分没变价格变了，成千上万的人用不起这种药了。

现在的问题是氟尿叮已经停产，新药有新药的进步性，不引进病人用什么！你应该去问问上面，而不是在我这儿胡闹。

你如果没拿那一份钱，我就不会坐在这儿问你。

院长恼羞成怒，威胁地问，香儿你是不是真的精神有问题！

李香儿抬起眼直视着院长，你想让我在你眼前消失的话，也要先想好！

对峙结束，院长沉思了一下说，香儿，我有我的无奈。

这时郑东赶过来了，他从别人嘴里听说了他老婆著名的演讲，生气地责备她，你应该相信院长，这不是你该管的事！李香儿无奈地看着郑东，希望他回去，她继续跟院长谈完，但郑东很坚决，揪起她的胳膊固执地要把她拉回家。她想，似乎只能到此为止了，她要给丈夫脸面，这大于一切。也正是这种时刻，孤独感铺天盖地袭来，她觉得自己已经无力再爱丈夫。

李香儿被通知待岗三个月，不过刚过去两周，又奇迹地被通知待岗结束，调到 CT 室上班。

李香儿离开临床成了 CT 登记室里的冰美人。

这是个轻松无聊的岗位，但元志往返经过都可以看到她，这让他感到十分得意。终于有一天元志在CT室门口遇见她，李香儿的两只手插在白大褂的兜里，冷漠地回应着他的凝视，她知道他是谁，但从未打算跟他说话。元志不想和她保持陌生对峙，他要近距离，于是直接唤她，香儿你好！

她偏着头继续冷冷地看他，他用目光抚摸着她动人的面庞说，你在这儿上班挺好，我就放心了！说完他如释重负地等着她的反应。

李香儿瞬间明白他的意思，她记得松树下向自己注目的男人，也一直奇怪医院的处分突然撤销，她问郑东是不是瞒着她回去找他老爸，郑东说没有，也许这件事与眼前这个男人有关，如今他炙手可热，在医院可以呼风唤雨，做任何事情。她挑起眉毛注视元志一眼，推门回到登记室去。元志心满意足，她挑起眉毛的一瞥，不再冷冰冰，现出女人的温和，那就是她的谢意，她不会屈尊再有更多的表示。从这一瞥开始，他闭上眼睛就是她的脸，苗条的身材，含泪的眼神，事情发展到每天都梦到她时，他只能直接到登记室去找她，他装作查片子，边翻片子边说，我能见你一面吗？她抬起脸，撞上他少年般的眼睛。

是你帮了我？为什么？她单刀直入。

因为你是对的，举头三尺有神明。

他们开始约会。元志搂着她时慨叹，我们俩怎么没有早些认识，你说你一个弱女子哪来的劲儿跟院长对着干，是因为那内科的瘦子吗？你真喜欢他？

李香儿沉默，她拒绝跟他聊这种话题。

元志喜欢李香儿沉默的样子，在她沉默时他从不逼她说话，他认为女人沉默寡言是一种杰出的品质，女人们总是太爱说话，他喜欢安静神秘的女人，就像李香儿，平凡的女人满足不了他。他甚至有一种奇怪的感觉，从读大学到研究生毕业、就业，他漂了许多城市，就是为了遇到李香儿才来到这里。

他没告诉她，他本科毕业曾在老家县城医院工作过一年，为救一个重度乙脑患者他跟主任闹翻，那个患者只有十八岁，用药后效果极好，有望保住生命，却因为没钱被停药，被要求抬走，患者父母跪下求他，跟主任闹翻后他自己签字担保，后来整整扣了一年的工资，他经常馒头就咸菜，第二年他就考研究生走了，他得出的结论是——个体的善良之举是无意义的。

元志还是追问，你那么不管不顾地大闹办公楼，要么是你或者亲人受了什么欺负吗？

李香儿被问烦了，甩甩长发反问，我间歇性精神病发作，你没听大家说过吗？说完她笑得前仰后合，元志“哗”地紧紧搂住她，握住她的一只纤细手腕喃喃说，我知道你不是精神病，我知道你不是精神病。

他惊讶自己变得容易动感情，他已经多年陷入麻木，典型的表现就是再也不与患者的苦难共振了，他甚至干了很多坏事却丝毫没有良心不安。现在他很清楚，这个被传说水性杨花、精神癫狂的女人，是自己的贵人，他对她绝对不是游戏，是她让自己又开始不安，他的确治病救人，但在钱的问题上要收手。元志能清楚记起她待岗时自己的坐立不安，自己急于解救她，终于在一场有院长参加的中层干部酒局中，众人嘲讽地聊起她，他站出来为求她情。他说是小学同学，脾气太臭大家多包涵，酒桌上的人都不怀好意地哄笑起来，然后他就主动把自己灌醉喝趴下了，院长俯身在他耳边一番告诫，最后轻声说，我会恢复她的工作，兄弟。那晚回到家后他胃出血发作。

郑东永远那样，哪怕全世界都知道，他也丝毫不觉得她有什么异样，和元志来往后，她找各种借口让郑东戴避孕套防护，保护他。也有过向他摊牌的念头，不能有孩子对他太不公平，她想放他去找一个正常的女人。

元志渴望幽会的频率增加，他为李香儿买了一只价值过百万的鸡血石手镯，对她他不隐瞒所有事，说上面让他准备接任下届院长他推了，他决定再挣几年钱以后任个职务也不迟。“挣钱”这个词让李香儿感到恶心，她知道鸡血石的价值，以钱来衡量的话，元志的礼物很贵重，可却无法买到自己的心，她冷冷地推开那只美丽的玉镯，她在欲望和背叛之路上走得有多远，对郑东的爱就有多深，熬到年末时她决定对元志提出分手，在一次做爱完成后她问他，满意吗？元志使劲地点头，她就起身一件一件把衣服穿上，一边穿一边说，我们结束吧。

元志从床上跳起来，她解决得太突然，他的心突然之间被掏空，他赤身奔向门口拉住她，我不同意！

李香儿面无表情，我已经想好了，我想好的事从来不会改变。

她伸出纤长的手臂去开门，元志忽然靠到门上去，他心如刀绞，想了想他说，如果你今天走出这个门，我非去找郑东摊牌，断了你这条后路不可。

李香儿冷冷盯着元志，像对一个陌生人，我知道你不会那么做的，让我们彼此留条活路吧。

元志吃惊地看着她，发现她说话时眼里寒光闪闪，她命令元志让开，元志服从了，闪在一边想再搂抱她一下，她冷漠地拉开门走了。元志站到窗前看她的背影，她的身姿在夜里显得那么曼妙，他曾抱过这身体，可她的心是多么冰冷，元志被一种巨大的痛苦攫住，捂着胸口蜷曲到床上抽泣着。

元志认为挽回女人的办法只有让她感到威胁。

他早已找到李香儿的软肋，那就是她还在顾及郑东的颜面，像母兽一样保护着丈夫。思索着如何挽回李香儿令元志度日如年，苍蝇一样跟在他屁股后面的药商得到了机会，每晚陪他喝酒。醉酒后他唯一想的只有李香儿，他来到她的楼下嘶哑地喊着——李云香，李云香！

李香儿沉默着，她关上窗户，守在郑东床边，看着他孩子般熟睡的脸，等着元志的进一步行动。元志仍在加大分贝号叫，她担心他上楼，手持一根黄杨木棒，起身向门口走去，经过客厅时她看到过妈妈王仙娥的身影，她惊悚地意识到，王仙娥能听懂外面喊的是谁。

嘶喊的声音却忽然终止了，李香儿瘫倒在地上。

是药商赶来把元志拖走了。一个处心积虑的器械商，准备挤掉元志手上的老厂家，把自己的介入器材供进去。介入放射导管是耗材，价格高昂利润空间非常大，搞定元主任的公关方案早已出来，通过跟踪他们早已物色到一个跟李香儿长得非常像的女业务员，此女入行已久经验老到，碍于时机一直没引见给元志，现在机会终于从天而降，器械商一边把元志往回拖，一边咕哝了一句，元主任你还真是个情圣！

女业务员早已在宾馆房间等候，房间隐蔽处安装了一个摄像头。元志醉得很厉害，业务员没花费什么工夫就脱光了他，他完全把她当成了李香儿，多日的相思洪水般泛滥，一发不可收拾。

李香儿知道清算的那一天来了。

跟元志复合后，她发现自己开始发热，有两个星期她一直处于发热疼痛中，不祥的预感笼罩着她。郑东非常用心地照顾，没工作时就守在她身边，李香儿把脸贴近郑东的手心，心中涌起生离死别的绞痛，她莫名地渴望一切重来一遍，她想跟郑东重新开始生活。

病中元志打来电话她拒绝接听，元志的老毛病又开始发作，他一遍遍打过来，逼迫她接听，李香儿不得已接起来，他惊喜急切的声音立即传过来，香儿我好想你，我要见你，你别这么折磨我。

我病了元志，一直在发热，昨天去检验科查血了，我有种不祥的预感，你是不是跟什么人接触了？

元志心神大乱，也许自己也该去查，和女药商上床后他有不适感，一直没留意，那今天我们见面好吗？我快活不下去了香儿。

明天吧，具体时间明天再定！李香儿挂上电话，她总感到妈妈王仙娥在监视一切，用阴森森的眼神看自己，她极力克制着想对王仙娥怒吼的躁狂。

天亮后的这个冬日清晨，是无数个失眠之夜后的普通的早晨，李香儿虚弱地同郑东一起上班，光线由暗到明，郑东关切地问，香儿你的脸色好差，要不请一天假吧，体检报告出来了吗？她摇摇头，温柔地对郑东一笑，郑东揽住她的肩膀，她的眼泪不自禁流下。

在电梯口与郑东分开后，她并没往 CT 室的方向，她先到空中花园静坐片刻，之后去检验科取报告，取完报告她的脸变得没有血色，径直向一个目标走去——元志办公室。她坐在办公室等了很久，一直等到元志下手术。

李香儿离开主任办公室后，在医院继续漫游，她看到手术室的平车呼呼推过来，朝元志的方向去，她无动于衷，继续走着，她路过一些病人，想起自己抵制的氟尿一号，已经成功高价上市，他们中必然有无数人卷走家中的积蓄来到这里，用一辈子的钱来使用这些昂贵的药品。还有一些人他们患上的病本可以自愈，可他们谁都不相信，像傻子一样自行躺倒在病床上，猪一样被刀割出许多血。忽然她看到内科医生，他站在窗外看着自己，目光充满怜爱，却因为他赶的那群羊不停向前走，而不得不离去，有两年的时间他们那么要好。最后她看到抬在担架上回家的年轻人，因为没有钱他们不得不回家，这令她一阵绞痛。

忽然她又有些高兴，她看到很多病人提着脸盆在办出院，因为有更多的人在这里恢复生机，所以那些戴着白帽子的人理直气壮，趾高气扬，她有些羡慕和妒忌他们。他们看自己的眼神充满怪异，把她当作精神病，嘲笑她的单纯和赤诚，她被他们冷漠鄙夷的眼神洞穿了心，想冲过去惩戒他们，但人群川流不息，她被裹挟着推搡着，只剩下最后一个愿望，她悲伤地想在人流中看到郑东和王仙娥，他们是她唯一的亲人，但是没有，她无法找到他们，她失望极了，惊恐地感到自己回到了家乡那片荒原。

李香儿躺在多年前的那片荒地，鲜血“汩汩”从颈项流出，她很安静，这是她该来的地方，她闭上眼睛渴望重生的幻影，但她开始浑身抽搐。

轰动一时的血案发生在冬至。

那一天阳光很好，外科介入手术中心主任元志被李香儿用手术刀划开颈动脉，在主任办公室死去，急诊科和手术室医生全体赶到时，他已经没有任何生命体征。

能在第一时间赶过来的人都来了，把郑东反而挤在了后面，他远远地站着，脸色苍白双唇紧闭，听明白人群的议论后他转身去寻找妻子，他找遍了所有地方回到家，看到她的母亲王仙娥无动于衷在屋里坐着，他过去疯狂地摇她的肩膀，香儿在哪？

王仙娥这才像个女巫一样未卜先知地说，你回渔港村找找。

郑东在渔港的一处坡地找到了李香儿，冰冷的河风“飕飕”吹在她的尸体上，她穿着最喜欢的一件薄棉服，身姿窈窕依然好看，郑东哀号着扑上去，与元志一样，她也死于手术刀切开颈动脉。

案情的侦破很明白，李香儿在检验科被通知感染艾滋病毒，来到元主任办公室，静坐一小时后元志下手术，元志的死亡时间是十一点一刻钟，面部表情并不痛苦，甚至在微笑着，经鉴定其颈动脉为李香儿划开。

郑东把李香儿安葬在老家，李香儿的坟茔垒得小巧别致，郑东靠在墓碑上一直坐到天黑，抬头看见天空挂着一弯冷冷的月亮，月亮照到他身上的光却格外温柔，就像他背后坟茔中的女人，他忽然抱头，泪流满面。

邂　逅

女生出现时汤姆心动了一下。

瑶城的街头，夕阳余晖中她柔和地站在那儿，风吹动她齐肩的黑发，海伦提前说过她叫山妮，和汤姆一样，大家都是网名。也许最后出现的人总容易让人含有期待，她体态轻盈，白衬衫，米色的短裙，有种令人意外的洁净。汤姆看了海伦一眼，山妮的这一身衣服如果套在海伦身上，就会很不合身，海伦是他喜好的类型，枣蜜肤色，身体结实肉感，最关键的是她很坦率，汤姆来之前和她在交友软件中聊过很多，海伦的言谈毫不掩饰，机警而有趣，他很喜欢。

山妮上车时流氓很激动，他本名刘年，汤姆顺口改为流氓，他在驾驶座上兴奋地朝山妮抓了抓手，因为从约的程序，车上已经坐着的海伦隶属于汤姆，他们是半月前加的网友，聊得不错，汤姆并没告诉海伦他是因为旅行计划中有瑶城，才找瑶城的女孩儿聊天，他打算的是每到一个地方都约一个女人，海伦答应见面后说会带上一个女友，看来就是正在跨上车的山妮。

汤姆坐在副驾沉默不语，山妮回应流氓后转向他，他才偏着头举手示意，山妮于是看见一张男神面孔，欧式刀条脸，英气逼人，山妮微笑着想，海伦结识的男人越来越好看。她对那张脸说，你好。

山妮对汤姆说话时海伦发出叫声，你压到我的裙子了山妮！山妮急忙挪动，汤姆从后视镜里不动声色地盯着她们，基本上他把爱尖叫的女孩儿归类为适合邂逅，他认为这种类型更为率性开放，海伦上车时他很满意。瑶城偏远闭塞，能出这样洋气的妞儿也算不错了，并且他知道海伦对自己来自上海很有好感，两人艳遇一次应该没问题，没想到杀出一个山妮，海伦如果不是单纯得不懂闺蜜最易变成劲敌，就是太自负了认为山妮不足以带来威胁。汤姆盘算着，他不想把山妮交给流氓，流氓跟这个女孩实在不搭。汤姆好整以暇地从后视镜里观察着女孩们，山妮听到海伦的尖叫赶紧起身，头在车顶上撞出“咚”的一声响，她把海伦的裙子解救出来后抚了一下头，当她仰脸抚头时，在后视镜里遇到汤姆的眼睛，她的脸红了一下。汤姆想，这个女孩儿很羞涩。

山妮轻声问海伦，两位帅哥是来旅行吗？海伦点点头，神仙般的国内自驾游。

汤姆环顾着瑶城秀丽的风光，无限感慨，你们这里非常好，安静，有山有水，真像世外桃源，适合定居。

流氓打趣，反正你单身，就定居好了，我一个人回去。

海伦叫了一声，哇你王老五！三十五岁的钻石王老五。

汤姆被海伦叫得有点尴尬，瞪了流氓一眼。山妮轻轻接过去，是不婚主义者吗?

汤姆从后视镜看着她，讽刺地回答，随便打探别人的隐私，你是记者吗？

海伦哈哈大笑，确实，她是我们学院的校刊记者。汤姆笑了，海伦很机灵，他喜欢。确实独身主义，记者小姐，你怎么看？汤姆向山妮发问。

不怎么看，一切哪有绝对，也许某一天忽然就想结婚了。

汤姆愣了一下，山妮说得对，他并没认真想过什么不婚主义，两人的目光在后视镜里相遇，山妮勇敢地迎上，毫不畏惧，汤姆觉得她可爱，对她眨眨眼睛，流氓一边开车一边看了他一眼。

从上海出发时汤姆是这么跟流氓约的，上海太累了哥们儿，不如我们在哈尔滨读小学时好玩儿，这次我们俩全程自驾，两个月时间，绕祖国一圈，一路吃香的喝辣的，有妞儿就带走，来一次快意人生！

流氓击掌赞成，汤姆永远是他的主心骨，怎么说怎么好。当年两人一同高中毕业，汤姆玩着闹着考上名校，自己名落孙山蜗在老家。汤姆大学毕业后留在上海，开创着一个北方男人的南方奋斗史，这么多年过去汤姆算是成事了，手上有家小公司，南京路有套大房子，一台宝马轿车开着，连名字也不让叫小时候的，一定要叫汤姆，但流氓清楚他并不快乐，生活在上海的东北人会永远找不着北。流氓甘当汤姆的马弁，汤姆让流氓飞到上海来会合，流氓把小酒吧的生意扔给老婆就到了上海，汤姆在机场接到流氓后发出命令说立即出发，两人就一路狂奔来到武汉。汤姆说，路上我会约很多妞出来，你就不要说真名字了，妞问你叫啥名字你就说你的名字叫流氓。

流氓点头说记住了！汤姆有时候就像个长不大的坏孩子。

我到武汉要先去看她，你见过的，武汉女友。汤姆戴上墨镜，流氓看不清他的表情。

流氓知道他和武汉女友的故事，他们俩大学同学，汤姆甩她的那个暑假，她在家开煤气自杀，她富甲一方的老爸动用警车把汤姆押到武汉，三天后才放回去。女孩儿后来嫁得很好，其实没什么好见的，汤姆就是太恋旧，到了武昌东湖宾馆流氓实在忍不住发话了，还是别去惹麻烦，小心又被弄住。

汤姆嘿嘿笑，下一站到武汉附近的瑶城去泡温泉，我专门加了那里的一个女孩儿叫海伦，应该漂亮，也很会聊天，她会带上一个女朋友，绝对满足你的好奇，我们玩一次艳遇。

现在流氓在揣测，这两个女人恐怕要留意一下汤姆属意于谁，他不会拂汤姆的心意。

流氓把车开往海伦帮忙订的瑶城菜馆，听说是海伦的亲戚开的。

半个小时的车程夜幕已经降临，又淅淅沥沥下起雨来，好不容易到达菜馆，汤姆和海伦先钻进去了，山妮礼貌地站在门口等流氓停好车，流氓找不到车位急得乱转，汤姆也出来站在门口，手抱在胸前恶作剧地看着流氓转来转去，对山妮说，不用管他，我们先进去吧。山妮睁大眼睛诧异地说，那怎么行，你们是客人对这儿不熟，海伦请我来是帮她招待客人的。

汤姆无语，他看出她是真诚的，可他很不喜欢，对他来说真诚是一种负担，也很浅薄，浅得犹如赤身裸体站在他人面前，任由别人观瞻。钻出轿车的汤姆是个大个子，山妮与他站在一起显得娇小，如果人能不受约束，汤姆这一刻很想邪恶一下，把这个娇小的女生抱在怀里，看她惊慌的反应。

四人终于菜馆里坐定，气氛松弛起来，灯下的女孩儿更显得好看。尤其是海伦，她满面春风地张罗着，汤姆心里暖暖的，漂泊的人就像流浪的狗，会感激一口热饭。山妮坐在汤姆的右手，用纸巾一丝不苟地擦着餐桌，老板进来寒暄，她扬起下巴惊喜地问，你就是海伦的表哥呀？下次我也带朋友来！

海伦和山妮显得既亲密又疏远，两人眼神一对视就闪开，流氓粗心大意，典型的东北爷们儿，汤姆已经在上海住得太久，心思变得缜密了，他直觉这两个女人有玄机，但异乡小城能挑出这么两个漂亮的女孩儿一起吃饭，是件开心的事。海伦高大、性感，脸蛋儿精致得像狐仙儿，山妮则秀外慧中，略显矜持。海伦点完菜在汤姆身边坐下后，汤姆开始和她聊天，问起本地的特色小吃，海伦一一介绍并声称是好吃极了的。汤姆用眼角看见山妮陪流氓说起话来，两人很带劲儿的样子，汤姆提高了声音调侃海伦，有多好吃？有你好吃吗？

四人都笑起来，山妮说，她当然好吃，但她是我的！

山妮一副霸气的口吻，汤姆用吹口哨表示讶异，她看上去很矜持，语言却是这样大胆，汤姆明白她一定是在保护海伦。流氓傻傻地说，你们吗，没看出来呀。

海伦不发表意见，调皮地看着山妮，山妮说完大话后自己带头笑了，然后老板娘就开始上菜了。小菜是真不错，居然还有一碟茴香豆，汤姆想酒了，咂咂嘴说，怎么恍然间觉得到了鲁镇的小酒馆似的。

鲁镇也是流氓陪着汤姆玩的，那次很开心，流氓说，并不像，怎么扯到一块儿？我们还是开始喝酒吧！也没人问我的名字，只好自我介绍我叫流氓！

流氓！海伦叫了一声。山妮则问，锋芒毕露的芒吗？海伦嗔责，傻瓜，人家开玩笑的！

海伦和山妮真不同，汤姆笑起来，海伦挺不错的，老练的女孩儿相处起来不累，大家逢场作戏，开开心，山妮被海伦点拨后又一次脸红了，噢，我还以为——

汤姆解围，你猜得很接近，他姓刘，我们平时爱开玩笑都把他叫流氓。

山妮释然，叫来老板娘说既然像鲁镇，本地也是有好酒的。居然真的有一种据说威力很大的老酒上来，山妮主动要了一碗，以示作陪。汤姆和流氓当然不能落后，各自一碗，海伦倒上一杯白酒，情势可人。汤姆流氓在一起时是一对酒鬼，遇到愿意陪喝的女生，就是快意人生。

流氓喝酒很主动，打断汤姆与海伦的窃窃私语，警告他们要好好喝酒。山妮端碗才发现两个男人是酒神，举起碗就一饮而尽，第一碗她坚持一饮而尽，第二碗时对帮忙倒酒的流氓说，少倒点，我虽然端酒，其实酒量并不好，醉了很惹麻烦。

醉了就醉了，怕什么！汤姆接过话，斜睨着山妮。

我们倒不怕，你们两个男人要是醉了可没办法搬走！海伦出来说话。

的确，两个男人都是大个子，尤其汤姆，胳膊鼓出肌肉，胸腹肌在T恤下面隐隐隆起。但海伦的话让男人们笑了，她忘了酒在北方是用来御寒，汤姆用手轻轻揪了一下她的脸，海伦痴迷地看着他。

山妮端起酒碗，我看出来了你们肯定酒量不错，那我就陪你们干一碗吧，欢迎你们！

汤姆和流氓高兴地喝掉酒，流氓说我们可是坏人，流氓啊，也欢迎吗？

山妮喝完酒变得随和，来的都是客！她在学校社团里排练过《沙家浜》，把手指跷起来指着两个男人。

汤姆盯着她，喝了酒的山妮很俏皮，她的脸被酒催出好看的红晕，汤姆想让她继续喝下去，于是端起酒敬她，汤姆一饮而尽，山妮跟着也喝尽，汤姆大觉有趣，山妮喝完酒抓起汤姆扔在桌上的烟，磕出一根夹在指间，汤姆立即拿起火机为她点火。

海伦在一边解释，她是写文章的文艺女神，熬夜时抽烟解乏。

怎么，抽烟是大逆不道吗还要解释！山妮变得锋利起来。海伦迁就地说，好吧，抽烟好抽烟好。

那你也来一支！山妮把烟扔给海伦。

海伦拒绝，发疯啊女人，我从不在亲戚的菜馆里抽烟的。

你就装吧你！山妮大声。海伦只好说，好好，以后我在我妈面前也抽，你呢敢不敢？

山妮愣住，汤姆呵呵笑起来，这种感觉很不错，两个女生的斗嘴。他点上一根烟，陪山妮抽着，流氓也开始敬酒，海伦发话，等一下！今天既然山妮这么给面子，出来陪我远道而来的朋友，你们两个男人见证，我和山妮喝一杯，一切都过去了！

山妮的眼里泛起一些泪花，两个女孩儿碰了一杯，一饮而尽。流氓笑嘻嘻地看着，汤姆静静旁观，山妮眼睛的湿润让他动情，他发现自己的感觉是对的，这是一对有故事的女孩儿。

跟海伦喝完酒，山妮更加泰然自若了，借着酒力开始对汤姆问话，你说喜欢鲁镇的感觉对吧，那我问你鲁镇有两个人，阿Q和孔乙己，你更喜欢谁？

汤姆没想到她会问这么一个问题，他在大学虽然学经济，却正好参加过鲁迅文学研究社，这样的问题已经多年没有人提起过，没有人再关心鲁迅或是文学，关心什么人的属性，山妮是个例外。我喜欢阿Q！汤姆简洁地回答。

为什么？

他有娱乐精神啊，精神胜利法也非常实用，汤姆的回答与在大学时的热忱探索已是风马牛不相及。

山妮已有醉意，闭上眼睛笑道，作为文学形象我钟爱他，可在生活中我最讨厌他永远讨厌他，我有多讨厌他就有多讨厌我自己。

汤姆劝解，不能太认真山妮，快乐每一天就好！

山妮睁开眼睛，犀利地看了汤姆一眼，想起了一件事，她指指汤姆又指指海伦，问，你们俩才是今天要接头的网友，对吗？汤姆做个鬼脸承认。山妮大笑着站起来，我要去洗手间了，你们好好聊一聊！

山妮站起来时，流氓也刚刚请假去洗手间，山妮出走就意味着只剩下海伦和汤姆，海伦看着他，汤姆笑着耸耸肩，他点上一根烟，陷入沉默。

流氓回来后山妮接着回来，四人团圆，山妮坐下就继续抽出汤姆的香烟，汤姆迅速为她把火点上。香烟燃起的一瞬间汤姆离山妮很近，于是问她，你都写些什么作品？

散文、小说，山妮回答。有时也接些活儿干，企业家传记，楼盘软文。

你需要自己养自己？汤姆问。

是啊，山妮和我都是靠助学贷款上学的人，是不是顿时觉得我们廉价了很多？海伦搂住山妮的肩斜睨着汤姆，山妮也目光炯炯，或者我们是千金小姐，只为摆脱父母的束缚，争取独立的生活，影响你对我们的看法吗？

流氓茫然地发问，你们聊得这都什么跟什么？

海伦冲他一笑，永恒的话题。山妮点点头，我的新的文学命题。

很不错，阶层和宿命，永恒的话题。穷丫头就廉价吗，千金小姐就高贵吗？没有正确答案，我们活在各自的现实里。

海伦和山妮对视了一眼，耸耸肩。山妮说，你不虚伪，但有点可怕。汤姆盯着她，她的思想可并不简单他想。我可以读你的东西吗？汤姆问。

没什么好读的。山妮端起酒，两人友好地碰了一下，一饮而尽，汤姆认为山妮的酒量也是不弱的，她年轻的身体里住着一颗老灵魂。

海伦把两人的对饮看在眼里，她并不甘心，提议换个地方 Happy。她掌控着全局，酒似乎不能再喝下去了，到 KTV 去唱唱歌是自己的强项，对大家也都有好处。

四个喝了酒的人只能叫代驾来开，流氓坐副驾，汤姆让海伦和山妮先上车，看着山妮苗条的身体坐到自己的车里去，汤姆的心里泛起暖意，紧跟着坐进去，他的大长腿一进去就轻轻贴在山妮的腿上，音乐正在播放李宗盛自己演唱的《山丘》。山妮避开汤姆的腿，质感十足的音乐流入每个人心中，她把腿向海伦侧过去，抚了抚海伦的胳膊，你好像瘦了海伦。

海伦看向山妮，两人忧郁地相视而笑。

山妮陪海伦在 KTV 嗨过无数次，KTV 是海伦征服男人的战场，也是收入的一个来源。为了读完大学海伦用各种办法挣钱，在小酒吧驻唱算最辉煌的，没撑多久就被流浪歌手顶掉，沦落为娱乐城里的坐台小姐，有时她也摘走开进学校的豪车车顶的绿茶，她不在乎别人怎么看自己，笑到最后的才是胜者。山妮明白这一切，除了钻进豪车里被人带出去过夜，别的她不反对，她陪海伦去过 KTV，为了监管她不能被客人带走。山妮真是最无趣、最刻骨铭心的朋友，海伦在汤姆飞驰的宝马车里记起山妮的所有。山妮避开汤姆那惬意的贴腿后，想得很清楚，她会顾及海伦的感受，因为海伦在要求她出来作陪时说，这一次不是为了钱，她很喜欢这个男人，他们很聊得来，哪怕只是见一面，也觉得值了。这是海伦已经从长沙男的伤害中走出来的标志，山妮妥协了，因为长沙男事件两人已经绝交一个月，她很想念海伦，也很后悔自己那样指责她，每个人都有自己的生活方式。所以关于这位汤姆，她不会再说什么，这人虽然看上去桀骜不驯，山妮却觉得他不会伤害海伦。

包房里灯光幽暗，流氓爱喝啤酒，他不唱歌，只不停地喝酒。山妮接过流氓递过来的青岛纯生，跟他凑在一起坐着，听汤姆和海伦开唱。唱歌时的他们很登对，汤姆的声音太好，对山妮很有杀伤力，而听到汤姆唱英文歌后海伦开始为他疯狂，她放弃自己的表演欲，为汤姆点了近十首歌，汤姆只唱了一首粤语歌后就不再唱了，示意切歌。海伦贴在汤姆身边问，为什么？

汤姆不理睬只用手势不停地比画切歌，山妮于是站起来服务，她切掉了海伦为汤姆点的歌，重新点上十首歌，Beyond《喜欢你》、蔡琴《不了情》、李玉刚《新贵妃醉酒》，她点的全是海伦的歌，当然她也点了一首《山丘》。

海伦唱歌时汤姆陪着她，专心地听着，字幕出现《山丘》时，汤姆的心理防线被击溃了，点这首歌的人与他的神经一定是同步的，在那辆轿车里化学反应已经开始，他们一定是同时认真地聆听了弥漫在车里的歌声，他没有向流氓山妮的方向扭头，但能感觉到山妮的气息，他开始渴望亲近她。《山丘》唱完后汤姆自己过去又点了一首歌，然后拿着麦过来坐在山妮身边，流氓立即起身去陪海伦，汤姆告诉山妮说，下面点的歌是唱给你听的。

汤姆坐在山妮身边唱完了《再别康桥》，山妮想他认为写作的女孩儿就一定会喜欢这种情调，小提琴引出的淡淡歌声，这也算他的一份心。在听他奇妙的歌声时，酒精发酵了情绪，山妮的眼睛里涌起泪花，她没这么近距离地跟一个英俊的男人待在一起过，他英俊得令人无法抗拒，莫名的邂逅，莫名心动莫名忧伤。听完歌山妮为他鼓掌，他凑近山妮问，我明天不想走，可以再见到你吗？

山妮回答，我明天有课。

那后天！汤姆急切地说。山妮看到海伦在看自己，没有回答汤姆，起身拉起流氓跳舞，音乐恰好轻柔，流氓看看汤姆对山妮说，还是汤姆陪你吧。

流氓朝海伦走过去，汤姆过来搂住山妮，山妮被一个高个的男人搂住了，像小鸟被大鹏揽住一样被他搂着，不由自主随着他开始移动。汤姆放在她腰上的手用力把她搂得更近，山妮不肯，用力撑开了一些距离，汤姆轻轻嗔责，我们俩是在打架吗？

说完不等山妮反抗，忽然佝下他的身体紧紧把山妮搂在怀里，海伦和流氓就在身边，山妮大力地推他，却推不动，汤姆停下来一动不动，搂着山妮立在房子中央，时间停止，山妮无力反抗了，在年轻的光阴里她似乎等过这样一个人，这样一次搂抱，突如其来的爱恋，哪怕转瞬消逝。

音乐结束时汤姆放开山妮，山妮向海伦看去，海伦很蔫儿，无精打采地坐在旋转椅上。汤姆依然在山妮身边坐下，他问山妮可以加微信吗，山妮扫了汤姆的微信，但没有加，汤姆并不知道，他安然地开始安排埋单，找代驾。

四人走出KTV，海伦大步走在前面，看着她的背影山妮的心抽痛了一下，汤姆紧紧跟着山妮，流氓于是快步去追海伦。山妮忽然光火，对汤姆吼道，她很在乎你，你能不能收敛一下！你只是一个过客，你走了我们的生活还要继续，我不喜欢看到她受伤害。

汤姆受到打击，游戏规则是大家出来玩，理应输得起。不过山妮例外，她好像完全不懂，把一切看得很认真，汤姆愿意安慰她，别多想山妮，很多事不要多想。

山妮加快脚步甩掉汤姆，来到停车场找到海伦，海伦看到山妮后一言不发，直接钻进车里，山妮没上车，而是对跟来的汤姆说，你坐里面！

山妮是要汤姆跟海伦坐在一起，汤姆简直哑然失笑，他抗拒，我这大长腿坐中间会很难受的！山妮坚持，汤姆就听从了。山妮最后上车，她娇小，紧紧靠在车门上，跟汤姆拉开距离，汤姆跟海伦说话，怎么抱着肩膀，你冷吗？

海伦回答，不知怎么感觉很冷。

汤姆把自己的外套给她，海伦的脸色舒缓下来。汤姆又转过来跟山妮说话，我快热死了海伦还冷，你看我的手有多热。说完这句话他趁机用手紧紧握住山妮的手，山妮像碰到烫山芋推开汤姆的手，半开玩笑对他说，海伦冷你刚好帮她暖暖。

汤姆就真的去暖了，山妮看见他的大手盖在海伦的手上，他真是个随便的男人她想。流氓在前面问怎么送，山妮要求先送自己，她没有住校。汤姆说应该一起先送海伦，山妮很坚持，说前面不远就是自己家，可以在路口丢下她。被汤姆暖着手的海伦心情不错，体贴地说，路口走进去还那么远，你一个单身女孩儿不怕被打劫啊。

山妮听到海伦终于开腔了，也跟她打趣，那我肯定对劫匪喊，哎你别走啊！

两人同时笑起来，这笑话只有山妮和海伦自己懂，源于海伦讲给山妮的一个故事，海伦把这个笑话又讲给汤姆：有一个颜值不差的年轻劫匪打劫一对女孩儿，上场先声明——只劫色不劫财。两个女孩儿惊喜万分，一个就对另一个说，你先走我来对付他。另一个很生气地说，每次遇到好事都是你先上。两人争执不下，劫匪不知如何是好，转身逃走，女孩儿们着急地对他喊，哎你别走啊！

流氓竖着耳朵听得哈哈大笑，汤姆心不在焉。车开到山妮家路口，山妮拉车门时看见汤姆在翻手机里的微信，不知怎么她难过起来，拉开车门山妮对大家告别，今晚很开心，谢谢你们，祝旅途愉快！

汤姆合上手机对山妮喊道，我不会走的，明天见！

汤姆就这样眼睁睁看着山妮走了，流氓识趣地让车停在原地十秒钟，让汤姆跟山妮告别，可山妮并没回头，汤姆看着那苗条的身体越走越远，夜风卷动她米色的短裙，她顺滑的发丝被卷向自己的方向，他心痛不已，常常这么突如其来地感到为一个女人心痛，他知道自己，这并不会长久，只要迅速彼此占有，就会释然，而他现在很渴望山妮是那种愿意留下来的女孩儿，他渴望释然。

海伦怨尤地观察着一切，明白自己不可能得到汤姆的心。在他没来之前，他总是跟自己聊性，充满挑逗，现在如果他放弃山妮选择自己，海伦知道自己不会拒绝。不过接下来汤姆陷入失落，安静地把海伦送到学校门口，彬彬有礼，宝马开走后海伦的心空了，她喜欢这个男人。

送走海伦汤姆对流氓说，山妮下车的地方离我们住的酒店好像很近，再去溜一圈！流氓不置可否，汤姆对女人永远这样，无法忠于，喜欢上的时候又会失魂落魄，像个孩子。代驾很配合，一言不发就把车开到山妮下车的地方，车绕着小区外的马路转了几圈，山妮的身影不可能重现。流氓不再问汤姆的意见，果断地命令回酒店。

汤姆待在房间里变得很闷，一直抽着烟。流氓忍不住笑了，这才刚出发你就打了一个败仗，在武汉你和初恋待了整整一晚上，还没吃饱吗？汤姆苦笑了一下，一晚上我根本没碰她，我对动过感情的女人是很尊重的。

动情还是发情？你小子就爱咬文嚼字。依我看那个海伦挺懂事，又喜欢你，你实在睡不着就约她吧，流氓推心置腹对汤姆说。

汤姆掐灭烟头关上灯，示意睡觉。

山妮轻轻打开门，她的狗狗等在门口，见她回来，睡眼惺忪站起来摇尾巴，舔舔她的手。

与海伦不同，山妮有一个衣食无忧的家。刚上大学时她喜欢摄影，喜欢读书，打算将来写剧本，或者去当一个小学老师，直到认识海伦。

山妮在开学不久的一个早上发现海伦，海伦走进教室，她穿着色彩灰暗的衣服，却有张骨感的枣蜜色的脸，一头油黑的瀑布般的长发。她低垂着眼帘，不看任何人，山妮被深深吸引，她很奇怪班上的同学都没发现这个绝世美人。山妮主动接近海伦，海伦却很冷漠，不跟任何人亲近，独来独往。

山妮喜欢诗歌，她把读到过的句子写在纸上，敲开海伦宿舍的门，海伦没请她进去，山妮就在门口把纸条递给海伦，上面写着：是仙是幻/是温柔独自凄凉/还自遣自制离愁。

她们俩终于开始来往，山妮很兴奋，她得到了一个神秘的心仪的女孩儿做朋友。两人散步的地点是学校的山顶，海伦说她不喜欢人多的地方。三年时间，海伦在山顶给山妮讲了许多故事，她父母的故事，出去打工再也没回来，是死是活不知道，她从小跟着爷爷奶奶长大。还有一个故事就是她早已不是处女，隔壁邻居是城里的工人，他每周给钱供海伦在镇上读完高中。最后一个故事是，学校每周六有许多车开进来，像一个秘密黑市，车停在操场边，车顶会放不同的饮料，按照饮料的价格等级，愿意的女生可以摘下饮料，钻进车里，谈好交易被带走过夜。

山妮被惊呆，我们学校吗？我从来没见过，我们应该制止！

海伦冷笑地看着山妮，你准备去告发对吗？你不会发愁学费，不用操心生活费，每天穿得漂漂亮亮，还随身带着单反相机拍美景，当然觉得那很肮脏。对不起，我也是经常取下饮料被别人带走的女生，你去校长那儿告吧。山妮瞪大眼睛，她早该料到的，海伦没有父母，从小就需要自己去弄钱，她已经习惯用自己的方式去解决问题。

山妮躺在床上无法睡去，她的脑子里灌满汤姆的歌声和搂抱。那天她听完海伦的话，流着泪拥抱了她，我们可以想别的办法海伦。海伦甩开她的胳膊，如果你打算和其他人一样来对待我，那就滚蛋，我不需要任何人怜悯，我喜欢跟男人做交易，我觉得挺干净。山妮跟她争辩，我没觉得肮脏，但我认为可以不用那样。海伦冷冷地看着她，如果你认为可以不那样，那就从你那舒适的家搬出来，不再要父母的钱，穿丑陋的衣服，等到你经历了一切，再来和我做朋友。山妮冲动地对海伦的背影喊，没什么大不了的，你要是觉得那样才能表现真诚，我可以！因为这句话海伦没有和山妮绝交，后来她带着山妮去她工作的酒吧，当她在众人的目光下唱歌时，山妮拼命地鼓掌，为她而骄傲，她爱山妮，山妮是她在这个世界唯一的朋友。

山妮还在回忆汤姆，汤姆的搂抱不像是想占便宜，她感到他内心突然涌动的感情，他是她见过最帅的男人，她忍不住一遍遍回忆有关他的所有细节，告诫自己不能迷失。是的，他是个浪荡子，在吃饭时他一直在和海伦调情，山妮认为自己表现得很好，已经尽力了，她拒绝留给他联络方式，可这并不能代表她的真实意念，被他搂抱之后，山妮明白了她一直期待那样的一个拥抱，她记起他告别时留下的话，他说他不会走，山妮知道自己不会越过海伦，去和他怎么样，但她多希望他真的没有走，为了她而停留。

汤姆醒得很早，六点半他趁着流氓还在酣睡，一个人溜出酒店。他的方向是山妮下车的地点，他想试试老天是怎么安排，他很后悔昨晚没有跟着山妮下车，无法联络令人苦恼，他对女人的动情，一般会在一觉醒来后消散，但山妮的影子挺过去一夜，清晨醒来的第一个念头还是她，所以汤姆来到她下车的地方，踩在她挥手告别的地方，回忆着她苗条轻盈的背影，无限怅惘。

一个小时过去，汤姆见过了山妮的大部分邻居，他们从山妮住的大厦里走出来，匆匆送孩子上幼儿园，有的赶着上班，汤姆试着问了两个人，山妮？他们都皱着眉说不认识，汤姆知道用这个名字不可能找到，他坐到路旁的早点铺子里吃面，鼓起勇气给海伦留言，说想要山妮的电话。一小时过去，海伦没有回音。流氓的电话打进来，哇哇乱叫，我以为你人间蒸发了呢，你是为了女人连朋友都不要了吗？

必须回酒店了，汤姆的心里忽然泛起酸楚，他明白必须抛开山妮继续上路，他向山妮住的大厦看上去，山妮就在这一瞬间惊醒，她起床到阳台上，眺望了一下汤姆住的酒店，心想，离得还真近。

汤姆和流氓驶上高速后，海伦的信息过来，你们是要留在瑶城吗？山妮的电话 138××××4247。

汤姆收到电话后对流氓说想折回去，流氓责备他，别扯淡！汤姆用电话搜出山妮的微信号，发出请求，两小时之后，山妮接受了汤姆的请求，两人成为好友，山妮的半身小照出现在微信头像上，清纯的一张鹅蛋脸，白色针织T恤，一个爱写字的女孩儿。汤姆迅速地对她说，我们已经往下一个目的地出发，如果你愿意我会在旅行结束时回来，希望能见到你！

山妮的心情失落了一下，她以为汤姆真的会为自己留下来，看来不是，但她很快露出笑容，发了一个大拇指过去，赞！说走就走的旅行。

汤姆回复，我会把一路的好风景分享给你，你有事也告诉我。昨晚也许不完美，但很难忘，希望你也是一样的感觉。

山妮回复，特别感谢你的心汤姆，我都懂都有感觉到，因为你们是海伦的朋友，我非常想让你们开心，祝旅行快乐！

汤姆立即回复，别老在意我和海伦是什么关系，我和她只是第一次见面，知道你想保护她，但我是忠于自己内心的自由，我知道我喜欢的是谁。刚才经过一个酒铺，卖的是你给我点的那种米酒。

山妮越发难过，回答说，是吗？旅行真的很美，能看到一切，一路平安！问候流氓哥。就此别过。

汤姆不肯放手，发了一张灰太狼图片，我还会回来的！

山妮的心又苦又甜。

四天里汤姆发过很多微信图片，湖北的武当山和神农架。

山妮本来喜欢摄影，不禁感叹，太美了汤姆！我不知有多么渴望流浪，却过着固定的生活，只有羡慕你的分儿。

过会儿她兴致盎然地又说，神农架美在神秘，如果你深入原始森林，也许真的会遇到本世纪的最后一个野人，雌性，她也许喜欢你汤姆！为了物种的延续你愿意随了她吗？

汤姆喜欢山妮这么跟他聊天，哈哈笑起来，已经离开神农架在往荆州，我怕女野人太生猛，如果是山妮我将毫不犹豫。

山妮不知如何回答，沉默一阵。

汤姆在荆州的酒店给山妮留言，我们在目的地休息，刚喝完酒，有点小多，很想你山妮。

山妮回复，我和海伦也是一对酒鬼，我们四人会成为很好的朋友，虽然相距得远了点，没关系，我会在每个年节发微信问候你们。

汤姆对山妮的回复不满意，过了一会儿他恶作剧地发了一张流氓洗澡的照片，朦胧不清。山妮问是谁，流氓抢过手机说，是我，今晚我一定报复汤姆，山妮你等着。

山妮回避说要睡觉了，发过去一个晚安图片。午夜时山妮收到图片，三张不错的生殖器照片，来自汤姆的手机。她蒙了，再仔细一看，还是，接着就传来流氓的留言，我报复了汤姆。

山妮忽然很生气，如果真的喜欢一个女生会尊重她，是不忍心这么调侃她的，她删掉图片同时莫名失落。过会儿汤姆紧接着问，睡没睡，流氓喝醉了，偷拍我。

山妮不理睬。

第二天早上山妮说，汤姆，也许我又犯了理想化的错误，把你们理解为我以为的人。我对你们说的话都是真诚的，人与人之间并不是只有性与艳遇最好玩，我很在乎你们，愿意和你们做朋友，既然你们这么耍我，不重视我的感情，就算了。

汤姆很懊丧，他不认为有什么但山妮在生气，他承认他想跟山妮那样，只要她愿意他可以立即到她身边，但山妮这方面很单纯他不能。汤姆只好使劲道歉，对山妮说，是我们错了！

山妮缓和，照片我已经删了，不会外传，开心旅行吧。

经过这么一闹，汤姆感觉自己对山妮的热情开始降低，他喜欢山妮，可他的本能是寻找快乐，山妮这么一闹倒有点像他的初恋，不直面人性中自然的东西，比较起来还是海伦更成熟。汤姆想起了海伦，同时发了一首歌给山妮《Angel》：耗尽你全部精力孤苦寻觅 / 只为一次天使重现的机遇 / 静静等待突破 / 但为什么总有一些原因 / 要让我再次感受遗憾 / 临近午夜总是那么悲凉 / 我需要一些慰藉 / 哦 / 就像天使般的美丽……

山妮听了，她特别喜欢 Angel 的发音，她告诉汤姆，我常常幻想天使，天使散落在人间，区别于欲望和堕落中的世人，我们都是不洁之体，直到生命终结才被清洗干净，随天使去一个地方。

汤姆被山妮弄得很沉重，他回了一句，你的情绪总有些伤感呢山妮！就不再说话了。

第二天晚上山妮主动说话，到哪儿了汤姆，艳照事件正式过去，我反应过激了，当时把我惊呆了，现在有点后悔删掉，哈哈。

汤姆躺在床上笑起来，他喜欢轻松有趣，立即发了一串照片，全是菜品，附上一句语音介绍：长沙菜，绝对的美味！

然后问山妮，后悔删掉？真的吗？

真的，很奇怪我很想念你们！人是感情动物。谢谢你把旅途都分享给我，我很开心。让流氓哥加我微信，表示我已经原谅他了哈哈，但他要亲自向我道歉！

流氓于是真的道歉，一口东北话把山妮逗得笑了很久，我昨晚喝多了，喝多了吧也怪他，你说他睡觉也不穿个衣服，我寻思我就给他拍下来，拍下来没想到还惹得你生气，我给你道歉啊。

山妮开心地笑了很久，又有些伤感地说，我不会生气了，只会更爱你们！

汤姆喜欢山妮这样，他传过去一个动漫表情，狼大尉潇洒地挥动着手说，我爱你啊！

山妮喜欢汤姆的每一张图片，开心地道过晚安睡了。

清早，山妮起床想回馈汤姆一些开心，于是发过去花仙子问早上好的图片，和一队彩色的驴友向快乐出发。山妮对汤姆说，昨天没好好回答你的问题，今天想诚实地回答你一下，真的后悔删掉，要不然我可以把它送去尼泊尔或是印度参加湿婆节，你会被湿婆教徒奉为神明的哈哈。

原来是要拿我去干那个，不要，那都是浮云，我只想要真实的快乐。

山妮说，如果做一个坦率的女孩儿，我必须要说，它是美的，而且它来自你的身体，我得到的是美的感受，好好保护它享用它，带着它旅行吧汤姆！

山妮说话时心里涌动着激情，还有她害怕的一种东西，她喜欢汤姆，喜欢他的那个。汤姆的回答更让山妮觉得歉疚，汤姆说，生怕它是丑陋的，心终于落地了，好的我一直带着它感受世界。山妮于是赶紧回答，对的，它很美令人难忘，抱歉汤姆，让你受委屈了。

汤姆发给她一个柔情拥抱的图。

随着汤姆越走越远，山妮跟他的联系少了很多，他感到自己要放手了，于是他发了一首英文歌给山妮听，名叫《Say SongeThing》。山妮收到了，她想也许这是汤姆内心想说一部分，汤姆真正的意思是告别，可她还不想让他匆匆从生命里走掉，她决定要讲给汤姆一个故事，不知为什么她想把这个故事讲给他。

听了你发来的歌，很美汤姆。想听我和海伦的故事吗？

好啊，有故事听是开心的事。

海伦是我最重要的朋友，我以前有很多朋友，都不像她这么特别，她敢爱敢恨，对爱很执着也很苛求，我总比喻她在要爱情时，犹如要针尖上的蜂蜜。

嗯，你毕竟是写字的，比喻得很贴切山妮。不过海伦这样有点难为自己，汤姆回应。

半年前她终于遇到了一个男人，帅气也很温暖，他们约定在海伦大学毕业后结婚。

是吗？汤姆想，山妮用的是男人而不是男孩儿，那年龄和海伦应该并不匹配，那个男人一定是后来骗了海伦。

然后过了不久他到瑶城来看海伦，山妮继续讲着。

瑶城真的很美，我一定会再去！汤姆忽然很想念山妮和海伦。

海伦把那个男人当宝，要我去陪他们吃饭，我认为我在他们眼中看到了爱情，我为海伦高兴。

嗯。

那个男人跟你一样很会唱歌，因为他是海伦的爱人，我把他当哥们儿。但那个哥们儿在后面的一个很开心的晚上，却干了一件很傻的事。

是什么事呢？汤姆对这个与海伦有关的故事很好奇。

哥们儿唱完歌一高兴把站在他旁边的我抱起来，扔向半空。我完全蒙了，我记得我在半空中看了海伦的脸。

海伦的脸怎么了？汤姆问。

她装作什么也没看见，但我看见她脸色苍白。

汤姆哈哈大笑，你的个子娇小很适合当道具。

你不能笑话我，事情的后果很严重汤姆，山妮说。

我忽然觉得我的出现是这个故事的另一个翻版，汤姆说。

山妮的心刺痛了一下，她继续说，我很迟钝，没有细想哥们儿的动作把海伦伤得那么深。

怎么个深？

他们吵了一夜，第二天分手了，海伦痛苦了很久，后来指责我破坏了他们的感情。

汤姆回了两个字，并非，根本就没有什么所谓的感情。

可我却从这件事发现了很多东西，我的伪善、冷漠，海伦的天真、痴情，哥们儿的行为到底算什么，我说不好。

那哥们儿根本就不爱海伦，他在骗她。男人爱一个女人不会那么对她。

别轻易评判，好吗？海伦很爱他，海伦憔悴，痛苦，把一腔仇恨发泄到了我身上，她甚至在我反抗她的指责时，对我动手。

天啊，汤姆的眉头竖起来，好我不再评判，安静听完你们的故事，后来呢？

海伦就因为那个动作完全否定了他们之间的爱情，她跟那个男人分手，却走不出痛苦，她因为痛苦对我动手，我跟她说出绝交。

海伦在恋爱中失去理智和判断了，男女对尺度有不同的理解，她不该迁怒于你。

海伦被伤得很深，我却扔下她走了，在我们不相往来的时候，我想明白了很多东西。

比如你认为自己伪善？汤姆试探地问。

对，和海伦的交往中，我其实一直在居高临下，只不过自己没发现而已。我觉得海伦明白，但她渴望我的友情，看起来她孤傲苛刻，实际她忍受我的虚伪，呵护着我们的友情。

你能这么想真了不起山妮！汤姆由衷地赞美，你们和好如初，你主动的吗山妮？

海伦主动，她曾哭着打过一次电话，说还爱着我。但我没见她，这次你们来是我和她绝交后的第一次，你见证了我们的重聚。

我开始就感觉到你们俩很特别，汤姆承认。

我不知道为什么要对你讲这个故事，真奇怪。

为什么，因为我爱听故事吗？

不是，我被海伦那种幽暗吸引，跳进了她的深海，但没有像我居高临下设置的那样，我帮助她浮出海面，反而是我随她步入一个特别的世界，比如陪她去KTV，比如陪她见到你，我觉得自己越来越像海伦。

汤姆不再回应，他相信山妮会自己弄明白一切。

在对汤姆讲完故事后，山妮邀请海伦到她家。

她和海伦的友情已经修复，海伦显得消沉，她没有以前那么趾高气扬，脸上挂着淡淡的忧伤，山妮亲自下厨，想给海伦做饭吃，虽然她的的厨艺并不好。海伦装作若无其事，她仰起脸问山妮，宝马兄弟呢，跟你联络了吗？

山妮看见海伦脸上的阴沉，打算不告诉她细节，山妮说，没怎么联系，他找到了电话要求加好友。海伦闷闷地说，他向我要了你的电话。山妮不再说什么，两人沉默地吃完饭。海伦给了山妮一个了结，别太当回事妞，他不过是想打炮而已。

海伦不愿逗留，山妮送走她，内心很痛苦，她知道汤姆是那样的人，可她坚信汤姆内心有宝藏。山妮痛苦的是，她和海伦以前的快乐好像回不来了一样。

山妮讲了那个故事后，汤姆开始保持跟山妮联络，他重新开始每天都发一些图片，美食居多，还有一些令人惊艳的美丽的脸，山妮笑他，你可以出一本美食汇，或者美女大全什么的。

汤姆笑了，你也很幽默嘛，我喜欢放松下来的你，像那晚喝酒之后那个样子，非常吸引我，你可能不知道我有多动心那个你。

山妮回答，我知道，也知道你又不动心了，但我却陷进去了汤姆。

汤姆心知肚明，但时过境迁，他们错过了最好的时机，只有一种办法能不辜负山妮的少女春心，那就是破坏，让山妮对自己失望，他于是对山妮说，让我看看你的身体山妮，给我看看。

山妮说，我做不到。

那你看看我，行吗？算了还是不看了，怕你又和我绝交。

山妮脸红，半晌回答，好的看。

汤姆第二次把艳照发过去，问山妮喜不喜欢想不想，山妮沉默许久后回答不知道。

汤姆想山妮真的太缺乏性感了，他无力地回复，无性的爱真的很悲摧啊，我要睡了。

汤姆的兴趣又消失了，山妮很难过，可她已无法停止，在他睡后山妮忽然打算把内心的秘密都告诉他，她开始一段一段地写：

> 汤姆，你睡了我可以自由地陪你说些话了，你走过许多地方，看过很多人，当你对平凡的我袒露真心，我都能感受到并感恩！生命中的任何美好都让我感恩。
>
> 这些天其实我已经爱你,今天我甚至在担心你在外行车的安全，至此我知道我该告别你了，我在放任我自己，爱上不能爱的人。
>
> 现在你已经知道了，一个女孩儿可以拿出的赤诚并不亚于一个男人，我喜欢你真实放纵，热爱自由，我认为你并非冷酷，而是一个善良多情的男人。
>
> 我生平第一次地自觉卑微，我没有任何资格，我也不能离开我生活的小城，不能放下必须完成的学业，不能离开父母和海伦去陷入你，我只能沿着自己的轨迹，独自走下去。
>
> 有一天我在早上醒来感到爱你，于是决定要找一句世间最动人的话送给你，祝福你的旅行，我找到了，那就是：给时光以生命！
>
> 有一天黄昏我感到实在思念你，我的心对着夕阳呼唤——汤姆我想你。
>
> 你再次发来的照片，我没有勇气告诉你我感到喜欢，但我吻过它，它的质感通过手机传递，我的生命与你的生命已经撞击过了汤姆，我想这种纯精神的爱恋，并不亚于我和你在床上翻滚，用高潮来诠释一切，尽管对此我没有发言权。我想你绝对体验过的汤姆，

在肉体满足的一瞬间，心灵会无限怅惘——不过如此！

昨天我特别想得到一张你的照片，因为我记不起你的样子了，不过没关系，因为爱你我已经在心灵为你画了一副像，是我感念茫茫人海的遇见，用我的心灵感应画下的，专属于我的你。

时光有限，我把这一切特地写下来特地送给你，我就这么脱掉所有外衣，赤身裸体让你看遍我的灵魂，希望比看我身体更让你爽。

我爱你汤姆！我就这么地忽然爱了，把我的感情收下，继续你的旅行吧，让我们永远热爱生命！

山妮的信说的是再见，她自己却知道是求爱，求新生命的诞生。

她从写完开始等待，等待使每一分秒都显得漫长，所以汤姆的回信显得很晚，晚到山妮几乎后悔把那些话说出来，山妮知道男人在狩猎成功后对猎物的兴趣会大大降低。海伦经常告诉她，你一定要提防他们，他们会为了自由，为了事业，为了种种借口放弃你，所以你不能告诉他们你沦陷了，你可以逢场作戏决不能轻易付出真心。山妮听得头皮都要发麻，她既学不会也不屑于，她选择把爱馈赠给汤姆，不管他如何选择。

汤姆的回复是这般地慢，但他终于回复了，他发来一张照片，是一张自拍，戴着墨镜，虽然显得很陌生，山妮也很喜欢，这说明汤姆是认真读了那段文字的，想得到一张照片这句话，在倒数第三段，他没有忽略。

山妮开心地回复，太帅啦！后面附上一朵玫瑰。再过一天汤姆才又发来一组图片说到张家界了，传过来三个哥们儿一起爬山的照片，山妮说，很好！

汤姆说，我也喜欢这样的人生，想一直这样活着。

他对山妮的表白只字不提，山妮不能再说什么，因为汤姆什么都不说，山妮期待的所有回馈都没有，汤姆那样的情场浪子一定知道，要避开山妮这种情窦初开的女孩儿。所以他什么都不说，山妮失望地想，他怎么连哪怕一句谢谢都不说呢，我并不蠢。

第二天早上起床山妮又振作起来，她找了一段弗吉尼亚·伍尔芙的话，在清晨时写好发给汤姆：我希望大家能想方设法拥有自己的钱财，允许你去旅行，无所事事，去思索世界的未来和过去，沉湎在书本中或在街头闲荡，让思绪汇入街上的潮流中，这是多么美妙的生活！

汤姆回复了，已到峨眉山，她说得很好！

山妮变得积极，她积极地想对汤姆传达自己，山妮没去过峨眉山，但作为志愿者去过大凉山，她把自己写过的一篇散文传给汤姆，文章叫《华华的童年》。华华是大凉山上的残疾小女孩儿，她不能行走，活着的全部意义就是每天看到亲人们快乐，爸爸妈妈开心她就开心，哥哥们放学回来笑着，她就满足了。

汤姆读了，但没回复，山妮写得不错。他这边添了一个哥们儿，从法国飞回来加入旅行，三个哥们儿聚到一块儿免不了喝酒，法国飞回来的哥们儿是个雅皮士，见到合眼缘的一定会搭讪，没有女孩儿不可以，到 KTV“文玩”是必须的。汤姆收到山妮的书后虽然无法回复，却影响他“文玩”的心情，法国哥们儿酒喝多后把女孩儿带到洗手间去了，汤姆的腿上也坐了一个，女孩儿很主动，表示愿意和他深入，汤姆一般不会拒绝，但这次不行，山妮把他弄乱了，甚至把他阉割了一般，他无法轻松地享受，他喝着闷酒，故意不回复山妮。

山妮早上醒来，第一反应是拿起手机看看，但什么都没有，汤姆就如此消失了一般。山妮看看床边的狗狗，狗狗也深情款款地看着山妮，一阵风进来刮起山妮床上的纸片，山妮昨晚入睡前在纸片上翻译汤姆发过来的歌《Angel》，她读着歌词落泪了，狗狗立即起身安慰，它冲到山妮床前，山妮和它拥抱在一起。

山妮不在乎汤姆回不回复了，她继续问候汤姆，她坚信汤姆是会收到的，她给汤姆写微信说，一切顺利吗汤姆，在四川大凉山有另外一种风景，那里的山民缺衣少食，贫病无助。也许有一天你看遍世间美景后，会渴望到那里，或者到非洲去看看。我渴望的生命是那样的，我愿意把毕生都献给需要我的人和土地，我总感到汤姆你也是，你看上去是在旅行在找乐子，也许你是寻找你想要的东西。

三天后的晚上汤姆终于回复，病了，感冒发烧，一个人在成都酒店里休整。

山妮的心顿时很疼，大凉山的华华因为体弱，曾因为感冒遗留下病毒性心肌炎。她叮嘱汤姆，一定要多喝水，卧床休息，如果不是普通感冒切记要抗病毒治疗。

汤姆烧了一天，他需要女人，可他此刻却不愿见到任何女人，如果山妮能来呢？他扔出一个硬币来决定，结果硬币说，他想要山妮。汤姆沙哑着嗓子给山妮留言，快要死了山妮！流氓有事回哈尔滨了，过几天才回来。

山妮立即决定要去照顾汤姆，她将要面临的是逃课，十一个小时的火车，也许还有更重大的后果，但她决定了，她要去看他。

山妮到时汤姆的房间一片狼藉，他确实病得很厉害，听到敲门声他起床开门，赤着脚，那么高个。他没有惊讶，也没有山妮期待中的拥抱，他捏了一下她的胳膊，然后昏沉地倒头又睡了。时间确实有点早，凌晨五点钟，山妮体谅他，她决定自己先去洗澡。

汤姆并没睡着，他只是从生病开始忽然陷入抑郁，以前也有过，在上海发作了，他不工作，长达一个月蜗在房间里。他知道山妮要来时，轻松了一下但并不高兴，开门把她迎进来后就不想再理睬她了，她不该来，尽管他用自己的可怜暗示她来，可她应该爱惜自己，他接受她的照顾后，还会入侵她的身体，尽管她会自愿主动献出，想到这一切汤姆不舒服地用被子蒙住头装作睡着，山妮洗完后轻轻来到床边，山妮不在乎汤姆的冷淡，用手摸了他的额头，不热已经退烧，她在他身边躺下。

汤姆的额头被一双温软的小手粘过一下后，开始心动，他很想立即把她抱在怀里，但他克制住，任由她自己像一只猫，静悄悄在他身边躺着，汤姆假装翻身，假装迷糊地对她说，你也睡一会儿！

山妮躺在汤姆身边很满足，丝毫不向他靠近，汤姆想，这真是所见过的最没有风情的女孩儿了，他生气地醒了，坐起来，装着揉眼睛，看向山妮，山妮居然穿戴整齐躺在被窝里，浅绿色的圆领口轻薄上衣，白色的裤子。汤姆心软了，问她，饿吗山妮，坐车累不累？

山妮摇着头笑，拘谨得像个小女孩，汤姆懂，他的心隐隐作痛，尽管他身体还很不舒服，但准备陪山妮下去吃早点。山妮不允许病人动身，汤姆就从冰箱拿出面包和牛奶，带山妮到露台坐着，汤姆和山妮面对面地聊天，从这个早上开始。

汤姆说我真怕你给我带个医生来，我想见的只有你。

山妮笑了，她的眼睛因为汤姆的话闪闪发光，她终于见到朝思暮想的人，和他面对面坐在一起聊天了，她觉得幸福。山妮调皮地说，我就是医生啊，医生要给病人打针的。

看着山妮的笑脸汤姆想抱住她，山妮谈话的兴致却正浓，两个人坐在一起聊天真好，她仰起脸说。汤姆补充说，一个男人和一个小女生。山妮不满地看了他一眼，你为什么独身？

其实也不是刻意，一路走着就到了现在。你呢山妮？

我嘛，山妮语塞，我不知道。

她当然不知道，和海伦相比她是青涩的，汤姆已完全放弃海伦，他已知道海伦可不好惹，敢爱敢恨，能让负心的男人付出代价，所以汤姆勾搭的对象一直是有夫之妇，但山妮让他感到安全。

汤姆切换话题，没有带一点你写的东西吗，我很愿意看。

山妮很惊讶，真的吗？我以为你并不喜欢。那我讲给你好了，讲讲华华，好吗？

华华活着，最大的快乐是看到爸爸妈妈开心，最大的幸福是看到哥哥们放学回来时脸上笑着，汤姆认真地描述。

山妮激动地看着汤姆，她生动的面孔激起汤姆的爱意，他想贴近山妮而不能，站起来到栏杆前面扩胸，他害怕山妮这样的眼神，具有这种眼神的女孩儿都有不食人间烟火的特性，他的武汉女友就是这样一个女孩儿，能牵动整个神经，肉体却不合拍，他逃避初恋的时候并不明白自己为什么，但从那以后他过上浪荡的生活，满足自己的本能，只有一根神经不能受刺激，那就是初恋的结婚，那天他没去，可忽然间天塌地陷，他觉得失去了世间他唯一真正爱过的人。

汤姆决定把山妮弄到床上去，以此来制止她用思想来阉割自己。汤姆说，山妮我头有点晕躺一下，我们躺着聊。

山妮见他吸了一下鼻子，很阻塞的鼻音，感冒还很重，很心疼，亲手把他扶上床，汤姆升腾起强烈的欲望，他想起不知哪本书里读到的一句话：所以他爱她，是因为她与他不同，他要破坏她，摧毁她，然后重新创造出一个他企望的她。

汤姆没有给山妮反抗的时间，上床就把山妮搂住了，山妮静静地闭上眼睛，她意识到汤姆一定以为要想办法才能占有她，其实她来之前就想好了，她爱汤姆，汤姆要的话她会献给他。汤姆呼吸粗重，他单手解开了山妮的内衣，他的看家本领，他甚至只需要一根手指就可以脱光女人所有的衣服。山妮的身体美极了，偏瘦一点，但白皙光亮得近乎透明，乳房像一对害羞的鸽子，汤姆吻上去时有幸福的感觉，他承认此刻他强烈爱这个女孩儿，他温存地爱抚她，激情澎湃，就在他满怀渴望要来一次灵与肉的结合时，出问题了，山妮承受不了，他刚刚开始，山妮额头上就渗出大滴的汗珠，汤姆停下来问她，她说没事可以忍着，汤姆继续努力动作，山妮痛苦地呻吟，汤姆停下来结束行动，躺在她身边沮丧地问，你身体有什么状况吗，难道你是处女？他刮了一下她的鼻尖。

山妮没想到会这么疼，她看着汤姆说，对不起！

汤姆立即正色，你不用说对不起，对不起的应该是我，没事我们休息一下再试，有大师在你还怕什么，我会让你放松下来。

山妮笑了，两人静静躺在床上。山妮说，讲一段你的故事吧汤姆。

汤姆沉默半晌，忽然说，我给你讲一个我的故事，就发生在成都。

山妮高兴起来，伏在枕头上准备听故事。

那年我大一，汤姆开始讲了，暑假我跟同学一起旅行，就是后来去了法国的那位。我们身上钱不多，穷快活，一路过来坐在往成都的火车上，遇到一位女孩儿，她是成都姑娘，很漂亮比我大两岁，大三了。我和同学跟她一路聊着，两个人都喜欢她，最后石头剪刀布决定她归我，下车后我和她单独逛夜市，吃饭喝酒。晚上我们三个人住一个房间，她陪我睡在地上。

天啦，同学不是在旁边吗？山妮吃惊。

那又怎么样，没钱只有荷尔蒙。女孩儿很开放，不是处女，我们很幸福。第二天早上她说要回学校一下，很快回来，我们三人一起去岳麓山的，结果等了两个小时她也没回来，我们只好退房走了。那时候没有手机无法联络，我以为再也见不到她，没想到她找不到我们就直接到了岳麓山，景区很大茫茫人海，我们一直没遇上，最后我和同学出景点时看见她坐在门口，巴巴地在等我。

啊，很美的故事，我喜欢这个女孩子！山妮由衷地赞叹。

我们又赚到美好的一夜，后来分手。汤姆点上一根烟，山妮看着烟雾里的汤姆，分手时很难过对吗？

对，那是我人生的第一次，汤姆说，分手时痛苦到要死，我跟她约定将来我要娶她，我留了地址求她跟我保持联络，但她一去无踪，我联系不上她，到她们学校找她，她已经毕业了。

汤姆的胸口起伏，山妮屏息不语。一年后我淡忘了这件事，重新恋爱了，是一个武汉女孩儿，我一直把她称为我的初恋，她很爱我但后来我把她甩了，因为她不能和我做爱。直到我来到成都想起那个女孩儿，我才发现那才是我真正的初恋。

还想找她吗，也许她就在成都呢，山妮说。

还真被你说中了，我会对你讲这个故事，就是因为真的发生了奇迹，我这次来成都，在网站上看到她，她已经从政，是一位女区长。

山妮无语，如果初恋成功汤姆可能不是现在的汤姆，她想起了海伦，如果上帝改写一下情节，海伦可能不是现在的海伦，山妮的胸口忽然揪心地疼了一下。

汤姆停止谈话看了一下时间，已是下午五点，他说要带山妮去吃晚饭。

吃完饭回到酒店时，两人变得熟悉而亲切，山妮很放松，轻快地说要帮汤姆洗衣服，汤姆求之不得。山妮洗衣服时汤姆陪在身边，盯着山妮很久后汤姆说，山妮我很抱歉，我起初对你，就只是简单的动心，或者更简单点，只是想和你上床，发现你那么信念化后，我就不想动你了，现在你这么来了，我感觉我几乎又在爱你，但我必须告诉你，我无法对你负责，我是一个坏人，对同一个女孩儿的兴趣，从没有超过一个月。我是爱旅行爱自由的、心理有病的汤姆。

山妮的眼圈红了，她把衣服洗好了，命令汤姆拿到露台上去晾晒，然后泡上两杯茶端出来，汤姆说，怎么要摆龙门阵吗？

山妮点头，对，我要和你辩论！

汤姆大感兴趣，吓唬山妮，我在大学可是参加过辩论赛的！山妮脸色苍白，激动不安，她用提问开篇，我们的一生有多长你算过吗汤姆？

九百个月，山妮不等汤姆回答自己说出答案。我们活着时总觉得自己永远也不会死，可当我们死的时候，却会发现自己像从未活过，我不想做那样的人。

对的山妮！汤姆竖起大拇指称赞。

山妮皱着眉说，上帝已经免费供给我们最好的东西，阳光、雨水、空气。

汤姆观察着她，戏谑说，太严肃了山妮！山妮不管不顾，但我们还是在贪婪，奢望着更多。所以我明知道你不会对我负责，甚至并不尊重我，我却还是贪恋你，我来找你，同样是在满足我虚妄的爱欲。

不要这样剖析自己山妮，汤姆发话，要重视自己的欲望，欲望没有好坏，不要用形容词描述它，更何况看你的样子，似乎还并未好好体会过！汤姆的语气很严厉。

山妮也激动起来，我是没有好好体会过，那你呢，你放任自己游戏人生，你满足了吗？得到过真正的快乐吗？你四处旅行， 一样是为了寻找答案，你一定是在追求在寻找，这也是我爱上你的原因，你是一个在寻找灵魂的人，我认定你是！

山妮的话让汤姆嗤之以鼻，算了算了，你真的跟我那位初恋一样，没救了。汤姆开始抽烟，他觉得很讨厌这样的山妮，他不愿意再聊下去，也觉得根本不准备在晚上的床上再碰她。

山妮陪汤姆从露台回到房间，其实露台正好到了最适合聊天的时候，四面清风，天上的星星眨着眼，山妮没有在意汤姆的话，她相信有朝一日汤姆回忆起这一切，会是另外一种感觉，就像他思念成都的初恋一样。山妮开始充满信心地在房间走动，接着清洗汤姆另外一批衣服，整理每个角落。汤姆在看电视，屋子里的动静让他产生惬意的感觉，山妮的身影在房间里显得亲切而又温暖。山妮洗完衣服自己拿到露台去挂晾，抬头看到夜色实在太美，于是倚在栏杆上哼着歌，她哼着，Hey Jude, Don’t Make It Bad……汤姆凝神地听了一会儿，大声喊山妮进来，山妮进来后汤姆只说了一句，时间晚了睡觉！然后就蒙住头呼呼大睡。

山妮孤单单靠在大床上，汤姆已经睡着了，她俯身过去轻轻吻他的面颊，在心里默默跟他说晚安，熟睡的汤姆这时忽然像个委屈的孩子，他的头在睡梦中向山妮撞过来，放在山妮的胸前，山妮忽然想起一首诗中的句子：这有点陌生 / 你沉重的头靠在我的胸前 / 一个唯一的夜 / 一个这样的夜

山妮开始对着汤姆轻轻朗诵这首诗，她的心被汤姆睡梦中无意识的

依恋融化，爱情是这么突如其来，她迷恋这个男人，无法可解，但她不可能拥有，他放浪形骸，既不是因为缺少教育，也不是天性愚鲁，生活给了他一套自己的观点，他既渴望着爱与性，又被人类的通病——容易厌倦困扰，山妮认为这个问题很简单，汤姆这样的聪明人往往却会把一件简单的事搞错，山妮追求纯洁的心灵，使她的思想自然而然捕捉到事实的真相，她认为那就是，真正地去爱！像汤姆爱初恋一样去爱，像特蕾莎一样去爱。

这一夜，山妮一直让汤姆的头靠在自己的胸前，她不断地轻轻抚摸他的头发，仿佛他是一个孩子。

第二天清晨山妮醒了，第一件事就是先看汤姆的脸。汤姆显得年轻，比自己年轻，他长条的身体，英俊的脸，是上天派来考验女人的诱惑，山妮并不觉得自己有身体的冲动，但她一定要向汤姆献出自己，她渴望被他拿走。山妮在晨光中缓缓脱掉自己的衣服，她很瘦，皮肤光洁白皙，使她显得几乎透明。她把自己透明的身体挨近汤姆，汤姆终于醒来，接受了山妮，还是像死一样的疼法，汤姆看着她疼得发白的脸，停了下来，山妮不愿放弃，她想属于汤姆一次，她柔情地鼓励汤姆说，我可以，我可以！

剧烈的疼痛使山妮近乎晕厥，她不后悔也没害怕，她终于献出自己，成为女人。汤姆看着床单上鲜红的斑点，非常惊讶，扶住她的肩问，山妮，你竟然真的是第一次！你怎么这么傻，我不配。

山妮一脸幸福的笑容，我不认为，我很确定，我愿意。

汤姆把她搂进怀里，这不对等，你让我很沉重。

不要沉重，我给你讲笑话吧，山妮讲：说一个乡下人上公园去玩，碰上晨练的人，在树底下一个人做俯卧撑，他蛮感兴趣看了很久，第二天早上又去，树底下变成两个人做俯卧撑，他大为惊讶又看了很久。第三天去又只剩一个人在做俯卧撑，他忍不住提醒，嘿下面的人咋不在了？

汤姆笑了，山妮告诉他，这是海伦讲给我的，她在学校从不跟其他同学来往，其实她搞怪得要死，肚子里装了满肚子的笑话，要不我给你讲个海伦的笑话？

汤姆很感兴趣，山妮想了一下就大方地讲了，海伦一直讽刺我根本还没长成，她讲她是一个真正喜欢男人的人，哪怕在路上遇到小孩子，她都喜欢看到小男孩而不是小女孩，所以她需要身边一直有男人。汤姆说，对！我也是。

山妮说，海伦从不介意一切外界的评价，她说那没什么可在意，只要有钱，可以活下去就行了。

她说的无可指摘！汤姆说。

如果没认识海伦，我的世界可能更单调，海伦那种需求让我感到她很有生命激情，她跟我说一根光溜溜的茄子，比黄瓜更有价值，嗯，你懂吗？

汤姆大笑，没想到海伦这么有趣，跟我很像。他逗山妮，你和海伦确实有不一般的感情，会不会是同性恋情？

山妮摇头，怎么可能！海伦是狂爱男人的，你没发现她喜欢你吗？

汤姆摇头，山妮说，每一段感情她都遍体鳞伤，下次还是要爱，我知道她每一段恋情，可我总在想一定有什么东西不对。

你又来了山妮，不要轻易下结论，你是不是觉得像我和海伦这样的人，都是该死的堕落的人。

山妮眼里泛起泪花，怎么可能！我是认真的，我觉得你们一定都是在找，我认为是在寻找生命的奥秘，如果你不相信我可以发誓，我是这么想的。当我发现自己在用道德审视海伦，我厌恶自己的伪善，我曾告诉海伦，为了能和她做真正的朋友，我想把那个纯洁无瑕的玉女形象捣碎，和她一起纵身投入苦难。

你真是为赋新词强说愁，汤姆搂着山妮，海伦的形象却忽然切近了，他决定要重新和她建立联系。海伦最近在干什么，他问山妮。

不知道，一种不祥的预感充满了山妮的心，她看到汤姆在聊天，于是起床打开窗帘让阳光进来，忽然记起自己该回家了。汤姆的确在找海伦，找到后他留了一句话，你在干嘛。

山妮回到床边对汤姆说，今天我要走了，已经订好票。

汤姆没想到山妮这么快，你还没玩呢。

没关系以后，说着山妮就开始准备东西了，汤姆不知如何是好，有山妮在是很惬意的，他没想到她会这么快走，忽然有点难过，起身从背后搂住山妮，山妮的泪决堤般奔涌下来。

离别时汤姆开车送山妮，他梳洗得很干净，额头的发尖打蜡弄成上翻，非常英俊。汤姆闷闷不乐地开着车，出门不远就发现今天限号，车停在路边的法国梧桐树下，山妮目不转睛地看着汤姆，也许这一别就是永远，山妮提出想和汤姆拍一张合影，汤姆拒绝了，还是忘了我吧山妮，即使我们合影，将来你一定会删除和后悔。

山妮看着汤姆，眼圈红了，汤姆只好答应会再发给山妮一些自己的照片，山妮满意地笑了。车外的阳光不紧不慢，马路上的人不多不少，山妮忧伤而又幸福。汤姆拿起手机看了一下时间，忽然说，我跟海伦联系了。

山妮不语。

汤姆一派轻率地继续说，我再找海伦的话你会介意吗？我结束旅行回上海时，还会经过你们那儿。

山妮心脏的血液都要凝固，但她坚强地摇摇头，看来我好像并没有资格介意。

汤姆的表情捉摸不定，阳光透过大树斑驳地照在他的脸上。

山妮觉得一切该正式结束了，她准备下车找一辆的士去火车站，但迟迟舍不得动身，她找了一个话题，托尔斯泰是我最喜欢的作家，他中年开始思索农奴制度，强烈同情底层农民，以至于他想把田地分给农户，认为人是生而平等的，他不该养尊处优。他的家人强烈阻止，于是晚年的托尔斯泰经常离家出走，最后死在流浪的途中！

山妮讲述时嗓子微微颤抖，汤姆静静听着，老托氏的书他认真读过，但现在一切都被他斥为无用，他发现也许女人才是适合革命与斗争的，她们的感性使她们能长时间地坚持一种梦想。

老托想分田地可他做到了吗？只是他晚年吃饱喝足无法享用一切后的超脱和一厢情愿罢了，而且就算他分了，别人都会分吗？他能解救全人类？又有什么实际意义。

有一个算一个！那是一盏灯，他把它点亮了，就是意义所在。山妮含着泪花争辩，她不相信她得到的汤姆只是如此，汤姆一定是故意的，否则汤姆为什么竟在告别时分一定要告诉她，他会重新去找海伦？

汤姆看着山妮的泪眼，心疼地替她擦了，汤姆的手触摸到山妮脸颊的瞬间，山妮的泪变得更多，像涓涓的细流，从她那汪深潭般的眼睛向外喷涌，汤姆只能捧起她的脸，吻住她颤抖的哭泣的嘴唇，山妮的嘴发出一声痛苦的呜咽。

汤姆被山妮的痛苦震撼，无语地把脸贴在她的脸上。

山妮走了，房间空极了。

流氓打电话说还回不来，汤姆和海伦重新开始聊天，汤姆百无聊赖地跟海伦逗着，说在瑶城重要的事没办，原本是为那件事不顾一切跑去的。海伦心领神会地回答，你是正在发情期吧。汤姆发过去一个大拇指夸她聪明，然后紧接着要求，让我看看你！

海伦毫不犹豫地打开视频，她正好在吃香蕉，于是夸张地吞吃，用舌尖舔着香蕉，海伦的脸精心化过妆，画面极具有挑逗性，但汤姆却兴奋不起来，他在枕头上看见了一根发丝，山妮的，山妮那令人厌烦的空想者的谈话，偏执地想把一种理想植入他人的行为，忽然让他万分思念，手机上海伦还在认真地跟香蕉口交，他难过地看着，海伦的脸扭曲了，她病得很重，和自己一样。

汤姆把手机关了，把房间的灯也关上，他现在能意识到他问山妮的那句话有多么无耻，山妮的泪水可真是惊人，想到这点汤姆心痛不止，在黑暗中他想起山妮在他耳边朗诵过的那首诗，他曾查过，诗的名字叫《你寻找一位女人却找到一颗灵魂》，山妮改动过：

临近黄昏时分白昼冷却下来
吸取我的手的温暖吧
我的手和春天有同样的血液
接受我的手
接受我苍白的胳膊
接受我那羞怯的柔弱的梦
这感觉有点陌生
你委屈的头靠在我的胸前
一个唯一的夜　一个这样的夜

你寻找一支花朵
却找到一颗果实
你寻找一注泉水
却找到一片汪洋
你寻找一位女人
却找到
一个灵魂

汤姆掩面滴下泪来，他知道，自己也许今生再也见不到山妮，他只是忽然决定，已经看遍世间的美景，他也许去那个叫大凉山的地方看看。

夜　葬

她的手腕上戴着一颗很有年代的珍珠，父亲是个穷家子弟，祖上只传了这么一个值钱的物件下来，她是父亲的独生女，从三岁就戴在她手上了。

按照遗传，她理应是长得很体面的一个修长美女，可她却矮，纤弱得像棵黄花菜。她的头发柔柔软软，刚被母亲用香波洗完时蓬松地披散着，稚嫩着一张瓜子脸，肤色偏黄。唯有一双大眼睛是水汪汪的，雾蒙蒙的，一旦打开眼帘，天真地看向你，里面奇光异彩。讲话细声细气有点娇嗲，走路轻飘飘的总蹭着墙根，还爱用一根食指一溜烟地画下去。家族里的男孩们究竟是喜欢这黄花菜的哪一点？他们都散居在乡下，乡间的黄花菜妞漫山遍野，可能因为她是城里的黄花菜，是黄花菜小姐。

她每到了乡下总被东家接来，西家接去。等到她十三岁的那个夏天，有一个姑爷爷去世了，正赶上暑假，父亲带上她、他的掌上明珠去奔丧。

唯独这一次特别，是从未去过的一家，路程好远，是乡下的乡下了。车子颠啊颠啊，一直颠到夜幕降临，下了车还要再走一阵山路，感觉离尘世已经太远，步入了仙境。一路上嗅着刺花的清香，她像一头归家的小鹿，欢快地走在父亲的视线里。她已大了，十三四岁，父亲不再像小时候那样背她，却更疼爱她，疼到没有一句重话。

丧事是红白中的一喜。乡下对这种事是达观的，生死有命，一了百了，早了早好，只需热热闹闹送他上路，活人再接着活下去就是了。后来她想他们这奇异的豁达可能来自面朝黄土背朝天的劳苦愁烦生活，他们在贫穷中找乐子，但没有什么可贪恋的，他们累了，愿意早点休息。但在那时她并不明白这些，只迷茫地随父亲就到达了那个叫板桥的地方。真的有一座石拱桥，桥下有淙淙的流水，她蓦地一高兴。板桥那头影影绰绰地伫了几个人影，她见父亲肃穆起来，也跟着头皮有些麻凉麻凉的。近处一看又释然了，那是一个老奶奶，父亲的姑姑，她的姑奶奶。她是抽烟的，脑后绾一个髻子，身板奇瘦而硬朗，终于等到了父亲便掐灭香烟，眼睛里含一汪老泪，父亲牵起她的手，她再挽起黄花菜小妞的手，祖孙三人朝那搭着棚子唱夜戏般有亮的地方去了。

进入房外的夜场，先入眼的是场子正中的灵棚，灵棚的周围坐满了人。姑奶奶是主人家，太多的事脱不开身，父亲立即有他人招待，他是当晚最远的贵客。依照规矩他上礼去了，夜场一角的灯下有张桌子，桌子后面坐着一个知客（主人请来帮忙理事的重要人物），给父亲登记下礼钱后，就“啪”地敲一记桌子，拖腔长吟：某某某，钱二百，火纸三刀，灵帐两个。这算得一份大礼了。也有贫寒人家只提一刀火纸径直来到亡人棺前跪下烧掉，灰飞烟扬之际，眼里有星星点点的泪花，是真心前来祭奠的。主人家亦是不胜感激，好酒好菜相待。

父亲跟很多人寒暄问候，留下黄花菜小妞独自站在夜场中，瞪大眼睛看这偌大的场子里数不清的陌生人，他们东一圈西一圈地散坐，个个眉目舒展，和颜悦色谈着事情，并不像是有多么难过，最顶头的一大片场地，总共有数十张桌子，坐的还有正在吃酒席的客人，全都客气地吃着，笑着，与她身边的灵棚下黑黑的棺木全然是不搭调的，却又奇异地组合在一起。她对那黑棺有点发怵，几乎觉得那里面要伸出一双手来抓她了，父亲这时正巧回到了她身边，叮嘱说，你去给姑爷爷磕几个头就自己去玩吧。

她含着一点点痛的心情老老实实在棺前的蒲团上跪下了。虽然并不认识里面那个姑爷爷，可他死了，是让她忍不住就要可怜他的。她也磕了头，恭恭敬敬的。在她的身后这时便有人注目她，他是文伟，亡故的老人在世时很偏爱他，因他一举从乡里考到县城的第一学府念高中，是家族的骄傲。他站在很远的后面，隔了好多喧闹的人，见她给自己敬慕的长辈跪拜，眼睛便立时有点潮湿。他在城里读书时被接到她家吃过一次饭，曾见过她一闪而逝的身影，她躲避外人，反而留给他一个深刻的印象。

磕完了头她见无人注意便开始轻盈走动。诧异之下总觉得这不像是在乡间，简直奢侈，比城里自己家中的过年还要奢侈，是一场与世隔绝、倾其所有的盛宴。丧葬的主家在办这事时是毫不吝惜的，好酒好菜倒也罢了，惊人的是流水席，一批客吃完又有一批客被请上桌，早中饭吃完又供晚饭，晚饭吃了还有夜宵招待，仿佛成日成夜都有吃的，像流水一样不断线。客人上桌后，三个或五个凉菜就迅速端上了，数目是有讲究的，红事为双，白事逢单。凉菜之后紧跟着就是三个或五个热菜，陪客招呼着贵客动筷子，血缘愈近愈为贵。刚举起筷子，三个或五个蒸菜又来了，这便是所谓的“上笼席”，席间有上等的蒸菜，是在热气腾腾的竹笼中蒸出来的，色香味俱全，用来招待贵宾。她与父亲吃的便是上笼席，陪客恭敬地陪酒奉菜，唯恐有一点不周之处。

在席的中央有盘胡萝卜雕花衬着的菜令她喜欢，她筷子一伸便想夹一朵花起来，父亲也忙拾起筷子轻轻地将她的筷头打回，满座的宾客笑了。原来这是一道看菜，就是只能看不能吃的一道菜，等这席撤席时端下去，下席开席时再端上来，是一种风俗、讲究。她却不悦了，噘起小嘴。身旁坐的女陪客赶紧对她讲明，才笑着吃饱肚子，父亲也才释然。

她看到了那条狗，一条与这里的奢华堪称匹配的狗。原本也是一条土狗，不过皮毛格外黑一些，身子出奇地肥硕慵懒，就平添了富贵之气。它一身的腱子肉，一走路浑身锃亮的毛就随着腱子肉波浪般地翻滚，它缓缓地傲慢地在流水席间穿行，连肉也懒得吃一口。顺着这条狗她才看到狗的主人文伟，他待那狗的态度是朋友式的，那狗驯服于他。他对她报以微笑，他用他那张英俊的脸朝她微笑着，目光沉着而又闪着热烈的光芒，怎么！你不认识我了？你爸爸我喊哥，按辈分你还得叫我表叔，我在城里读高中，去年到你们家吃过饭的。

黄花菜小姐愣了，这委实是一个怎么也张不开口叫的表叔，她捏着裙角站在那里无所适从地微微笑了，整个葬礼中她是最漂亮的女孩子，穿着一件灯笼袖的公主裙，是妈妈花了不少钱买那年夏季最美的花布做的，裙摆有花边，风一吹就莲花般散开，蝴蝶般起舞。

年轻的小表叔注意到了她仙子般的美，他逼人的英俊伴着他沉着的品质是值得少女为之心动的。她轻轻地靠近了那条狗，伸出纤巧的小手去抚摸那狗身上美丽的皮毛，那质地优良的黑毛在她的抚摸下顺滑、服帖。文伟沉醉地看着她的手，这是午夜之前的一幅油画。定在寅时出殡，你熬得住吗？文伟问。

她温婉地点头，她是一定会熬的，因为她要等一个人，文伟不知道的人。

夜深了，有点起风。山里的夜风，即令是在夏季也有些沁人。那始终燃烧着的灰盆，里面烧去了够死者在阴间生活一辈子的钱。她后来就一直取暖般坐在离灰盆不远，瑟瑟地抱着肩膀。前来吊唁的人过了一茬又一茬，说定了会来的哥哥却始终不见。是从小一起玩大的哥哥，疼她爱她的三姑姑的儿子。她在等他，而等他的寂寞中有一个对她分明含情的表叔陪着，这真不错，但没过多久小表叔被一个像一团火一样的女孩子抓走了，她长得不能再美，很野很艳，小表叔显然与她相熟，不得已地随她去了。那女孩名叫夏雪花，她记得很清楚，的的确确叫夏天的雪花，她在拽走小表叔时狠狠地剜了自己一眼，她并不介意，反而惊喜地冲她笑了，她太美，美得让人无法介意。这一夜，像是她少年人生的一个高潮，她一生所见的最美的少男少女都千里迢迢地聚拢了来，都是金风玉露，唯独她是恬淡的，以柔若无骨却征服了所有的心，但文伟毕竟乖乖地随夏雪花走了，孤独随着夜风开始沁入她的心。

她把花朵一样娇弱的身体蜷缩起来开始等，唱尸歌的民间艺人都已倦了，在昏暗的灯泡发出的柔光之中，他们边打瞌睡边低缓地唱着。午夜已过，听歌的人也都昏昏欲睡，艺人们进入临场发挥阶段，胡琴一拉，只听得未唱先抽泣：负情郎君你好狠心！舍下我如花似玉身，从此后，再不能与你床上耍风流……

一时间昏睡的人便全部醒来，满堂喝彩。唯有她只托着腮静静听着，男欢女爱她还不懂，她摄人心魂的是她固执的静，热闹都是暂时的，永恒的是那片黑暗，生灵万物都必将奔赴的那片黑暗，那无休无止的静默和孤独。就像此刻躺在棺中的老人，他将在这最后的陪伴中永恒地孤独下去了，她的心开始为了死者抽痛，她的眼角慢慢沁出了晶莹的泪。山路弯弯处这时又响起了惊破寂寥的鞭炮声，她“呼”地站起来，这必是哥哥来了，她几乎要撩起裙子奔跑过去，这里的少年都不太相熟，只有哥哥，是她可亲可依的人！她的嘴角因为委屈而微微撇着，原来小表叔的离去无痕地伤了她……

在她从夜场走向哥哥时，她无法看清来路，山里的夜黑得像浓墨，化不开。夜空的星星便格外繁满，璀璨夺目。她的眼睛此时就像夜空的宝石，让不知何时已回到她身后的文伟看到了这一幕，顺着夜光宝石再看到了一个发光体——那是一个生机勃勃、长腿宽肩的美少年。他的身量之高，和着他雄心勃勃的气质，使他顶天立地般劈开黑夜走过来。是什么力量令他如此之超然和张狂！文伟痛苦地看向那对黑宝石，正是它，让万物生辉了！

剑云一眼看到等待的妹妹，加大步伐走过来，站到了她的面前，与她挨得很近。啊，你来了！她看到哥哥，忍不住低低地叫了一声。他们已经一年没见过面了，他长得太快，喉结有点刺目，眼睛甚至于不再是少年的明朗，而变得凹陷和深邃了，他高而强大地站在面前，仿若一张开双臂就可以环住她，而她却是这么地渺小，又矮，快低到尘土里去了，她羞愧地欢欣地向哥哥看去，在他温情的目光中又自信自傲了，变得爱说话起来。你来的路上没遇到什么野物吧，我来的时候刺花香极了！她轻快地说。这里的文伟有一条狗，很可爱！她又急急地说。

哥哥只是微笑地把她看着，她准备上前像小时候一样拉着他的手把他带进夜场时才感到背后来人了，一扭身是文伟。咦，你什么时候来的？她与哥哥并肩站着，对文伟活泼地问。

文伟沉默着，早已追随文伟从屋里出来的夏雪花替他回答了这个问题，晚上吊唁的客人由我们俩负责接待！夏雪花斜睨了一眼哥哥，亲亲热热地拉起她的手往屋里拽去，黄花菜小姐高兴了，夏雪花终于与自己化敌为友，还过来欢迎哥哥，这是何等的欣慰。

哥哥很正式地对文伟点了点头，他是代表父母前来吊唁的，刚才已按照吩咐上门前自己先放了一挂鞭炮提示主人，论理迎客的鞭炮应该是主人家放的。文伟像迎战一样更是毫不逊色，他伸出手跟哥哥进行外交家的一握。夏雪花放声地笑了，问哥哥吃不吃东西，哥哥回答不饿后她立即有新的提议，我们四个人去玩吧！

黄花菜小姐被夏雪花牵着，四个人经过小路绕到房后，来到一间发散着谷物陈香的偏房，一个人间仙境展现在眼前，偏房里除了影影绰绰几个大木谷仓，屋子的正中央灯火辉煌，但屋里并没有灯，灯已熄灭，红尘已经湮没，亮的是那带灯的生灵！只见一面帐子，里面有千只万只萤火虫在闪闪闪。这是我设计的，夏雪花自豪地说。原本我要进去当萤火虫公主，但文伟说我不像，他要你来当。说完她撩开帐子将黄花菜公主轻轻推了进去，霎时间那无数只打灯笼的小生灵向它们的公主飞过来，停在她的发梢、肩膀、手指上和鼻子尖，它们拖着流苏般的荧光，一闪一闪一闪，划过黑暗，照亮她的睫毛。在灯火的灿烂中，她透过轻纱，像从天上俯瞰人间般，看见夏雪花的笑容，看见文伟严肃地注视内心的炽热，她抽泣了。最后她看见哥哥深情的目光，惊艳的笑容，他总以自己为骄傲，助长她在人生中一份永远的自信，哥哥后来写信告诉过她，她一直一直是他心目中的公主……

寅时已到，所有昏睡的人都集体醒过来，这是老爷子升天的时辰，错过寅时他将留在十八层地狱，马虎不得。锣鼓密集起来，所有前来吊唁的人要集合排好，跟亡灵见最后一面。哥哥拉着她排进了队里，她在前面哥哥在身后，哥哥太高了，她矮小得就像在他的怀抱中一样，她听到自己的心“扑通扑通”跳着，脸红了，低下头。哥哥在耳边轻轻对她说，别怕。

抬棺的几个壮年人已在准备，集合好的亲友乡邻要围棺转上三圈，然后给亡灵掩口，盖棺。第一圈开始了，姑奶奶站在第一个，她没有眼泪，哭丧一直是别人的事，她只是干枯地憔悴地努力地，要一眼一眼看清楚躺在棺里的她的人。黄花菜小姐天性灵慧迥异，姑奶奶欲哭无泪的画面深深地撼动她，她一串一串的眼泪决堤奔涌，哥哥心疼至极，趁着大家都在忙与悲伤，他再也忍不住地向前靠近，环住了妹妹的肩，热力透过肩头放射，妹妹被抚慰了，两人并肩抬头，同时看见星空，都呆住了。数以万计的星星以暗夜为幕布，神秘悠远，他们被震撼，少女的她在一瞬间发现自己已长大成为女人，自己对死亡百般的伤情和对哥哥强烈的爱都已融入灿烂的星空，她无法逃避死亡，也将终身无法与哥哥相恋，但她却将永远记得。

葬礼结束，父亲要带哥哥和她走。场子里的乡亲们用恬淡的笑脸给了他们一个注目礼，就又接着聊他们的事了。文伟和夏雪花相送，而且送得很远，带着狗。洁白的刺花香了一路，送到界山时四人道别，她和哥哥要继续前行，父亲抚着她的头发鼓励她说再见，她紧闭双唇没有吐出那个词，哥哥站在一边明白一切。又走了一程她蓦然回头，发现那狗停在一个山头凝立不动，还依稀地对她摇了两下尾巴，她一看之下再也走不动了，气喘吁吁，眼里含着泪花，任父亲怎么问都倔强不答。她是心碎而致的疲累，无论如何她喜欢这梦一般的乡野，自由无羁的生活，她不想回到城里去。

哥哥那天背了她，父亲用欣慰的目光默许。

她在哥哥的背上嗅着刺花的清香，修补自己善感的易碎的心，此后的人生里，每次都是这样。许多年后一个静静的午夜，她忽然回想起这一切，已恍恍过去了三十年。

西部惊梦

他们是小时候的邻居，在一个院儿里长大。

她是独生女，随父母住在大院西角的小偏房里，他家两个“和尚”，冬冬和他，屋子也宽不到哪儿去。两家母亲要好，暑假时家里一有客人来她妈就把她安排在他家，夏日的中午蝉声缭绕，他妈总喜欢在客厅的吊扇下面铺上竹席，让孩子们都睡在上面，怕热坏了他们。她睡左边，冬冬还小睡中间，他睡右边。他比她大三岁，才十五已经高高的个子，一张英俊的脸，每次见到他她就心跳不止，他见到她显得更激动，有一次居然忘了看路，绊倒在她面前，不过他一向调皮能自我解嘲，轻捷一弹立刻又站起来了，搔着后脑勺看着她傻笑，她的心于是被甜灌满。

她知道他在想什么，夏日的中午他没睡过安稳觉，他一直在跟冬冬商量，冬冬哥跟你换个位子。冬冬偏不答应，她听见后闭目假寐，脸已经全部羞红。总算大家都朦朦胧胧睡着，她做梦了，梦里他竟然换过来了，就在旁边，两人的呼吸交织在一起，他挨她很近但不敢碰到她，她紧闭眼睛，沉浸在那种触电一样的感觉里，不想醒过来。

她是大院里最文静的女孩，在公用水池子帮妈妈洗碗洗菜时，她常静静观察每个人忙忙碌碌，余伯拎水，王姨搓被子，小倩洗头，她都爱看，回屋后就把他们画下来。她喜欢大院里所有人，偷偷把他们画下来，她喜欢画画，把一切都写进日记，画在纸上，埋在心里。她的日记里有他，总有十几处，还有一页写满他的名字。有一阵她觉得他知道了什么似的，他看自己的眼神贼亮贼亮的，她在池子洗衣服时他就老围在池子边玩，找话问她，她给他一个笑容，回答他几句，他就高兴得不知怎么好似的。他的胆子大起来，没事老爱到家里找她，终于有一天她发现他趁自己不在时偷看自己的画本，日记本就在画本旁不远，他一定什么都知道了！她的脸生气地涨红，他慌忙站起来，不知所措。接着她羞惭地流泪了，她画了那么多他的像，还有日记里那张写满他名字的纸，他看到她伤心的样子心里异常难过，想过来安慰她，她生平第一次地凶巴巴地命令他出去。

其实他没偷看她的日记，只是翻了画本，两个人还是因为这事一下疏远了，直到高中毕业，他报考武汉华中农业大学如愿以偿，打算将来要做种植业，挣很多钱。大二时的一天他忽然跑回来，在学校门口等她，她即将毕业正在考前鏖战，班主任对男女生接触极其敏感，她从他身边经过羞怯地低着头不理他，他在后面郁郁地跟着，快到院门口时他跑上来拉过她的手，塞给她一个笔记本，大步在她前面进院儿了，他的背影很帅气，长长的腿，刷得干净的球鞋。她打开笔记本看见扉页上写着：祝贺李馨姐姐乔迁新家，祝你未来梦想成真！冬冬。

他怎么知道自己家要搬走了？还模仿冬冬的语气告别，她扑在床上把笔记本贴在脸上哭了很久。这个本子她从此一直留着，就这样离开了大院，他后来也再没找过她。

眨眼十年就过去了。

大学毕业后她回到一所离大院不远的中学教美术，结婚生子，人生的大事一件不落地做完。她像留守等待的女人一样，始终原地不动，一直到再次见到他。

那是阳春三月的一个午后，她带着儿子回大院看姥姥，父亲去世后母亲又回到大院一个人生活。在院门口她忽然看到他，一瞬间她的心又是狂跳不已。十年里她回来过很多次，他的爸妈都健在，她甚至见到冬冬，却从没见到他。

他变了，像个北方男人，看上去沉默寡言，卓尔不群。相遇的瞬间他正低头出院门，看到她静静伫立一边愣了一下，眼神“忽”地亮起来，他激动地走过来，盯着她不知该说什么，于是蹲下来把她的儿子左看右看，逗弄了好一会儿，很喜欢的样子。最后他抬起脸对她说，最近不忙的话，找时间一块儿坐坐！

他说他这两年常回来，这边开了一家分公司，他的公司总部在乌鲁木齐。她心神恍惚地听着他低低的声音，闻着他身上淡淡的烟味儿，他掏出一张名片递给她，她微笑地接过去，感觉他目不转睛在看自己，脸全红了。

回到家她再次看那张名片，看来他很成功，开着一辆帅气的路虎，说要送她和孩子被她婉言谢绝，他开着车走出很远后又从后视镜里看她，她长成了一个美丽的女人，娴静的气质，深潭般的眸子，能让见到她的男人都心生倾慕。

她和丈夫同属工薪族，跟公婆住一起，过着小日子，丈夫和她一所学校，教物理。她下班后的空闲时间都用来画画，丈夫忙完了就是看看电视，孩子总被爷爷奶奶带着。学校的房改房总算建成，她可以有自己的家，跟孩子单独在一起了，她这个学美术的却毫无权力，婆婆积极地参与家里的装修和添置，使她一反平时的温顺，事事坚持要按自己的心意，丈夫和她于是平添了许多矛盾。到了总算一切就绪欢欣入住，忽然为冰箱的摆放相持不下，这天丈夫不在家，她一时兴起使出浑身的劲，一个人把冰箱挪到了她喜欢的位置。过了一会儿丈夫回来，一眼就看到了冰箱，板着脸，一句话不说就要过去重新挪走。她拽拽丈夫的胳膊说，放两天试试看嘛！他大吼起来——我说放这儿就放这儿！然后用力甩开她。在他凌厉地甩着胳膊时，他袖子上的铁拉链划过她的脸，她的脸顿时火辣辣地疼，用手捂住脸时，丈夫冷冷看着她毫无怜惜，一瞬间忽然觉得他好陌生，她流泪跑回卧室后，他在外面依然把冰箱挪回了原地。

第二天丈夫出差走了，到省里改试卷。她的心情一直悒郁着，到了晚上她想起他，拨通他的电话后，刚说一句话忽然哽住，她慌乱地挂断电话后悔起来，他的电话很快打过来，你怎么了？你在哪儿，我马上过去。

只几分钟的时间他就赶过来，她给他开了门，勉强地笑着。屋里的灯都是橘黄的光，他喜欢这样的光，家布置得整洁安详，窗外临着山，很静谧，他坐下来，要她也坐下，究竟怎么了？他问。

他看她像是哭过，心里很不是滋味。她原本不想说什么，她绝不想对他说冰箱到底该放在哪里这种话题，可看到他的目光，就忍不住又觉得辛酸，他的目光太熟悉了，使她觉得像一个人走了很久，终于见到亲人似的，她的泪水开始不争气地扑簌簌往下落。你老公打你了，是吗？他摸一下她的脸生气地问。她摇摇头，无声地用泪眼看他，他这时再也忍不住地揽过她，紧紧地握住她的手，在他的耳边说，其实我一直爱着你！

听到这句话她停止了哭泣，所有的伤心一扫而空。成年后她只长到中等个子，而他是个一米八的高个儿帅男人，她在他怀里依然娇小。他紧紧握着她手的双手，因为用力太大，她开始感到疼，她睁开眼打量他，看着他激动不安的样子，揶揄地问他，你刚说什么？他没有回答，放开她的手又重新捏住，我这么说是不是伤到你了？他问。

她抬眼看向他，这句话太飘忽太体贴，有出自情场老手的嫌疑，她对他摇摇头以示回答，还是感激他的表达。

你的妻子，她好吗？她笑问，决定跳过那个话题。

我们俩不聊她，行吗？他用手不断地抚摸着她的秀发，她的长发黑缎子一样披下来，遮住她的额头和脸颊。她肯定无法想象他昨天刚好向他妈打听过自己的情况，他妈说——还是那样，不爱说话，不像个过家的姑娘，斯斯文文，秀秀气气的，听说画的画得过奖。

听到关于画，他的胸口忽地疼起来，他记起了少年时光，他偷看她的画本，在凉席上迫切地想跟冬冬换位子，睡到她的身边，她的画本中的画像昭示了一切，被他看见后她的倔强羞惭的眼泪，那张少女的纯洁美丽的脸，都让他的心有疼痛感。

现在她终于在他的怀抱里了，柔软、依从，变得更符合他的心意，他俯身用脸贴住她的脸，她仰起头承受雨露恩泽一样，他忍不住想找她的唇，她却忽然站起来，问他喝不喝水。他顿了一下，点点头，低落地看着她的背影。她端了两杯水过来，温顺地又依到他的身旁，他惊喜，搂住她问，你是不是怕我？

不是，她摇头，是不习惯。

说得他心里一疼，他不容她再说话，捧起她的脸吻了下去，这次她微微地抬起下巴，任由他辗转地吻着，直到呼不上气，等他放开时，她已满脸红晕。

她的生活并不美满，他隐约感觉到了，跟我讲讲你的老公！他把眼睛看向窗外命令。她很喜欢他这种冷冷的侧影，不回答他的话，反而用手沿着他的面庞凌空画了一下他脸的线条，他的理智于是加速崩溃。

他冲动地贴向她的胸脯，隔着衣服一样感受到她的骨和肉，他激动得眼眶潮热，只能努力克制。

告诉我他是不是对你不好？

她想了想，不是，他人还不错，我也一样不好。

他知道那种状况，大家都一样。他把她整个地抱到身上来，她很娇小，而他是个高个男人，他看到阳台上有一地的月光，那儿放着两只布沙发，就把她抱过去，这是个美极了的阳春三月的夜晚，窗外有蛙鸣声。

他开始喘息着吻她，她却毫无反应，于是他解了她的第一颗纽扣。她猛然睁开了眼睛，用手攥住他的手，我们不能！

为什么不能？他脱口而出，又发现问得毫无道理，只能颓然垂下头。你就不想我吗，我这么想你！

想就一定要做那种事？

他不再说话，伸手替她扣好了那颗扣子，温柔地看着她说，你打我几巴掌吧，好让我清醒清醒。

他拿起她的手，让她打自己耳光，她把手挪开，藏到背后，他非叫她打自己，她流着泪说，你要是难受，那你就来吧。

她一副献身的模样让他难过不已，但他已弄明白她很难逾越这个障碍，于是故意气她，你知道吗！并不是只要没有那种事就算没犯错，你跟我有肌肤之亲，你现在跟我已经有不正当关系了。

她侧过脸笑望着他，好啊，我愿意跟你有不正当关系。

他看着她调侃的样子，想使劲揪她的脸蛋。窗外的夜空繁星密布，月光也分外亮，照在她美丽的脸上，他惊诧她已具有成年女人的幽默，于是也一下变得轻松起来，提出看她的画室。

画室很小，光线不理想，他考虑着能否在别处给她弄一间大点的。他们坐在画室的地上，他欣赏她的每幅画，努力描述他的感觉，这种极强的脑力运动，使他的精神异常兴奋，她目光灼灼地倾听着，两人一直聊到深夜。夜半三更时，他把她的头放到他的臂上命令她睡一会儿，他自己也睡了一会儿。不久清晨的第一缕光线斜射过来，她醒了，伏在他身边仔细地打量他，他熟睡的样子俊美而亲切，当他醒过来温和地对她一笑，摸摸她的头发，她听到心中的小鸟在快乐地鸣叫。

你后悔吗？她温柔地问他却不等他回答。你别后悔吧，你这样想，你认识我是在认识她之前，既然是前面的事都不算错。

他知道她指的是他们俩的行为触犯了自己的妻子，她还处在这么警醒的状态，让他不禁汗颜，他已经有过婚姻之外的尝试，在生活令他感到透不过气时。她的谨小慎微让他怜惜，他开始不吝惜语言和动作，一把搂住她说，我本来就先爱你！他紧紧箍着她，不肯放手。

她欣慰地叹了口气，你该走了！她掰开他的双手。

不想走，他把头埋进她的怀里。

再不走你就走不成了，她略带凄凉地说。天刚亮时她看到他在身边，特别怀疑一切都是梦境，她像慈祥的老人一样用手摸着他的头说，安心地走吧，下次你再回来，又被我在院门口逮到了，我对你说，哟回来了，啥时候回来的！你于是回答，哎呀是你。然后我就说，有空上我家去玩。你满口答应好好好，我们就各走各的路了。

他听她说完这番话，心凉了半截，原来她计划中只有这一夜，他抬起眼饶有兴味又怨尤地盯着她，两人相视一笑。

临走前他想说说自己的打算，他想说他是真心的，想为她买一套有画室的房子，他现在唯一不缺的是钱，如果她欢迎，他想常见到她。最终却一个字没说，张开双臂等着最后拥抱她一下，她已经给两人做了一个了结，让他不知该说什么好，她踮起脚尖投入他的怀抱，他沉默地紧紧地把她搂抱着。

两天之后他开始动身，回他远在乌鲁木齐的公司，两天里他心神不宁，失魂落魄，一个人做了很多傻事，他开着车跑到她的小区门口，一守就是两小时想看她一眼，她始终没出现。淋着雨他一个人看了几处房子，幻想把她安置在房子里，他每天回到家愿意看到一个画画的女人。走的那天他坐火车，把车留下了，放在朋友那儿，好像这样他跟她就保持着联系似的。

途中他打给她一个电话，天已经黑了，她正陪着儿子躺在小床上听故事，她和儿子都百听不厌的一个故事《卖火柴的小女孩》，丈夫出差还没回来，他的电话打来时，有种惊破寂寥的味儿，她接了电话就听到他低低的声音。

你在哪儿啊？她有点奇怪。

在，火车上，陕西这一带。

真的有火车的声音，她重重地失落了一下，已经走了吗？我都不知道。

临时决定的，公司有很多事。顿了一下他又问，你好吗？

她有点想哭，快要睡着的儿子这时醒了，探起了头，她调整一下，平静地回答，嗯，挺好的，路上多保重。

会的，他把电话贴在耳朵上舍不得挂断。

她就先挂了，把儿子的头按回小枕头上，轻轻地摸着他的脸，帮助他入睡。自己却在夜中睁着眼睛，出神地想那个春夜，和那个离自己正越来越远的人……

时间又到了暑假，孩子被爷爷奶奶带回老家避暑了。一个人的暑假，是她向往了很久的，她把自己关进画室里，有时候自己动手用蛋清制作画布，有时凝神地疯狂涂抹色彩。巅峰状态过去之后，她想出去走走，问过几个经常联系的画友，他们都要到不同的地方旅游写生，她也开始考虑这件事了，心底那个秘密的愿望又浮游上来，到西部去一趟！

犹豫了很久，她终于在一个下午拨通了他的电话。他接电话的声音很惊喜，在电话里就急切地就安排好了一切，行程的第一站是吐鲁番，他将到那里去接她。

四天之后她到达了吐鲁番，中午时分到的，在他事先安排好的地方住下，一个幽静舒适的小旅馆。

他还没到，她预备洗个澡舒舒服服地睡上一觉，刚洗完澡就听到敲门声，她立了一会儿，在想是不是他，打开门一看，正是一个高高个子的男人，脸晒得有点红，殷切地站在门口，她抑制住强烈的心跳，淡淡一笑，你来啦！

他关上门，随着她进了房间。他喜欢在这种环境见到她，虽然她那淡淡一笑像一道警戒线，但心情上却可以放松地享有她，夏天的她是赏心悦目的。他拉上窗帘拒绝吐鲁番强烈的光线，屋里顿时恬静而幽暗。换上拖鞋，在另一张床上躺下，他忍不住看她，她穿着一件吊带的雪白睡袍，裸露着凝脂般的肩膀，像一个公主，从小她就是他心中的公主。她来他高兴极了，做生意太累，又是离乡背井。

她也靠在床上，一路经过的草原和茫茫戈壁已经把她征服，她的心情愉快而自由，她的眼睛深潭般凝视着他，真羡慕你，像一只雄鹰飞在这草原的上空。

他抬起眼睛，两人相视一笑，他不禁起身坐到她的床边上，体贴地看了她一眼，问道，可以吗？

她的腿往里挪动一点，给他让出位置，他就不可自抑地叹息一声，一把将她拥进了怀里。她在他怀里停留了一会儿，轻轻地把他推开，从背后抽出一个枕头并排放好，拍了拍说，我们坐到一起说话。

没有说话的余地，他一靠到那个枕头上去，就又变成那个春夜，他靠上去就把她抱进怀里，因为思念而一直疼着的胸口瞬时舒缓，想念一个人太可怕。

接着他不想老靠着，把她放平，让她躺到最舒服，而后自己也躺下，用腿把她柔柔的身体覆盖住，满足极了，才开始跟她说话，路上累吗？

不累，我体质很好，有杂草那样的生命力嘛。那个黎明分别时他不想离开，她曾用杂草形容自己在他生活中的意义，让他果断剪除她。

他不敢问她自己在她生命的意义，她一直显得比他冷静，她把自己形容成杂草，这往往意味着她的潜意识把他当成杂草，需要剪除。我真想打你！他抱紧她，不许她再说杂草的事。

他不停抚摸她，从清瘦的肩锁到雪白的颈项，然后是她身体最令他向往的那个部位，那隆起的温柔之乡，他一直不敢轻易去触犯它，穿过她齐整的内衣，他的手停在那个地方，她立即把他的手拿开了，他嗔责她，为什么我这么激动，你却毫无反应？

因为你像只饥饿的动物，总在向着一个方向。

他有点蒙，她谴责他的冲动，使他觉得很冤屈，只有他自己知道，再次见到她后他成为一个发着高烧的傻子，每天想到她胸口就抽痛，这是绝对的精神反应而非肉体，他匐匍到她身上，压住她，要她道歉，他坚持要她说——我错了，我知道你是爱我的！她偏着头“咯咯”笑起来，好吧我说，我错了，我不激动因为我是个性、冷、淡。

她不回应他认真的表白他有点失望，但她的新鲜和活泼又让他惊讶，生活把一个全新的女人还给他，他却无法征服，他吻她，坏笑着说，是真的吗，要是真这样的话，那我可是专治这个的。

你变坏了，她举起一只手摸着他的脸。

是你让我变坏了，他抱紧她。

跟我你会失望的，我知道你需要，可我，她又开起玩笑了，真的是个性冷淡。

他开始认真地询问她，你怎么判断的，去看过医生吗？

没有，我自己给自己诊断的，我从来不想！她轻松自然，却语出惊人。

他开始对她的丈夫愈发不满了，你不该是这样的，他叹了一口气。

嗯？她没听清他的叨咕。

你的丈夫对你没尽到责任！他大声地说。

我不怪他，我一样无法拿出热情，他在我快要变成剩女时接纳了我，我很感激。

你不该这样，我希望你生活得快乐，生活的各种快乐也希望你都尝受过！他难过地在她耳边说。

她的眼睛湿润了，把脸别到一边，违心地辩解，我生活得很快乐。

那你告诉我，你是怎么快乐的！他把蜷曲的她揽在怀里。

快乐有标准吗，我可以画画，还有儿子。

那是不完整的，爱情，男女的快乐，身体的愉悦是人生很重要的一部分。

她听着又笑起来，你像个骗子，专心地在诱惑一个女人。

色情骗子是吧，他也笑了，骗子想知道你的身体究竟体会过那种快乐吗？

她沉吟起来，她以前也想过这个问题，一直很想知道对于别人，身体的快乐究竟是怎样的一种感受。应该是有过的，不都是孩子妈了嘛！她的回答含糊而天真，他的心里涌起无限怜惜。

我想要你！他又冲动起来，捧起她的脸亲吻。

她被他逐渐唤起，低低地呻吟着，一边又要把他推开，他不放她，她开始大力地反抗，使劲地推他。

他痛苦地停下来，有种莫名的绝望，他颓然地翻身躺下，她伏到他胸口，你生气了？

没有。他对她勉强地微笑，拿起她的手在自己脸上猛抽一巴掌，她吃惊地拿住他的手，这不怪你！也许我不该来。

他眼圈红红地说，我让你抽我，是因为我不知道怎么才能让你接受我，我想让你快乐！

她的表情变了，冷冷地质问他，你以为你是救世主吗，你现在的种种亲昵原来都是在拯救我毫无质量的生活，真谢谢你！我曾经痛恨过我自己的性格，性格使我在无限珍贵的东西面前只能沉默，当失去之后，却傻傻地等，幻想奇迹出现。

她开始不停歇地说着，连最隐秘的内心也说出来，从院子里搬走后我一直希望你再找我，可你好像很忙，一直在不停地恋爱。她问他，你的妻子是你的第五个女朋友吧，总是从你妈和冬冬那儿听说你又交了新女朋友，我想这是缘分，我无法得到我喜欢的人，在我把自己耽误到无人问津后，我嫁给了学校里追求者中最木讷的那个，也许我错了，但我愿意为我的选择负起责任，你呢，婚后依然有女人吧，如果我愿意，也能算一个对吗，你打算对任何一个负责吗？

他无言以对，他有过女人，他承认从没想过跟其他女人结婚，曾经激荡的感情也都随风而逝。但他知道对她不同，知道她等过自己让他震惊，甚至痛悔没跟她联络，与她相比，他觉得自己像一朵无根的浮萍，轻飘飘的。

你说得对，我没资格跟你在一起。他用手轻抚她的脸，用强力命令自己离开，告别之后他回到自己的房间，躺在床上，眼睛濡湿了。

早上六点，她独自醒来，天还没亮，她给自己订了一个计划，要在今天去看这里的葡萄沟，他昨晚走时也说过今天放她一天假，他在吐鲁番有些事要忙。

躺到七点时她发现太阳在缓缓从地平线上升起来了，扑到窗边打开了所有的窗户，她欣喜地迎接吐鲁番的黎明，有一个可亲可爱的男人正睡在隔壁，让她觉得奇异，他的身体的进攻已经被她成功地打退，以后她可以安静地与他灵魂相依了。

打点好一切，经过他的房间时，她把耳朵伏上去听了一下，寂静无声。出了门她信步地朝太阳的方向走去，打算吃早餐、寄名信片、逛街，然后去找市内到葡萄沟的公交，她要主动地渗透到吐鲁番的每一个毛孔里去。

吐鲁番的街道很宽，楼房很矮，整座城市朴实和空旷，令人喜欢。快到中午时她上了专门往葡萄沟的巴士，她跟系着鲜艳的红头巾、穿着大花的连衣裙子的哈萨克女人挤在一起，对面的老头则留着阿凡提的那种胡子，凹进去的发蓝的眼睛，他们互相叽里呱啦交谈着，她高兴地听着，闻着车厢里热腾腾的汗臭味。

下车后她入蛊般随着人流走，她被卷进工艺品市场，遮天蔽日的葡萄架笼罩着整个市场，只见绿叶不见天，她喜欢那山羊皮面胡杨做箱的手鼓，牛筋做弦马尾做提的艾捷克和苍凉的马头琴。她抚摸着哈萨克族小坎肩，欣赏着令人眼花缭乱的羊毛毯子和披肩。她一直想有一件黑色的披肩，作画疲累后能裹着披肩在风中漫步，过她理想中的生活。

游荡一小时后，她才真正进入葡萄沟。

一进门就有一座石桥，桥下是一条湍急的溪流，她在市区也看到街边渠沟流过湍急的水，奇怪市内地势平缓，水怎么会那么急，但有水就有了灵气，她记起曾听过朗诵家任志宏读张抗抗的一篇散文，说吐鲁番的葡萄沟好似把江南水乡整个搬过来了，她却觉得不然，葡萄沟就是葡萄沟，江南就是江南，葡萄沟的水是雪山融化而来，另有它坚贞的灵魂。她俯在桥上把那水盯了老半天，才过了桥，桥边有一群身姿窈窕、美艳绝伦的新疆姑娘，她们戴着小帽，也有的顶着碗，载歌载舞，三四个新疆小伙子，拍着手鼓，拉着不知又是什么琴，她呆立在一边，有点痴痴的。离开了这班男女，她恍恍惚惚地沿着小溪继续漫游，在一墙壁画前面停留下来，剩下的时间她一直都坐在壁画面前。壁画的颜料已有些剥落了，观瞻的人也出奇地少，使她得以清静地坐着。她喜欢这墙宏伟的壁画，非常生动，色彩绚丽。壁画分成三个大的篇章，唐朝盛世佛教兴起的吐鲁番，佛教衰败、伊斯兰教入主的吐鲁番，现代的吐鲁番。唐盛世的吐鲁番绘得一片欢腾，唐王凌驾，佛教为尊，万民俯首。伊斯兰教时期的吐鲁番则凝重焦渴，妇人顶着打水的瓶子迈过沙漠朝向清真圣寺。现代的吐鲁番是盛世的延续，丰衣足食总是好的。

她久久地坐在这里，一再地回顾自己的生活。那三十年都封闭在一座城市的死水一般的生活，也许不无踏实，却终究带着缺憾，因为她对生活的梦想远远不是那样的，她想起了他，他的人生与她有异，总是在追寻和迁徙之中，最后到达了这里。他告诉她准备在这里扎根，他已喜欢这里，虽然有时候很孤独很想家乡。他在为钱忙碌着，经受着一次次的失败终于在乌鲁木齐强大起来，他说他会孝敬父母照顾妻女，可也倍加渴望一个心灵相通的女人。

她久久地坐在葡萄架下面，为他流下了两行清泪，他算得上有错吗，这种情分算得上有错吗？看看四处无人，她从架上摘了一颗葡萄丢进嘴里，虽然没有成熟，入口并不酸涩，她在想念着他。

时间不觉中到了下午六点，她渴望见到他，便从速地回到了市内，打开宾馆的房间。他还没回来，终于等到他打来一个电话，却说脱不开身，要她自己吃点晚饭，自己吃晚饭是绝对可以的，可是已经一天没见到他了！没有他的房间显得这么空荡，寂寥，她感到愁苦。

她决定去吐鲁番的夜市吃饭，顺便喝一点啤酒，她想喝了酒后好好地睡一觉，什么都不想。

在夜市喝酒的人不多，她坐下来，点了羊肉串，要了啤酒，然后倒满一杯慢慢喝着。据说新疆的啤酒花是秘制的，全国最好的。这是一个孤旅之夜，异乡酒市那昏黄的光晕笼罩着她，邻座喝闷酒的男人忽然递给她一支烟时，她已有些微微的醉了，就着那没有恶意的小火她抽了一口，烟雾模糊了她忧愁的双眸……

她带着一身的酒气回来了，上到第三层楼梯时她开始天旋地转，失重地向前绊倒，这家吐鲁番旅馆没有电梯，中央的旋转楼梯可以让人从顶部直接掉下去，幸亏有一个人及时地出现，他是从客房那边过来的，长手长脚，一下就把她接住了，他把她扶进她的房间，一进屋她就扑到床上躺着，那个人是他，她想一准儿是他，他该是已经回来而且等了她多时。喝成这样！他会不高兴吧，管不了，她要睡觉了。

为什么喝酒，不是高高兴兴出去的吗？他在屋里踱了两圈，过来坐在她床前地毯上，拂开她前额的刘海。

她不理他，慵懒地在床上翻了一个身，翻到床里边睡去了。他是不介意她喝酒的，她的醉态很可爱，瘫瘫地闷头睡着，他本来预备今晚想和她谈很多事，甚至，谈谈他们的将来，因为他今天处理公司在吐鲁番的业务时，不能专心开车，总是走神想她，毫不快乐。他想提出结婚，两个人都离婚，和她一起度过余生，哪怕对所有亲人欠下债，也心甘情愿。可她就那么沉沉地睡着，身体弯成一条秀美的曲线，成年后她变瘦了，皮肤光洁得透明。他去拧了湿毛巾来给她擦脸，一下把她弄醒了，她不好意思地笑笑，接过毛巾下床自己洗澡去了。

看样子你很能喝一点嘛，酒醒得很快。他冲浴室喊着，听着她洗澡哗哗的水声，觉得自己非常爱她。

洗完澡换上睡裙她又清清爽爽地出来了。他靠在床上不动，看着她，心里很愉快，至少她醒了，无论说几句话或做点别的，总比她昏睡着、自己醒着要好。

很对不起，喝了一点酒。她在另一张床上坐下，擦着头发。

我从没见过你喝酒，他呆呆地看着她，好像还挺能喝？

嗯。她鼻孔里哼了一声，比你要强吧，喝一口白的就辣得直张嘴，亏你怎么在生意场上混的！

说完她先笑了，他也自嘲地抓了抓头，真是的，真不知是怎么混的。

她扔掉手上擦头发的毛巾，他的样子让她忽然觉得苦不堪言，他那么亲切，那么可爱，继续守在一起太痛苦，恨不得马上逃离。她对他幽幽地说，我有些想家，想早点回去。

他的脸色变了，她的话让他灰心，不行！至少再待两天，看完赛里木湖就放你回去。他跟她说过在北疆唯一觉得好的地方就是赛里木湖，所以一定要带她去看赛里木湖。

就真的有那么美吗？她改变了口气，着实也向往那个高原之湖。

也许不如你想象得那么美，不过它是天然美丽的高原之湖，在天山山脉的盆地里，像一颗明珠，没有任何修饰，我很喜欢。他没告诉她自己与赛里木湖的结缘，他在终于成为一个富人后，曾在冬天用一个月的时间去阿勒泰的喀纳斯湖边住，在他的公司成立之初，负债累累濒临倒闭，他常常绝望地在伊犁和乌鲁木齐之间奔波，有一个初冬的凌晨他疲惫地经过赛里木湖，当时湖面忽然烟波四起，盈盈流动，美到极致，他下车停留，在梦境般的湖水边想起了她，流下眼泪。

我喜欢天然的美景，我们明天就去好吗？根据你列出的日程，三天后我就可以返回了，我需要尽快回家！她再次提到回家。

为什么总这么着急回家？他的眼神锐利地看向她。

我怕辜负你，也怕再伤了自己，只有家才是最真实的，你也是的，要保护好你的那个家。

你不需要管我，我一直对她很好。她忽然把距离拉得这么远，令他有点寒心，他不悦地问她，你的意思是，一切都装作没发生，是不是？

是的，她肯定地说，只能这样。

他沉默地看着她，她总是能做到比自己更理智，一定是她爱得不够，他忽然有点恨她，真想把你一口吃了！他对她说。

那就吃掉好了，她笑笑地看着他。

我过去睡了，他猛然地掉头出去，她无意识的一句话对他也有无限的挑逗性，他只能强迫自己离开。

看着他以极强的意志离去了，她十分欣慰。在他离去以后，剩下的空寂需要独自消化，她铺开本子开始写日记。从有了儿子以后，她开始写一本《宝宝日记》，里面几乎替儿子记忆了他幼年的所有事情，在这一天日记的结尾她则写道：宝宝，有句应该郑重与你交谈的话，却不敢对你细说，到你们的时代观念也许已经又变了，可现在的我，作为一个母亲，我并没有放纵自己。但压抑感情却是如此痛苦，这种感情影响到我对你纯粹的爱，使我恐惧，困惑，给我力量和方向吧宝宝，我永远爱你。

写完后她就困倦了，翻开被子躺进去很快睡着。

第二早上她一直睡到九点半。醒了以后一直躺着没动，第一个念头就是——他呢？她想他了，经过一夜酣睡后她的身体有了神奇的变化，不仅仅心在想，整个身体都在想，她惊讶极了，发现身体在持续的膨胀中，渴望他的拥抱他的吻，爱情在有增无减之中！难道是昨夜睡得太香甜，放松了戒备，一夜之间彻底失了城池吗？闭上眼睛一想他的笑，那双深深的眼睛，那高而挺拔的外形，心里瞬时充满了喜悦。她就这样闭着眼睛一直回忆着，直到敲门声惊醒了她的春梦情怀，她理了理头发，跳下床去开门。

他穿得整整齐齐站在门外，T恤扎在牛仔裤里，她对他甜甜一笑，闪在一边让他进来。他刻意地打量了她一眼，她的脸白皙中透着红晕，那甜甜一笑显得格外亲热，又格外疏远。

心情不错嘛！他半开玩笑嗔爱地盯着她。

天气这么好，她说着把窗户全部打开，看着蓝蓝的天，今天就要去赛里木湖了，我想高高兴兴的。

好！我保证让你玩得开开心心。他也兴趣盎然起来，我们去住湖边的蒙古包，吃手抓羊肉，喝奶茶，到草原上骑马，让你过神仙一般的日子。

她盯着眉飞色舞的他，跟着他一起开怀地笑了。他很少这么开心，才三十四岁，应该是男人最有生机的时候！当然他的身体是富有生机的，他体形不错，宽肩细腰，年轻英俊的脸。可他说话行事都很低调，他额头微微的皱纹，走路的样子，沉思的习惯，在她眼里，都觉得沉重，做生意也许太累了。

在这种含着爱怜的柔情中，她才发现自己对他太绝情了。

在想什么？他问那个一直温柔看着自己的女人。

在想我和你。她眨着眼睛笑了，我们十年得到这么短暂的几天，剩下的几十年又要和原来的三十年一样地度过了。

他盯着她，你为什么总是这么悲观，又急于了结呢，你就不能构想一下——

好了，我们准备出发吧。她却猛地中止了两人的谈话，换衣服去了。

车子飞驰而去时，她环视相貌平平的吐鲁番城，不无依恋地叹了一口气，我很喜欢吐鲁番，真有点舍不得。

他闷闷不乐，沉默不语。她抱着膝坐着观赏着大漠中的夕阳，知道他的心声。她温柔地凝视他，直到他侧过脸来看自己，她用下巴指指黄昏的夕阳，对他说，在黄昏出发确实很美。

主要是叫你看清晨的赛里木湖，他继续目视前方开车。

赛里木湖，真的像你说得那样美吗，清晨的雾气会在湖面上流动？

对，非常美，你去了就知道了。

车行驶半个小时后开始起风，风越来越大，他忧虑地拍了一下方向盘，关闭所有车窗，命令她系好安全带，脸色严肃地命令她，今天你恐怕要有奇遇了，待会儿一切要听我的！

她对他点头，不一会儿风骤然增大，他开始把车向路边停靠，路上仅有的几个行人在飞速跑向最近的房屋，风裹着他们的衣服，他们几乎像在半空飞着，他的脸色异常紧张，停车后立即把她的座椅放倒，车被巨风卷动，接着像要飘起来，她惊恐地看向他，脸色苍白，他摇晃着扑过来把他的身体盖在她身上，就在这一瞬车翻滚起来，他用手紧紧抓在她的座椅两侧，把脸贴在她脸上说，眼睛闭上，别怕！她感受到他的身体，一种无比的满足使她安然地把眼闭上了，随着剧烈的动荡头脑失去知觉。

吐鲁番十年不遇的大风平息时，她醒过来，他正守在床边目不转睛看着她，他的脸上和露在外面的胳臂有许多划伤，他们在路边一个临时急救的棚子里，天已黑了，见她醒过来他开心极了，拉起她的手冲出门飞跑起来，她不知所措地跟着，接着大声笑起来，疯姑娘一样跟着他奔跑，我们遇到风了对吗？她气喘吁吁问他。对，我们安然无恙！他肯定地回答她，脸色清朗得像一个少年。

她跑累了，想停下来，他指着前面不远处的大巴对她说，乖，再跑两步！

气喘吁吁只剩最后一丝力气时，他们终于追上了大巴，依偎在一起，向赛里木湖驶去。

清晨五点多时他把她叫醒，两人下了车，天还没亮，异常寒冷，她抱住肩膀，忽然发现她已置身于仙境。那个湖居然就在公路不远的一侧，一眼望不到边地延伸着，像一面镜子，纵深的样子又像一条缎带。迎着天上的星星，它呈现梦一般的光泽。她微张着嘴看着它，他站在她身后低低地说，对，这就是赛里木湖、三台海子、天山天池。

传说这里原来与周围一样，是一片盛开鲜花的美丽草原，草原上有一位叫切丹的姑娘和一个叫雪得克的蒙古小伙相爱，凶恶的草原魔王贪婪切丹的美色抓走了她，切丹伺机逃走，在魔鬼们的追赶下跳进一个深潭，雪得克闻讯赶来相救切丹已经死去，悲痛中雪得克也跳入深潭殉情而死，霎时潭里涌出滚滚泉水，这对恋人的泪水化成了赛里木湖。

她听完无声地靠进他的怀里，她喜欢这个地方！喜欢一个地方总不完全是因为它有多美，而因为这个地方与一个人，或一个故事有关。他执意要把她带到这儿来，是对的，湖面在迎来清晨之前开始起雾，湖水像潮水般匍匐而来，她灵魂出窍，完全进入仙境。

还有草原和雪山！他把她的身体扳向公路的另一面。她惊喜地叫出声，草原、安扎在草地上的好多蒙古包，遥远的连绵的雪山！

温度很低，他不由用身体暖着她，太冷了，我们去住一个蒙古包吧。

他租了一个最小的蒙古包，服务员在寒风中给他们开门，生了炉子，留下许多大块的煤，他忙着将那些煤砸碎丢进炉子里，燃起了熊熊一炉火，她则脱了鞋赤着脚在地毯上踩来踩去地欣赏着。她兴奋地叫着，这可是地道的蒙古包了！像电影里看了许多次那样的，要坐在地毯上吃着羊肉和抓饭，睡觉要排成一排睡在地上，盖那堆得千层高的红红绿绿的被子，过一个真正的草原之夜了！

他洗完手靠到被子上，看着赤脚的她，一直目不转睛地看着。她有一个聪明的额头，乌黑柔顺的一头秀发，深邃的一双眼睛，微微有点翘的嘴唇。她穿着白色的棉布连衣裙，还像少女时候一样的清纯，没有岁月的痕迹，这也许是上天对她的眷顾。他会把她的这副样子一直保存在脑海里，直到死去的那一天，他这样想着，眼睛里不禁泛起少许的泪花。

过了一会儿，他捉弄地举手把包内的灯掐灭了，顿时漆黑一团。她还以为停电了，向他靠的地方奔去，被他的腿绊了一下，他刚好把她接住。已经整整两天没有碰过她了，一触到她的肌肤，他变成一堆熊熊燃起的火，他从没有这样地渴望过任何人。她在轻轻地抗拒着，他恳求地对她说，就让我这样抱你一会儿，你不知道我有多爱你。

她不再动，面对他清澈而深情的眼睛，她把回避看作是虚伪，她勇敢地把唇迎向他，因为这也是她渴望的。

刚一吻上，就有一种原始的力量震撼着他们，身体都有了巨大的变化，她在他怀里变得娇弱无力，灵与肉的渴望把她引燃了。他感觉到她的变化，欣喜她终于有了反应，于是把她的手引向自己，让她感受那份灼热，他认为那足够替自己诠释对她发自灵魂的爱，她感受到了，开始浑身战栗，闭上眼睛，任泪水流淌下来。

他把她平放在地上，解去她的衣裙，珍爱地拿被子把她盖上。她等待着他，当他轻轻搂住她，她则伸出双臂环住他，闭上眼睛静静地呼吸着。他整个身体的每一根神经都在感受着她，她象牙般的颈项，柔柔软软的胸部，平实的富有弹性的小腹，她的灵魂与肉体终于完整地与他结合在一起了，完美无瑕，时间仿若停止。

你在想什么？过了很久她问他。

我是世界上最幸福的男人，他说。

她在黑暗中听他的声音，觉得感动，那都是对自己的赞美，从他这里自己才知道一个男人如何爱一个女人，在赛里木湖的黎明之前，她已更加爱他，把他当成了这一生最亲爱的男人，于是她含着泪说，我想给你生一个孩子。

这句话之后她听到他激动地叫了一声，泪水滴落在她的脸上，人生最美妙的、最激烈的、最深刻的快乐！他们同时体会到了，身体久久地结合在一起，巨浪平息之后仍不愿散开，温柔地互相眷恋着……

天蒙蒙亮时下起了雨，雨沙沙地落在蒙古包上，他起身开了门，发现雨雪交加，老天爷竟不成全他待她的那一份心。带她到这里，为的就是看蓝天白云，雪山草原和碧湖，而且要在草原上骑马，因为她告诉过他，在少女时代暗恋着他时，她做过一个绝无仅有关于他的梦，就是梦到和他一起骑马，他所以特别看重。她舒展地赤裸地躺在被子里，看到他在门口皱眉，知道他在想什么，由衷地对他说，雨中的赛里木湖我同样喜欢！

穿起衣服他们围在火炉旁。天已经完全亮了，却很阴沉，雨越下越大，伴着寒风令他们无法出门，于是就一直在火炉旁，按她的原定计划，就在今天的下午回到乌鲁木齐市区，她将在市内火车站乘车回去，她不准备放弃这个计划，那么一生中这样的几天就真的要结束了。

她抬起亮亮的眼睛向他英俊的侧影看去。我爱你！她忽然清晰而肯定地对他说。

他用不太相信的眼神静静地看向她时，她坚定地又说了一遍，你知道吗？我爱你。说着，胸中激荡的热情使她流下泪来，她用泪眼倔强地盯着他，使他也几乎流泪，他抱着头向后靠去，长叹了一口气，我不能看你的眼睛！

你看着我！她泪如雨下，哽咽着恳求他，我要你看着我的眼睛，我要你记住，我爱你！

他举目看住她，她心中的痛楚瞬间平息。一个字一个字地对他说，我要你记住我爱你，当你幸福时，你可以忘记。如果你艰难了再想起，你艰难的时候，哪怕全世界都背叛你，如果你需要，我愿意为你付出生命！

他眼圈全红，一再地点着头，表明记住了……

从遥远的西部回来，已经快一星期了。

她一直无法恢复起来，每个晚上都从空荡荡的梦境中醒来，不知身在何处，拼命地辨认，连自己的家都认不出来。她虚弱地坐起来，坐在黑暗中，一股彻骨的孤独袭来，生活失去了意义！连最亲的人也无法慰藉，他的电话一遍遍打过来她不能接，搂住儿子她心如刀割，她的生活毁了，她不爱儿子不爱眼前一切，整个的意念只思念着那一个人，需要着那一个人。然后她病了，开始发高烧，奇怪地陷入昏迷之中。在昏迷中她又见到他，与他在一起，她流泪、欢笑，迟迟不愿醒来。

几天后高热渐退，濒于梦醒，她开始在朦胧中看到分别时的他，他挺拔瘦削地站在西部的黄土地上，双脚分得很开站着，是他习惯性的姿势，他皱着眉头，因为天空有着骄阳。他投向她的目光疲惫忧伤却镇定，强自压抑着内心的惊涛骇浪。而她努力以灿烂的一笑对他告别，一转脸却忍不住泪水汹涌。

她在昏睡中就这样一直地流泪，直到耳边一个遥远的声音传来——妈妈，妈妈。她睁开眼睛，看到稚嫩的儿子委屈的模样，看到丈夫同情的微红的眼睛，认出了自己熟悉温馨的家，她的心蓦然轻松了，上帝伸出了援手，那一切终于成为一个梦，不再令她感到心痛。

体力稍恢复以后，她开始起床活动。她坐在画架前盲目地涂抹，然后发现那居然是蓝天白云下的赛里木湖，有远远的雪山和近处的一片草原，草原上有隐隐绰绰的一对青年男女在骑马，他们亲密地一前一后依偎着，风扬起了他们的头发。

噩　梦

我的生命，一半在云里，一半在土里，痛苦太琐屑，我无法完整。

——索　素

在接到姐姐索丽电话的晚上，音乐老师索素做了个长长的梦，梦到母亲去世，在一个碧绿的开满鲜花的草场，草场中心有个秋千，秋千旁有块椭圆大石头，母亲蹲在大石头上，宛如少女。接着又她似乎得了什么病症，跌倒下来即将死去，画面外的观看者，也就是躺在床上做梦的索素，顿时心如刀绞，对母亲的眷恋到达巅峰状态，感到无法忍受失去她。接着奄奄一息的母亲开始爬行，她向一个斜坡艰难地爬，斜坡是水泥路面，索素认出来了，是母亲住的大院外面那条窄的公路，母亲爬到坡路边一家小面店，身子一歪不动了，背影对着索素，肥大的臀部格外突出。

梦做到这里醒来，空调的风幽幽吹着。索素在黑暗中擦了擦汗，她庆幸这只是个梦。她对人类大脑制作荒诞梦境的功能感到惊诧。整个梦把幻境和真实穿在一起，前段是唯美的，都是索素始终追求的东西，对母亲深深的爱，属于大自然的草场树木，象征着轻盈快乐的秋千，和宛如少女的母亲。至于草场边那块大石头，索素意识到那是母亲无数次提到的，她的妈妈也就是索素的外婆去世时，六岁的她绝望蹲坐的一块大石头，索素的心又疼了一下，每次母亲讲到她的丧母都唤起索素刻骨的同情。梦的后半段则是索素一贯不满意的现实世界，母亲住的那个大院，里面住的全是粗俗的人。里面的女人大多丑而鬼祟，而生活中的母亲，既是索素心目中最重要的人，又偶尔让索素感到很不喜欢，她和大院里的人没什么区别。梦中那个爬行的姿势，把索素最不愿回忆的事情牵动出来。那个姿势是弟弟索明躺在棺中母亲哭倒在地爬向他的姿势，索素看不见母亲悲伤的脸，只看见她拖在地上的臀部。索素感到泪水从她心上的某个部位在向外流淌，无休无止，索明就像神明，在她心中成为完美，也许因为他死了，但他死得那么坦荡，超越了俗世，用他一贯的重情重义，成为索素心中一个悲剧英雄。

丈夫何东在床上翻了一个身，打断了索素忧伤的情绪，索明去世以来阳光久久照不进索家人的心中，她猛然记起索丽的电话，她说妈像个叫花子似的老歪在大院儿门口晒太阳，我们拿她没办法，赶快把她接到你那儿去妹，丢死人了。索丽说完电话就挂了，她总是急急火火，说话用词总是“丢人”“我的面子往哪儿搁”这些口头禅，她不愿去考虑失去儿子的母亲的心碎，歪在门口晒个太阳有什么大不了，索素倒羡慕母亲还能用行为艺术表达自己陷入无法宣泄的状态，尤其是索明车毁人亡，索赔程序还在进行。这件事索素最感到烦躁，亲人离去无法静静哀悼，舔舐伤口，还要投入战斗，索丽的斗志最昂扬，如果说家中最让她想避开的人，就是老大索丽。她的精神世界完全建立在世俗化的人生哲学上，她在县城里如鱼得水，托关系，送礼，向上攀登，终于当上工商局工会主席，她干得不错，人生得意，金钱面子都满足之后而非常自傲，常常训斥索素。

索素并不在意，她是爱索丽的。但索丽主导索明的赔偿事件令索素痛苦不堪，国家对安全事故赔偿的界定是三十万，索丽指示母亲娘家人把索明的尸体横在那家单位门口，开口一百万，那是一家有省政府领导做靠山的建筑公司，傲慢地拒绝了这个要求。索丽授意母亲去公司门口哭闹，母亲对索丽一向言听计从，去闹的时候两次高血压发作被送进医院，索素在医院对母亲说，妈，咱不去了行吗？母亲摇摇头，听你姐的，就这么放过他们索明太吃亏了。

索丽知道后直接一个电话过来，索素你出社会这么多年了还文绉绉，家里事漠不关心，只顾关着门读书弹琴，这件事你别管，不要拖后腿。

索素极不喜欢这种谈话方式，她绝不是对家事漠不关心，只是看问题方式不同，而且好歹自己是三姊妹中受过高等教育的大学生，却毫不受半点尊重，这个家容不下优美温存的东西，而她不想过争斗的生活。不过索丽让她接母亲她不会反抗，这次是该把母亲接过来了，刚好放寒假可以整天陪着她。

再接就是第三次了，索素记得很清楚。第一次是十月二十五，索明周年祭日刚过，那天他的赔偿案宣判。下午五点弟媳就带着钱和儿子星星突然消失，天空阴云密布，气温骤降，索素知道消息后立即赶回去，母亲卧床不起，口里念着星星，已经哽咽得说不出话来。索素放下一切，在家里陪了她一整夜，两人基本没睡，母亲负责哭索素负责听和抚慰，她的心里生出很大的愤怒，愤怒使她有了力量，她告诉母亲的是，你放心好了妈，天涯海角我们也要把星星找回来。

两个月过去毫无音讯，索素第二次回去接母亲。母亲烦躁地说，我身体不舒服，动不了，你不要强迫我。

索素一直很怕母亲这样的一面，母亲对索丽说话就从不这样，母亲的烦躁会让她变得心硬。她压抑着不快柔声地说，那你好好养养身体，过几天我再回来接你。

索明还在时母亲到市里来住一般也需要三请。只开一次口母亲不以为真心，女儿嫁了人是泼出去的水，到了女儿家要看别人的脸色，不如家里自在，儿子的家才是自己家。第二请女婿必须开口，她温婉推辞一下。到了第三请就答应下来，动身时总要杀鸡买肉带上好几大包，她有退休金，从不白吃任何一个女儿，也不叫女儿给她添置东西。大院的家里有个水泥蓄水缸，平时水龙头总滴答着，说是蓄满一缸水水表都不转。索素就给她买了一个锃亮的不锈钢大水瓢，她欢喜地接过去，打量了半天感叹说，索素呀，我知道你对我心细，别给家里添东西，将来这都是他们的，别好使(便宜)了他们。索素听得出母亲是好意，虽然好意里面的真心是属于儿子儿媳的，她会心一笑。没想到被母亲又气又爱的儿子突然走了，索素勾肩搭背一起长大的弟弟没了，母亲苦心经营起来的家坍塌了，好在留下了一棵独苗星星，过去不怎么待见的弟媳也成了她最在乎的人，一年来她天天担心儿媳另嫁。大院里有个金婶婶又偏爱关心这个事，问她儿媳可找好了人家。平时待人谦谦有礼的母亲忽然发飙了，我儿媳妇找没找人与你有个×关系！金婶儿可不是吃素的，母亲这一下捅了马蜂窝。金婶婶的儿媳妇替婆婆出头，站在大院当中足足骂了三天：生不出儿子抱个儿子假装香火，现在香火没了想找别人撒气！有本事把假儿媳妇假孙子留住，没本事留不住就夹起尾巴少撒野。

母亲在家泪水涟涟，说“墙倒众人推”，儿子没了，儿媳卷着钱跑了，她跑了也就算了，把索家的香火传人也带走，母亲觉得在院子里彻底抬不起头了。

必须尽快把母亲接到市里来，这次是丈夫何东亲自去的，索素很感动，走之前温柔地攀住他的脖子亲了他一口。何东是学校唯一的海归博士，英俊儒雅，索素与他志趣相投。母亲见三女婿亲自接总算答应了，但要求把冰箱里的所有冻肉全部带上，又去市场杀了三只土鸡，绞了三斤鲜猪肉饺子馅，买了五斤白菜五斤萝卜，说是县城比市里便宜。索素在家里等到下午，终于等来了脸色蜡黄的母亲和她冻僵的手提着的大包小包，她不知道母亲是怎么强打精神去置办这些琐碎的，索素只知道自己月经之前的情绪低落期都要何东哄着，什么事都不想做。

索素一边收拾那些大包小包，眼圈一边红了，苦恼地叹口气说，以后可别这么麻烦了妈。

索素怜惜母亲也苦恼这些冻肉，她的手是用来弹钢琴的，她不喜欢收拾冻肉，她和何东是签订不生孩子、尽量吃生菜不动油烟的协议才结的婚。虽然母亲这次过来前她已经想好放下一切照顾她，但还是受不了这种琐碎，三只鸡装在黑塑料袋里还在不停往外滴血，索素紧紧地皱着眉头，抵御对血腥味的反胃。母亲这时不顾晕车的疲惫，过来与索素一起收拣，她勤劳了一辈子。索素不忍心，也担心她是看见自己皱眉了。赶紧把她按在厨房的一把椅子上，对她莞尔一笑，妈你坐在这儿陪我说话，我不知不觉就弄完了。

母亲坐下来后两个人都沉默了，索素知道母亲想说什么，可她现在还不能跟她谈。她不想在匆忙中打开她的伤口，也许后天吧，明天周六索丽说要过来，后天就可以了。

沉默的气氛使母亲很快开始抹眼泪。这是她打开心扉的前奏，索素只能抢先说，先不难过妈，你还饿着，要不你教我调馅包饺子吧。

正包着饺子何东回来了，看到家里难得出现的生活景象他很是高兴，放下包也过来凑热闹。索素发现母亲勉强露出一丝笑容，温柔地看着何东。母亲的观念是以男为大，男为天男为贵，男人的衣服都要挂在女人的上面。也许以后母亲跟着自己住，何东对她好一点，自己再生个男孩子给她当孙子，一切就都好了，但索素立即否定了这种假设，因为从精神意义上索素觉得可以为母亲奋不顾身，献出一切，现实的所有却告诉自己，母亲最在意的人不是自己，自己奋不顾身的结果是无济于事。况且母亲心细爱生小气，爱琢磨别人的脸色，琢磨别人的话里是不是有别的意思。吃饭她只吃五成饱，还有五成要你孝敬着硬塞给她才吃，而且她顶不喜欢经常光顾视察这个家的何东妈妈，想到这一切索素叹了口气。

饺子起锅，索素端饺子出来时发现餐桌上神奇地变出了一碗浇汁，一碟花生米，是母亲变出来的。何东喜欢吃调过味的饺子，平时就爱倒些醋蘸着吃，这碗浇汁是小磨麻油、辣椒面芝麻面、醋和葱末调在一起的，看着何东吃得满头大汗香辣无比，索素的想法又拐回来，就陪着何东和母亲过上半辈子这样的日子吧，生个孩子让母亲带着，这个家交给母亲，让她有个新家有归属感。内心的痛楚使她再次推翻了这个想法，她的灵魂不愿意，她有一种直觉，那样自己将终生得不到完整。

晚上索素陪着母亲睡的，随着母亲走进客房时她克制着对何东的思念，母亲很敏感，躺在床上后不停对她说，人老了狗都嫌，索丽嫌我呼气有异味，根本不近身。

索素知道母亲喜欢亲近儿女的肢体，知道母亲也需要儿女的亲近抚慰，但她也做不到，不记得从什么时候开始索素就无法与母亲亲昵，她只记得十二岁那年索明离家出走，母亲发疯地到处寻找，星期六下午她放学回到家看见母亲衰竭地躺在床上，她心里难过极了，哭着到厨房给她下了一碗鸡蛋面。母亲也哭了，伸出手抚摸索素的脸，索素勉强地接受，心里竟不觉得舒服，有了弟弟后母亲已经太久没抚摸过自己。索素想，这是一种什么要命的障碍，愿意为她流泪，愿意尽一切努力让她开心，愿意用生命护卫她，却不再要她的爱抚了。

索素在床上放了两床被子，陪着母亲各进一个被窝，躺下后睡意立刻袭来，母亲把手伸过来给她掖被子，她心里酸酸地躺着没动，母亲的呼吸里传来浓浓的口臭，她没有躲开。索丽嚷嚷过无数次说受不了，她并不嫌弃，通过她的判断，是牙病而不是中医说的什么肺火，明天一定要带她看口腔科。索素模糊地记起，母亲年轻时在院里提水摔坏了两颗牙，父亲去世后她养三个孩子很不容易。母亲这次的到来勾起了索素许多童年记忆，她已经多年不曾想过姊妹三人与母亲相依为命的那段时光，关于对母亲身体的排斥还使她记起更早时母亲和父亲的那张大床，对她意味着天堂的那张大床，每天晚上她总渴望母亲允许她睡。然后索明来了，他并不是母亲生的，是一个从不知什么地方抱来的野孩子，使她不能再睡大床，每到睡觉时间她咬着手指，站在床头指望母亲唤她上去，到那像天堂一样的温馨的床上去，只是她再也没被唤上去过了。母亲那时年轻好看，是每个晚上她最向往的太阳，可她只能回到另一个房间，跟索丽睡同一张床，索丽讨厌她侵犯自己的空间，对她没好气。

索素思考着一个问题，争宠！在穷而多孩子以及丧父的家庭里，谁又能轻易摆脱致命的争宠，不去争夺宝贵的母爱，几乎是不可能，连天性纯良的自己也并不例外，有时人觉得自己长大了强壮了，其实童年的创伤带来的意识无法磨灭甚至左右一生。愣愣地想完这些事，索素发现母亲已经睡着了，就关了灯。她所说的在县城大院的家里彻夜不眠，那可能是孤独所致。大院里那几间里外一百多平方米的老房子，已经送走了两代男人。现在第三代小男人也从那儿消失了，她怎能不彻夜难眠呢。索素在黑暗中无声地抽泣起来，无边的孤寂令她起身奔向隔壁房间何东的床，何东张开双臂搂抱她，她胸中尖锐的疼痛缓解下来，渐渐睡去。

清晨一觉醒来，母亲已经在厨房操作了。索素还赖在何东怀里，一只手习惯性地滑到那个部位，何东任由她动作嘴上却不停催她起床，索素顽皮地用力捏了一把两人才意犹未尽地起了床。

打开卧室门，厨房的油烟立即滚滚而来，母亲很慈祥，站在烟雾中说，索素呀，何东每天忙事业你要把他的身体照顾好。

好像我就不工作似的，索素心里想着嘴上已经爽快答应下来。何东的妈妈也常说，索素呀，东东的皮鞋那么脏你怎么不给他擦一下。索素跟婆婆据理力争，他是个大人可以自己擦的。

你是个女人吵，没见过你这号的，孩子不生个孩子，家事嫌麻烦。最终索素在婆婆的恶语羞辱中伤透了心。

吃完早饭后休息了一会儿，母女俩开始一起准备午餐迎接客人。母亲说没有八角也没有桂皮，怎么烧肉啊，索丽最喜欢吃红烧肉。母亲总是只记得索丽喜欢吃这索丽喜欢吃那，索素有点怅然地回答，哎呀妈在我这儿只能将就啦！

母亲很不喜欢索素不好好过日子，不生孩子，索素不辩解，从小看到日子被过得太结实她才近乎扭曲地抗拒。索素默默洗着从县里过来的白菜。把外面的死菜帮掰掉扔了，一转身却发现母亲把它们从垃圾桶又拾起来。索素说死叶子没营养妈，说完又要扔，母亲一把夺过去，脸色很不高兴，愠怒地说，今天中午就用死菜帮炖红烧肉！

索素依了母亲，但客人到后效果很差，难得来一次，午饭索丽吃了几口就放下了，把头歪向母亲坐着，母亲关切地问，不合胃口是吧？

索丽撇撇嘴，我不饿。

索素不理她，故意大口吃菜，母亲见索丽吃得不欢，立即起身要重做，她伺候索丽习惯了，在县里索丽是母亲的骄傲，大院里的邻居都羡慕她有个当官的女儿。索素对母亲说大姐没胃口你就别做了，又转过脸对索丽说，你把碗里饭吃完她不就不做了。

索丽用筷子拨拉着饭菜，懒懒地又叼了两口。女儿们围在身边母亲看上去很满足，好像忘了惨痛的事一样。也许一切只是孤独所致。索素想，如果每天都这么热闹，她也许能忘掉一切忧伤。吃完饭三人聊天，母亲在一旁听着，索丽说索素真不贤惠，小时候请她帮忙洗件衣裳都不干。

索素笑了，哪次没帮你洗，不干你还不是趁我不防备，脱下来就塞进我洗衣盆里了。

你也不亏呀，哪一次你在学校受欺负不是我替你出头！索丽长这么大，在与人争斗上是不输的。这个索素也佩服，家中早早没有父亲，连菜市场的摊贩都欺负，索丽十五岁就曾将一个卖小菜的女人胳膊反拧住，然后告诉她讹诈是犯法的，再敢讹我妈的钱就把你扭到派出所去。

索丽上班第一年，卖猪肉的屠夫短了母亲的斤两，她跟屠夫没什么道理好讲，走到屠夫的肉摊前面，拎起他的宰肉刀指着他说再短斤两就从他身上割。这样的索丽索素满心崇拜，她为了生活的不平而争斗，保护母亲保护家人，可到了后来就专横跋扈了，她成为工商局的小科长时，索素考上大学，索丽为了继续升迁，让放暑假回家的索素跟她一起去陪领导吃饭，席间索丽的俗气，追名逐利的野心，索素适应不了那样的索丽，中途退场回家。大学时代开始索素变得对抗索丽，那时索丽在家一手遮天，索素从不与她联络，索明的性格像索素，内心很骄傲，宁愿自己辛苦跑车拉货，也不求索丽替他解决工作的问题。

一直到索丽离婚两人来往才又多起来，索丽有点伤感地对索素说，就像你姐夫说的，社会主流就像一辆公交车，车上坐着大多数人，你不搭上你就步行，沦落到底层是不用说的，车上的人也许还会扔东西砸你。索素承认索丽是富有现实生活智慧的，她创造生活的能力与热情都很强，她属于强者，强者也是最易折断，婚姻就是她的软肋，索丽现在躺在亲人的身边寻找温暖，看着索素给母亲染头发，“那小女人跑不了多远”，她看着看着忽然托着腮冒出这句话。

她肯定就在市里，妈你不要再惦记，孙子又不是亲生的，续什么香火啊，就这样断了算了。

母亲顿时呆若木鸡，索丽问索素，你说呢妹？

索素胡乱地答应“嗯嗯”，转念又觉得自己越来越没锐气，不如直接表明自己的观点——妈爱找谁就让她找呗，感情不是说断就能断的。

索素想着要跟索丽协调尽量让祖孙团聚，手头上慢下来，索丽起身接过梳子开始接着染。母亲的头发原来一直是她包着染，索素躺到沙发上看着母女俩的侧影，一个端端坐着，一个专注地把膏子往头发上细密地梳抹，索素觉得心一下子定了。那梳子像缓缓地梳在自己心上一样，她歪在沙发上什么也不想地看着，原来染头这种在她看来是浪费生命的事情，也是可以带给人精神享受的。过会儿索丽她去看水烧到什么温度了要洗头，索素忙殷勤地起身去了。

一头黑发的母亲看上去只有六十岁，两个女儿都对母亲的模样感到满意，索丽说，你只要开开心心别自己找心烦，你能活到一百岁。

我怎么是自己找心烦，你们谁受得了这么大的打击？母亲的情绪开始变坏。

那娃子早晚是要随她妈走的，走了就走了，本来就不是你的，索丽伶牙俐齿。

索素阻拦，先不提那些事。

索丽不管不顾地继续训斥母亲，当年不知道为啥要鬼迷心窍地抱个儿子，你这两个姑娘哪个不为你争气，大的在单位是领导班子成员，老二名牌大学毕业，你还有什么不满足！

母亲的脾气也是很硬的，虽然她以索丽为荣，听从索丽，关系到香火传人她并不让步，为什么！为了你爹想索家有后，你们长大了各是一家人，谁给我们养老送终？你们谁的家能容得下我这个老太太？

索丽无语，她一直表示不习惯和母亲住在一起，索素被母亲的肺腑之言击中，她是可以表态给母亲养老的，但那样牺牲很大，从某种意义上说她将牺牲她和何东的生活，索素感到羞耻，母亲的话把姊妹二人问住了，索丽反过来质问母亲，你怎么就不能自己住着，安享晚年呢，你现在还能自己动，自己玩自己做饭吃，到你动不了我们自然会养着你。

我是个人，不是猪，我也愿意像你们一样有儿有女，有家庭温暖，我今天就把话给你们挑明，星星只要找到了，我愿意带着他上学，给他做饭洗碗，将来他成家立业，永远是索家的人！

索丽开始胸口起伏说不出话，她年纪轻轻就有高血压，索素不能再听任他们吵下去，也无法在这个当口表态了，她把索丽劝进卧室，给母亲的头发收尾让她进浴室洗澡，最后一个人坐在客厅沉默，索素知道母亲的心事终归要说出来，而且也必须有个解决的办法，也许明天吧，今天晚上好好想想事情该怎么办。

索丽在卧室闷闷地躺了一会儿穿衣走了，她走时没惊动母亲。今天是小寒，吃完饭后天空一直在飘雪，索素跑到客房挤进母亲的被窝笑嘻嘻说，你带过来的东西够我们一个冬天都不出门了妈，我们今天在家蜗着吧。

母亲答应了。索素下床拖一床毛毯盖在被子上，又打开空调，才“赤溜”躺下，冬天她一贯是懒散的，从毛毯下面探出头问母亲，你信命吗妈？

母亲也是读过书的人，她读到解放初的初小文化，相当于现在的初中生，不过现在再不读也不看任何东西。母亲的回答是一声哀叹，命这个东西不信也得信。

那你觉得索明的死是命中注定吗？

索素打开了母亲的第一个伤口，母亲开始簌簌落泪不回答，等她哭够了索素说，索明的死命中注定，你信吗妈？母亲紧闭着嘴呆坐着。索素继续说，车祸那天石场夜里被挖空了，上面是浮石，谁赶早上第一车谁翻车，偏偏叫他赶上了。知道吗妈，索明在外面有个相好的女孩，他死的前一夜没回家睡，说是晚上进山排队赶第一车。其实他跟那女孩在一起，第二天早上才玩命赶路。

母亲吃惊地张大了嘴，你听谁说的？

索素当然不会告诉母亲是谁，事实上她已不记得是从谁嘴里听说，说者没有恶意把这件事当成了一个凄凉的故事，索素转述更是用意深远。她想试图对信命的母亲阐述，这是命中注定的事，她要把母亲从悲伤中拯救出来，索明泉下有知也会明白。

索素与索明从小感情最好，他死后索素拒绝参加家族里一切祭奠活动，烧纸送钱什么的，她甚至无法去看他的遗容，她顶受不住那钻心的痛。但索素一个人去走了很多他生前的地方，访了他最好的朋友，她和索明的好哥们儿在一个偏僻的茶馆坐着，茶馆的灯昏黄，两个人不停地聊索明的事，索明的哥们儿说，索明长得跟个娘们儿似的，长得太好看了，心也软得跟个娘们儿似的，朋友找他的话手上只有最后一百块钱，他就舍得拿出一百块钱，为了车主那辆没入保险的黑车，他豁出命去挽救，他太亏了，他如果还活着我要大骂他三天三夜，可惜他不在了，我真恨他。索素听完索明的故事，半夜跑到他出事的工地现场，她无法平息心里的煎熬，只有这样。工地还在日夜兼程地赶活儿，亲眼见过那场事故的工人告诉她，车子正在石场边上卸货，浮石撑不住压一瞬间垮塌，他本来站在地上好好的，看到车子跟着往下滑硬是跳上去想把车扳回来，就那么地跟着车子在空中翻了好几个跟斗，人没有了。索素走到已经配备了铲车的石场顶部，仰起头号啕大哭，哭声被工地巨大的轰鸣声淹没，没人听到和诧异，没人太关心索明这样一个人在世间消失了。

索素到处寻找索明的踪迹，当然就知道了那个女孩，她对那个女孩萌生出强烈的亲情，她并不恨她，等将来不再为索明感到痛苦时，索素想去看她。

你要知道妈，索明不死于车祸，也活得很累，他已经不喜欢梅子了，索素再次清晰地告诉母亲。

是那个狐狸精害了我的儿子！母亲低声哭着骂着。

不怪人家，你知道的索明他太重义气，他要替老板把那辆车救回来，那辆不入保险严重超载的破车！

索素提到那辆车时痛恨不已，她更痛恨的是那令大家必须去投机才能活着或满足欲望的力量。母亲想不清楚这些事情，悲剧的源头往往并不清晰呈现，但一个母亲就此枯萎了，一个孩子终身不见父亲，一个姐姐不再拥有没有血缘却情投意合的弟弟。母亲听了索素的话总是哭泣，你弟弟他懂事，他有了孩子后猛然长大了，觉得怕把那家老板的车毁了拼命挽救，我这个妈光荣，我心里放不下他呀。

索素心里发毛，用命去捍卫一个物品，去成全母亲的光荣，让她痛恨索明也对母亲没有耐心，索明其实早就懂事了妈，那时他并不想结婚，你非逼他娶赵雪芬，结婚以后你又老觉得他护雪芬，老跟他们别扭。你让他们独立自主生活过一天吗？

母亲擦眼泪，我承认我管得太紧了，你说的那事雪芬知道吗？

雪芬是早晚要走的人，知道了也许走得还安心一些，没事。你知道当时索明伤在哪吗妈？颈椎。退一万步他不死，也是个高位截瘫。他媳妇能一直跟他吗，你这身体能照顾他一辈子吗。他生不如死，还不如这样体面地走。你就认命了吧妈！

索素认定这种劝慰的方法，能降低母亲心中的悲痛，母亲又抽泣了一会儿，哽咽着点点头，好，我认命我放下，可我放不下星星呀，我可怜的孩子。

母亲大哭起来，完全柔软了，放松了，索素面前是一个爱着的、思念着的、无助的老人，索素柔肠百转，抽出一张一张的纸为她擦眼泪，哄孩子般哄着她，索素发现自己也完全打开了，愿意把头去贴住母亲的脸，去抚摸她慰藉她，迁就她了。索素喃喃地哄着她，哭吧妈，想哭就痛快哭出来，哭完心里就好受了，今天你累了，一会儿吃完饭好好睡一觉。

连续几天的阴雨，终于开始飘雪。

这个冬天显得很冷，雪不停地坚忍地一直下，晚上九点母亲睡后索素出门，她无法自拔，和母亲谈索明后，索明又在她心里活过来了，攫住她的神经，雨雪天气让她的心湿冷，仿佛身处沼泽，出门后她在一棵雪花堆积的树下干呕了半天，找不到方向茫然前行，世界成了一片雪白的幻境，索明出现在自己身边，他的温度和呼吸紧紧相随，于是小时候的疯耍打闹，两个人勾肩搭背对视的笑脸，全都变得清晰。度过那段最快乐的日子后，索素小学毕业考到一中住读，一中在县城新区，离大院十几公里。每个周一的早上天还没亮索明就被叫起来，戴着他那顶绿色的围巾帽，索素骑着家里那辆唯一的载重自行车，把他带在后座。到了就把车交给他，让他骑回去。他个子还小，于是把腿从横杠下面插进去一拐一拐地骑回去，边拐边回过头对索素咧开嘴笑。索素就觉得再苦也不苦了。

索素上大学时索明弃学，他意外中知道自己的身世，书读不下去，在社会上打架斗殴了一阵子，忽然给索素写信说要到她上学的城市打工。索素又惊又喜地从火车站把他接到宿舍，然后去食堂给他打饭，买饭回来却发现他已经靠着他的铺盖卷睡着了，他在不知不觉中长大，宽肩细腰异常俊美，可不知为什么从那时起，索素就觉得对他的爱中充满了痛苦。他在一个建筑工地找到工作，住简易的民工宿舍，索素去看他，他给她做饭吃，太阳还没落山，宿舍外面的空场子有一个铁炉，他用它煮面，煮索素最爱吃的西红柿鸡蛋面，他迎着夕阳站着往铁炉里塞木柴，木柴在空旷的场子里烧得噼啪作响。索素站在他身后，看着他极富男子气派的动作。他沉默寡言又绝世英俊，像个西部牛仔，使索素感到骄傲极了。他外表冷漠内心炙热，寻求自我崇尚自由，他是家中索素唯一的精神伙伴。

与索明相依相伴的时光没持续多久，索素毕业了，两人一同回到家乡。索素住学校的单身宿舍，恋爱结婚，索明也跑货运努力赚钱，结婚生子。接着就是那漫长的一天，他在上午十点被救护车送到医院，索素在急诊科门口已等候多时，他身上没有多少血，像个乡下小伙子，穿着过时的迷彩服上衣，条纹大裤衩，光腿光脚丫子，急诊科医生散漫地诊断了一下让去拍片子，索素就推着他开始走那条不归路，检查中他的哼声越来越少，后来几乎沉寂，索素对他喊着，坚持一会儿索明，他无力地看她一眼，然后闭上眼睛。检查完遵照急诊医生的指示去病区入院，到达病区走廊时他休克过去，索素惊呼起来，一个男医生训斥，叫什么叫直接推到抢救室去！如果有魔咒索素真想用它锁住这些缺乏情感的白衣人，他们没有人为患者的生命行万全之策，索明的生命在流走，索素毫无办法。抢救还未到两分钟，索明的头就歪向一边，已经赶过来的雪芬跪在床边哭喊起来，明，你醒醒啊，星星还要过来看你呀！索明听见了可他却眼帘一盖，两串泪珠顺着眼角流下来，停止呼吸。

这是索明最后的表白，索素木然扶着他僵硬的脚，知道他最爱的是星星。

索素在雪地里停下来，她已经找到了方向。曾经折腾了整个青春期寻找血缘，试图主宰自己命运的索明，他的归宿就是星星，那星星就是索素的方向。既然找到方向，就不需要再多想，索素开始往回走，曾经对母亲说的那些话，不知能不能化解她持久不散的悲伤，只有深爱着父母的人才会明白，打碎一个凄美的幻象是为了另一份爱。与索明相好的那个女孩，据说听到消息后哭昏过去，也算有情有意。

一边往回走索素一边决定好了，星星就是这冬夜的启明星，找到星星，让母亲和他团聚！

大雪节气这天，雪下了一天一夜，地面窗台树梢屋顶厚厚地堆积着雪，宁静而庄严。

第二天索素起得很早，站在窗前沉思了很久。昨晚她陪母亲睡，因为天冷她搂着母亲的肩膀，和她睡在一个被窝。早上起床她觉得自己已完全冲破了那个桎梏，与母亲贴在一起她感到自然而舒适，像幼时母亲搂抱自己一样，她欣慰极了，这是她第一次感到冲破几乎难以逾越的障碍，干巴巴的精神在日子中找到出路，感性与身体结合在一起。母亲需要抚慰，现在是她人生最孤独的时刻，而自己在此时幸运地逾越了那种不完整的亲密关系。她想到姊妹众多的六零七零年代人，大多数都与自己一样，宁愿与一个陌生人拥抱，也不想触碰一下自己的母亲，虽然恪守孝道，却处于一种闭锁的枯干的情感状态，非常可悲，现在自己像找到人生真谛一样复活了，有种安宁和顿悟。母亲，世间的母亲，赐予儿女生命，在她特定的生存空间，以她本来的样子，劳作护佑，才使儿女健壮地活下来，儿女有什么资格责备母亲不是理想中的母亲，以自己的不切实际去诠释一颗苦难的心灵！索素感到羞愧，从今天起她解决了一个精神上的矛盾，她意识到解决精神中唯美的痛苦的空想，就是理解和尊重你眼前这个不尽如人意而伟大的现实世界。在窗前伫立的索素拉上窗帘，她已经领略雪有多么洁白无瑕，紧接着早起的人会络绎不绝把白雪踩成污泥，她不愿看见，但接受。

母亲起床了，情绪比昨天要好，免不了还有一些沮丧。索素在打鸡蛋，对着母亲说，我们吃荷包蛋吧妈！

天知道小时候有多喜欢吃母亲打的糖水荷包蛋，索素把鸡蛋牛奶和成饼子端上桌，愉快地对母亲说，要是星星那个饭桶在，这些还不够他一个人吃。

母亲一愣，把索素看了一眼，星星现在是个被索丽禁止的话题。索素不管，笑眯眯地继续说，星星一岁时多好看！你后来把他养得太胖了妈，我想帮你把那胖小子给找回来！

母亲顿时放下筷子哽咽起来，我谢谢你索素，只有你知道妈的心，赵雪芬那个小婆娘，不知道她把孩子带到哪去了。

母亲在索素面前的哭泣已经越来越自如，哭泣的格调好像不再是绝望中的哀鸣，而是希望中的痛恨了，母亲在索素心目中一直有个被太精神化的形象，源于索素在大学时太怀念童年，她写过许多随笔记录父亲母亲。那时的母亲，她勤扒苦做，亦严亦慈，含辛茹苦带大五个孩子，特别是父亲去世后，她没有倒下像一尊美丽的守护神。索素写的东西在校刊上发表，感动了很多人，也把青年的母亲定格在了索素心目中，那个母亲每次都激起索素强烈的爱，而现实中老年的母亲已在岁月中变成另一个人，她跟院子里的老太们斗，生气时会骂弟媳雪芬，索明走后她在大院的邻里关系越来越差，儿女比大院里别家儿女强，她风光霸气；儿子走了她觉得命运坎坷又变得更狭窄多疑，总认为院子里那帮粗人在笑话自己欺侮自己，到索素这儿来之前她跟好几个邻居已经不说话，她把所有怨气都撒到儿媳妇身上。

怎么这么恨雪芬呀妈？索素笑问。

她心黑，想一个人把钱贪了。

雪芬有错在先，不过妈，法律规定她有权拿走赔偿款里孩子和她自己的那份。你和索丽为什么要劝她把所有钱存在一个本上由你保管啊？

那是怕她把钱胡花了，孩子将来得不着，我又不要一分。

人家雪芬才是孩子的亲妈，不仅钱是人家的，想都不该想要由你管，孩子也是人家的，人家是法定监护人，你别什么都想霸在自己身边呀。

母亲哭了，我不想霸钱，连我自己的钱都是要留给星星的，将来我的钱我的房子都要留给星星，那时她赵雪芬就知道我的心了。

这就是索丽无法接受的事实，索素在心里为母亲感到难过。从母亲的话索素听出，所有人加起来也没有星星的分量重，母亲的话包括自己在内都不爱听。财产的分配变成了对爱的诠释，母亲的话会像箭一样穿透女儿们的心。但索素又喜欢说出这句话来的母亲，母亲爱得那么真，那么专一，那么偏袒，星星不幸而也有幸，索明你在地底下就安心吧，索素感慨。

既然你一切都是要留给他们母子的，为什么还要逼雪芬把赔偿金分三分之一给你，结果把儿媳孙子都给逼走了呢妈？

钱我要过来是为了星星，房子我也是留给星星，不是给她的！母亲愤然。

索素很失望，雪芬在我们家这么多年，没什么大错呀妈，都没跟你红过脸呢。

装的，装的，等钱的，钱一下来就变脸了。

索素的心里对雪芬同样失望。她是一个皮肤白白、胖胖的温厚的女孩儿，索素一直很喜欢。她如果更有心机一点，把母亲哄好就是了，何至于要在索明的命钱上做文章呢。索素对整件事情痛恶的根源就是，那是索明的命换来的钱。

我看雪芬对你不是没有感情，金婶的儿媳妇欺负你，索丽指使雪芬去堵住她，旁边索丽安排的有人不会让她吃亏，雪芬出手打了那小媳妇两耳光，还没见她打过人呢。雪芬在我们家，被管这管那，在你的监督下做家务，也没伸展过一天呀。

她蜷起来是为了关键时候反扑呀，我还没死呢，她就敢张嘴要我过户房子。

你不是在索明刚走时，怕人家改嫁亲口告诉人家房子将来归他们娘俩吗。

只要她不改嫁我立即把房子过户给她。

怎么可能不让人家改嫁？想想看，如果是你女儿中的一个处于雪芬这种位置，你会怎么办呢妈。索素说完觉得很累，用毛毯蒙住头躺着。

中午饭是母亲做的，她的勤劳永远不改。吃饭时母亲对索素说，你的话我想了，你是对的，雪芬也没大错，是有人给她出了馊主意。

索素转忧为喜。你真聪明呀妈！

为来为去为的都是为孩子，只要孩子能跟我恢复联系，我什么都不计较。

对呀妈，你想星星想得厉害吧？

每天晚上做梦！母亲的眼圈红红的。该不会给星星改了姓吧，他是索家的根。

什么根不根的，就是传了宗接了代你看得见管得着吗？别老封建。

星星聪明，他也未必让人改的！母亲又笑了。

休假的最后一天，太阳出来了。雪开始融化，冰雪消融总带点春天的气息，小区里家家都在准备年货。索素情绪振奋，拉着母亲出门也买年货，一路说说笑笑，最后定定地看着母亲说，我一直在跟雪芬联系妈！

母亲一副惊喜的表情，真的？联系上了吗？

雪芬原来的手机号没用了，但我打索明的号居然是通的，应该是她在用，但她一直不接，我给她留言了，总有一天她会回复我的，索素坚定地抬抬下巴。

但是星星找到后你不要强求他还回县城，跟你住。你可以偶尔去雪芬那儿住住，每天他放学时还可以去接他，怎么样？

索素的第一个未来规划有点荒谬，没想到母亲竟犹豫地答应了，这样也行！

索素发现自己的憧憬热情过度。而爱孙子的母亲居然也是这么可爱，嘻嘻地笑了，又推出了第二个方案——或者你平时好好养着身体，寒暑假时星星就回你那儿过，你照顾他。

哎呀，这样最好！

家和万事兴，对吧妈？咱们把一切都搞得和和美美的，今年过个开开心心的大年，索明在地下也安心了，是不是？索素热切地憧憬这样的景象时，觉得自己也舒展开，该开始从失去索明的阴影里走出来了。而且和母亲这么亲热地在一起，母女同心，去构想迎接星星回来的事，也让她觉得生活很美。一整天索素和母亲都像春天来了一样，说着笑着。

晚上索丽忽然来了，说单位组织去洗温泉路过这儿，不远来回两天，想把母亲带上。索素悄悄对母亲说，你去吧，对谁也别说我们要找星星，你好好把身体养好，活到星星上大学那一天，一直把星星送到国外留学！

母亲高高兴兴随索丽走了，索素放松地整晚听音乐和上网，扑到何东怀里跟他打闹。母亲的走居然让自己如此释然，索素有些惭愧，放松两天母亲就又回来了，幸运的话很快找到星星。过年时有星星陪着，也是一桩喜事！索素于是拿出电话又给雪芬发了一个信息：天冷，你和星星在外要保重！

索素是在一种强烈的直觉下打索明号码的，结果这个号果然通着，一定是雪芬在用索明留下的号！索素开始每天打两个，索素存的名字不想改，一拨电话“索明”两个字在手机上活生生地跳动，电话一直通着没人接，索素看着索明的名字认定，这电话总有一天会互通的，暂时不接电话就改为每天发短信息，坚持下去一定会得到回应。

但信息犹如石沉大海，索素等回信时想，雪芬的心还真硬，在信息里索素告诉她奶奶有多想孙子，钱的事她拿走本来属于自己的，没人责备，索明不在了大家还是亲人。雪芬在索家时很能忍，一旦离开竟很决绝，这点索素又难过又诧异，年纪轻轻就能喜怒不形于色，连丈夫去世也顶受得住，与家人一同完成丧葬，吃穿住行一如往常，人也没有瘦损！这只有一个机器人才能做到。她把悲伤都藏在哪儿呢，哪怕是索明伤过她的心，这个家的人伤过她的心。过去在家里她确实容易被忽略，但她的乡下女孩的朴实勤劳使她在索家站住了脚，现在看来她的心里一定藏着很多怨尤，使她在钱拿到手后终于爆发了，一狠心把钱和孩子都带走。索素始终不讨厌雪芬，她一直体谅雪芬所受的冷遇所受的压制和痛苦，现在则还在幻想她能和索家和好如初，看到她始终不理，不免沮丧。

母亲离开的第二天中午，情况有了重大突破，索素突发奇想用同事手机拨过去，响了许多声后居然被接起来了，索素百感交集地唤了一声“雪芬”，那边一愣，过了半晌传来低低的抽泣声，她的哭声就是忏悔和真情，索素坚信这一点，便不停安慰她，不哭雪芬，不哭雪芬。

雪芬停止哭泣后说了一句话，我也有我的难处姐。

你们住在哪儿？星星好不好？我去看你们吧！

索素太急切了，雪芬在那边立即开始退缩，犹犹豫豫说，我这几天没时间。

索素意识到自己吓着她了，她肯定以为索家人还想找她要钱，索素缓和下来说，那你什么时候有时间？我们约个地方见面聊聊。

不用了姐，也没啥可说的。

有很多事需要谈，从你和星星走妈简直垮了，你们到底在哪儿？

我们就住在市里，不准备回去了，你让妈保重！雪芬说完电话挂了。索素心里一凉，以前她对雪芬也算很不错的，她现在心也真狠了。过了一会儿索素给母亲打电话过去，说跟雪芬通了电话。母亲惊喜无比，用压低的声音回答，真的？他们母子在哪儿？

就在市里，电话一通就哭了，她对你还是有感情的妈！

母亲嗓子也哽起来，语言上还保持强硬，谁让她干那种丢人事的！

索素听母亲一直压着嗓子说话。就问她怎么了，母亲说她跟索丽说漏嘴了，说想找星星，结果索丽大发了一通脾气。

索素说，那你拿着电话到别处接呗。

两人换个地方刚说了一句，母亲的电话里忽然传出索丽在旁边的呵斥声，索素吃了一惊，接着母亲就急急说，不说了我挂了，你姐生气了。

合上电话索素开始全面考虑，索丽反对的话，事情的难度还是很大的，那边雪芬也不配合，自己在孤军作战。可就算雪芬十恶不赦，找星星又有什么不对呢，连星星都要断绝关系，索明泉下有知会多痛心。

索素一个人想了很久，脑子里很乱，她感觉她崇尚的尊重与爱，根本说服不了索丽领导的实用主义人生观，她去问正在上网的何东，何东看都不看她就说，当然要找呀！风烛残年的老人了。

索素异常欣慰，但又试图用姐姐的思路打击一下他：你跟我一样不切实际，如果他妈妈再嫁，如果他妈再生孩子不好好待他了，如果将来有个病呀灾的，我妈老了不可能照顾他，我们有能力收养他，照顾他吗？索素重复索丽这段话时，自己也觉得被这种后果带进去了。

何东瞪了她一眼，一切原本很简单，弄这些不一定发生的假设出来，就这么不明不白永不相见，你脑瓜子不是也出问题了吧。

雪芬不总要出嫁的！

天底下的妈妈有几个不要自己孩子的？出嫁了多一份力量，我们也帮帮，你妈以后想见星星也方便。

你真善良，索素被何东感动，眼里涌上一些泪花，凝视着他。何东一看心疼了，擦擦她的眼泪哄着，好了好了，你这些天都快被这个问题弄神经了。

索素的眼睛还是盯着他，为什么索丽都不愿意星星回来？

怕担责任吧，她也是从现实考虑，你刚不都体会了吗。

索素又烦躁了，你这还是肯定她的想法也有道理！我是要跟她反抗到底的，你到底支持我还是支持她？

何东刮了一下索素的鼻子，你真是书读多了读呆了，总是非此即彼非黑即白，难怪说秀才造反三年不成。索丽不是马上要在市里办她的三十六岁生日吗，到时候趁亲人们都在开个家庭会议，民主决定不就得了。

索素也刮了一下他的鼻子，还说我秀才造反，你也强不了多少，我们肯定是败的一方。

何东说，你们索家的伯伯婶婶们都是老观念，要星星给你爸爸这一门续香火，索丽扛不住的。

老观念居然又变成了庇护伞，索素黯然，既然这样就充满信心走下去。

索素预计母亲已经被索丽送回来了，下午在图书馆待了一会儿就急忙回家。

门虚掩着，母亲一个人在家，她在大院里不关门习惯了。轻轻推开门，索素看见她仰靠在沙发上打盹，面孔松弛木然，眼睛紧闭，索素一下想起那个梦，心里难过得喘不过气。从前那个年轻好看的女人，在疲累一天后也哼着小曲把孩子们打发上床，偶尔还跟他们疯闹的女人，没有一个孩子不想得到她的宠爱，她是女王，是孩子们的一切，而现在她真的离生命终点不远了，一旦失去她世界将是怎样的荒凉！索素想哭。她有一种想跪在母亲面前去亲吻她面颊的冲动，母亲被索素的鼻息惊醒了。茫然地四顾一下才看到索素，露出喜悦的神情。索素坐下来，拉住母亲的手问，玩累了呀妈，怎么不去床上躺着？

我坐在这儿看门。

门有什么好看的！索素嗔爱地看着母亲，情不自禁把她苍老的手摊在自己掌心抚摸着。

我不累，你去忙你的吧，晚上我来做饭。母亲说话的声音有气无力，她跟索丽出去一定不怎么开心。

我今天没啥事了，我陪你玩吧妈。

我又不会玩什么。

索素听口气她愿意玩点什么，不过母亲不是爱唱爱跳的人，不然自己可以伴奏，让她唱些老歌。索素想了一下，我们玩跳棋吧妈。

跳棋是母亲唯一会玩的游戏，在最艰苦的日子，家里只有一盘跳棋，母子四人常玩，索素记得索丽总是第一，母亲最慢。

母亲同意了，索素翻出跳棋，高兴地说，哎呀我有十年没下过了，肯定下不过你妈！

母亲矜持地笑了一下，那不一定。

索素颠倒黑白地说，小时候我就下不过你，忘啦？

母亲半信半疑看着索素，难怪说老人跟孩子一样，她认真的样子真可爱。索素给母亲选了红色珠子，自己选了黑的，棋摆好后自己先走一步，母亲也捏起珠子走了一步，第二步可以跳了，母亲也跳。索素夸赞，你走得好呀妈！

母亲笑了。索素开始开拓，把最前面的先锋往前走了一步，给母亲搭上桥，两人的棋马上就接住了，母亲很开心，两人的棋接住了，索素就开始把自己的棋子老给母亲搭桥修路。母亲是老了，搭出的好路子基本看不见。只按部就班地挪动自己的红珠子，索素自己只好惊叫，哎呀这步棋走错了，给你搭了一个好桥。

母亲急忙地寻找，在哪儿在哪儿？索素给她指出来时她高兴地笑了，这一步整整连跳了十下，一直跳到了金字塔尖上，母亲的脸上绽开笑容。

索素太喜欢母亲这孩子般的笑容了，以前她总什么都听索丽的，和自己之间一直有一种生硬的隔膜，现在好了，母亲的心终于也贴近自己了。索素加倍想让她开心，为了她彻底地开心索素偶尔也连跳七八下，给她增加压力，她所以丝毫没看出索素在哄她高兴，最后她赢了，比索素提前五步到达终点，索素说怪了我就不信我下不赢你！母亲抿着嘴笑出了声，索素又摆一盘再下一局，在母亲笨拙地走棋时她走神了，灵魂好像飘到半空俯视着两人对弈的景象，然后幸福感到达巅峰状态。她感到只有最深切的爱，可以让一个人变得细腻琐碎，无休止地为所爱的对象付出，反之如果没有爱这种东西，人只能在隔膜和冷漠中活着，像行尸走肉，世界只是无尽的虚空。

索素从冥想中回过神时母亲也刚好走完一步棋，索素笑了，笑母亲真慢得可以，跟她玩太舒服了，一点压力都没有。两盘棋下完天已经黑了，晚上索素出去有事，走时叮嘱母亲自己热碗汤，吃点米饭，母亲答应着，跟在她后面，她出门时发现母亲也换好了鞋，说送送她。

这种感觉真好！索素在路上呼吸着寒冷而新鲜的空气。晚上的事是去找刑侦大队一个老同学，她想私下对雪芬的电话定位，缩短找到星星的时间，星星离母亲肯定已经不远了。

这天索素回家很晚，看到母亲已经睡着她直接回自己房间躺下，事情没有解决，跟雪芬的联系陷入僵局，她总不接电话，而刑警队的同学说现在管得很严，不能随便定位，她肯定不能为难老同学，失望而归。找不到星星就多孝敬母亲，让她逐渐感觉到星星不是唯一的生活目标。

索丽的生日定在市里酒店过。

她最近一直在想办法调到市里来，事情应该快要成功，这个生日宴正是时候，庆祝一下人生得意，而且也快过年了，亲人们在一起热闹一下。索家是大户，索素父亲这一代就有兄弟五人，姐妹两个，继续衍生下来，家族显得惊人庞大。母亲一早就被索丽弄到酒店，等索素到时已经高朋满座，蔚为壮观，都在传说索丽肯定又要高升，索家第一次出女领导，索家荣耀。

索素听着也高兴，在人群中找到何东后，两人在一个无人的包间先坐下。索素对何东说，人真的是一种群体性的动物，族群是怎么样的个人不会有太大的不同，你看何东，如果学校来一个索丽这样的领导我肯定不高兴，但索丽要调到市局当领导了，我是高兴的，她还那么年轻以后大有前途，我的高兴里是不是也有以入仕为荣？对权力风光的认同？总之我和大家没有区别。

何东看看紧锁眉头的索素笑了，你的样子使我想重读一遍《乌合之众》，我回答不了你的问题！

索素嗔怪地打了他一下，两人起身到大厅去，酒宴已经开始上菜，母亲坐在第一排的主桌主座，她木然地坐在喧闹中，不主动跟人说话，晚辈们跟她打招呼她也不亲热，不熟的亲戚她只用淡漠的眼神看看别人，她孤独冷漠，显得像个古怪的老太太。索素找了个机会坐到母亲身边去了，一瞬间看到她脸色枯黄，索素吃了一惊，你怎么了妈，身体不舒服吗？早上走不是好好的吗？

母亲把那欢乐场面惆怅地看了一眼说，一大早把我接到这儿来，跟开批斗会一样。从那天我不小心说漏嘴要把星星找回来，你姐就开始生我的气，说我一生的精力都放在了别人身上，自己的亲生骨肉不在乎。今天借着办生日，把你大姨二姨，两个婶婶都说动了，要我不要找事，走了就算了，本来不是亲生的，以后再无瓜葛。我只要说点啥都说我封建思想，七嘴八舌我的头都要炸了。

索素听完胸口起伏却悲哀无言，她能感到母亲内心的压力有多大，因为她就在一瞬间又苍老了几岁，索素很反感她们这样给母亲施加压力，这是索丽在借着反封建清理门户呢，索素想跟她们理论，但她知道在这个场面里，乃至日后无尽的具体生活中，她们每个人都比自己强大，从嗓门高低到现实可行性，她们都占优势，她对她们什么也说不出来。见索素不说话，母亲嗓子酸涩，我还是慢慢把星星忘了，不忘我就活不成，唉！

索素的力量感来了，护母亲总会让她产生力量。她捏捏母亲的手，准备说话酒宴已经开始，索丽说了许多感谢亲朋的话，完毕后过来坐在索素和母亲旁边，一边笑嘻嘻地看着有亲戚上台拿麦克风为她祝福，一边亲热地对索素低声说，妈的情绪问题你就不再操心了索素，上午我们跟她说了半天，她想通了，不会再闹着找星星了。

索丽做事真是又狠又准，索素的心开始下沉，她跟母亲共同设计的美好生活计划被基本否定，索丽用一个生日宴会轻松组建了亲友团，规劝母亲走一条光明正确的路，自己看来成了彻头彻尾的空想主义者。何东所说的以亲戚们传宗接代之错误思想，作为武器来达到正确目标，是不可能了，索素现在特别想知道叔叔们的看法，想看看索丽是不是已经把他们都解决了，特别是二叔，曾经很激烈地说过大哥不能无后，但酒席间一片喧闹这个话题已被遗忘，所有人都隆重给寿星的妈妈敬酒，母亲脸上挤出些笑容，看上去很僵硬。

索素看到二叔去洗手间，就走出去在酒店走廊等他，他出来后索素把他拉到卡座，脸上堆着笑问他，二叔，妈想找星星回来这件事你怎么看？

赵雪芬她现在就是自己回来了，我们也不认她！二叔斩钉截铁。

她倒没关系，关键是星星，索素强调。

我说过了，赵雪芬她现在就是带着孩子回来了，我们也不会认她！索素，这件事你也劝劝你妈，二叔说完不停留地回到席间。索素回到座位想找何东，他打来电话学校有事他提前走了，索素呆呆坐着说不出一句话来。索丽作为酒宴的主角，开始进入表演状态，搂住母亲的肩膀动情地说，三十六年前的今天我妈正在受难，我一辈子最在乎的人就是我妈，为了我和索素你也要每天都开心呀妈妈！

席间一片叫好，怂恿着喊，姑娘孝敬，老太太也表个态呀！母亲被壮烈的场面感动，表决心般地说，好！以后啥也不想了，你们姊妹都心疼我，我也不能总叫你们操心。

所有人都喝起彩来，母亲真的想通了吗，索素悲凉地想，如果真的想通了倒也不失为一件好事。姊妹确实都在关心着自己的母亲，这也是铁打的事实，索丽不是证明了这件事嘛，欢乐的宴会马上就要散场，何去何从不如由母亲说了算。

从酒店出来大家都站在门口告别，忽然听到喧闹的街上传出一个熟悉的童声，在跟另一个童音交谈，上帝会让这种奇迹发生？索素心脏收紧，屏住呼吸想再确认一下，她发现母亲脸色也变了，证明她也听见了，继而那两个孩子疯耍起来，笑声从远到近，于是所有人都听见了，一同扭过头，母亲颤颤巍巍地探头，而后“呼”地一下冲出去，抱住从面前奔跑而过的孩子，“呜呜”地哭起来，索素跟过去看见星星也哭了，母亲把星星箍在怀里，星星抱住奶奶的脖子，揪着她的头发，表妹表姐们都在抹眼泪，二叔的眼圈也红了。就在这时，那边忽然传来一声威严的叫声，星星！

雪芬过来了，身边还站着个粗壮的男人，索丽立即满脸怒气，索素知道一场战争要开始了，雪芬比从前更胖一些，仅有的一点灵气也荡然无存，她“咚咚”地冲过来把星星拉着就走，星星“哇”地哭起来，母亲一屁股坐在地上。索丽对着雪芬大喊一声，给我站住！

丈夫刚走你就带着孩子玩失踪，扔下七十岁的老太太，还卷走所有钱。

雪芬冷漠强硬地争辩，那钱本来就是我的！

你胆子大！谁说是你的，里面有没有孩子的，有没有老太太的？我们是想把钱留着花在刀刃上，将来孩子要上学要成家，你既然卷走了不能乱花，否则我不会饶你。

钱怎么花是我的事！雪芬说话时有脱胎换骨的感觉，索素看着她，感到非常失望。索丽从容向雪芬走过去，亲人们纷纷给她让道，雪芬求助地看向她身边的壮男人，男人马上用他粗黑的身子挡在前面，索丽厌嫌地看了他一眼，从鼻孔里发出声音，丈夫尸骨未寒你就这么有闲心，真是个贱女人。

你才贱，自以为了不起。

索丽有无法按捺的迹象，她手里的矿泉水瓶子不知什么时候早已打开，她把手一扬，一股水直喷到雪芬脸上，索丽冷冷地看着狼狈擦脸的雪芬，我替索明给你洗洗脸，清醒清醒！

雪芬叫着想扑向索丽，壮男人抱住她，推着她和星星走，母亲舍不得星星，佝偻着身子追，一下扑倒在地上，梦中的一幕再次出现，母亲向星星的方向爬着，哭喊着。索素心碎了，母亲啊母亲，你为什么只能这样爬向你所爱的人！索素这时厌恶一切也厌恶自己，在这种混乱中她感到自己无能为力，她想替母亲追赶，但众目睽睽以及厌倦，让她寸步难行。

索丽扶起母亲，冷着脸责备，你咋这么丢人呀妈，大庭广众的。

索素走上前搂住母亲的肩，母亲在她怀里不停地低着头抽泣。索丽对索素说，不用再折腾着找星星回来了，好吗妹？你看妈这样反复受刺激多难过人。

旁边的亲人都跟着赞同，是啊是啊！

索素心中的火焰“腾”地燃烧起来，史无前例地对索丽大声说，母亲是人，有血有肉，她不是电脑，输入程序就按指令执行！

你的意思是我胡折腾，这一切是我的错？索丽质问。

索素后悔自己的冲动，压低声音，谁都没有错，我现在只是觉得应该让孩子跟奶奶恢复来往。

索丽冷冷地说，有那个必要吗，又不是亲孙子。将来她留给人家再多别人也不领情！

索素惊诧地看着索丽，她真是又霸道又冷酷，索素鼓起勇气说，看在死去的索明的面子上，妈她愿意把那房子留给星星就随她吧。

索丽被彻底激怒，你凭什么当家做主呀索素，我这也同样是在为你的利益考虑，你简直不像这个家的人，像个怪物！

索素看了看索丽，心异常平静也异常冰冷，她拉起母亲，走到公交车站的长条椅坐下等车，亲戚们站在原地看着她们，交头接耳。索素并不难过，她知道自己是他们心目中的怪物。索素在这样的情景下想起何东其实吵架时也说过，你严重脱离生活，太理想化，像个怪物……

母亲感到自己和索素的孤立，又抽泣起来。索丽的生日过成这样，对母亲没好气，远远地喊，你说要跟我回县里还回不回？母亲抬起浮肿的眼睛看看索素，对索丽说让她去开车自己随后来，索丽就开车去了。母亲蹒跚着站起来，手里捏的面巾纸已经揉成了团，擦着眼泪对索素说，你们姊妹可别生分，将来我死了，你们还要互相扶持。话没说完她呜咽起来，挽在索素手里的胳膊变得僵硬，索素吃惊地向母亲看去，母亲原本小巧的脸因为剧烈的痛苦，抽在了一起，眉毛和眼睛拧在了一起，鼻子和嘴巴拧在了一起，拧成了一个无比痛苦的面容。索素痛楚地把她一把搂进怀里，激动地说，索明吃过你的奶他是你的儿子，星星是索明的亲骨肉，当然是你的孙子，他对你那么亲，出门玩总是在前面跑一跑，又回过来拉你，你没有错！我一定帮你把星星找回来，姐姐的工作我来做，我们姊妹感情一直很好，不会生分的，你就放心吧妈！

母亲流下两行泪，呆呆地把索素看了一眼，悲痛使她对索素的话一片茫然。索丽的车“吱”一下停在前面，母亲孤零零地把手插进肥大的棉袄兜里，一个人向车门走去，步履拖沓而沉重，索素的眼泪“哗”地奔涌出来，这一瞬间她坚定了一个想法，这件事处理完以后要让母亲与自己同住，为她养老送终，以前索丽跟自己总是说母亲重男轻女，重视索明，可索明走后谁说过“妈你将来跟着我住”这句话呢，母亲的选择是她对生存的选择，她要有一个家，要有儿子孙子，要有门有户。

母亲临上车前回过头又看了一眼索素，远远地喉咙哽哽地说，索素你不要再找了，我回去就想通了。

母亲回县里后，索素一次次地打电话给雪芬。始终没有接，但索素不会停止，她发短信息说，下次希望你接电话雪芬！索家有不周到的地方我道歉，但是请你恢复星星和奶奶的来往。

索素最后一次拨电话时，还是满怀希望雪芬能接。但这次索素的希望又破灭了，铃声空洞地响着，雪芬绵延无期地发泄着恶意的拒绝，这勾起了索素的憎恨，她想起母亲那痛苦的面容，雪芬已变成蛇蝎心肠，她固执地将她的惩罚进行到底。她的心肠，每一个人的心肠，都是在情感的自私和冷漠下变得狠毒的。

索素决定给雪芬一点颜色，她发出一条短信息：雪芬，没想到你的心这么冷，世界上多一个人疼爱星星不好吗？你在破坏他的人生！将来星星长大了会评判你这个母亲，你想割断的会联系得更紧密。

紧接着索素又发出一条：本来不愿意说，但还是告诉你，如果你执意剥夺奶奶看孙子的权利，找你的人就不再是我，而是法律了。

说完索素很痛快，她已经决定雪芬还是不理不睬的话，就起诉她。

腊月二十三小年的上午，索丽打来一个电话，生日宴会后的第一个电话，她说得很快——今天小年，索素我知道你是个重感情的姑娘，可人有时候也要考虑现实情况。你从小没吃过苦看问题太片面，姐姐都是为妈着想，那小孩将来再有个五病六灾，他妈要是再嫁了不要他了，谁能养着他？妈是带不了，你更不可能带。索明走了我们都难过，别再格外一条筋给这个家庭增加灾难了，我们一起好好过个年好吗妹？

索素听完挂上电话，索丽又打过来，索素你怎么挂我电话，非要跟我搞得像决裂一样是吧！从小我就喜欢你，背你抱你，你要知道母亲手上捏的钱可不少，我争取一下也是为我们两个人。

索素问，妈存了多少钱？

凭我知道也有几十万，房子和钱全给了星星确实不公平。妈住的那个大院开发商去了几拨了，都没谈下来，价钱高得很。

索素第一次听到这么多事情，她冷冷地回应，你又不是没钱，还这么在乎钱。她再次挂掉索丽的电话，索素知道自己这是处于失控的状态，她从没有这么放肆地对待索丽，小时候索丽是她心目中的保护神，现在是她在这个世界最陌生的亲人，电话挂了又响起来，索素决定不接，看了一眼是母亲打的，赶紧接起来问，今天心情好些了吗妈，身体怎么样？

母亲顾不得回答，倒像有更重要的事要说，她急急地喊着，索素呀，你千万不要再找了，你那天说要起诉她可千万别呀！

怎么了妈？

你跟我说过再找不到就起诉她。索丽跟我一分析，我觉得索丽说得对，你要是起诉她，人家反咬一口说我们把人家怎么怎么了，小婆娘心坏得很，她故意把孩子带走想气死我，我偏不上她的当，我现在就不气了。你也别操心别找了，我现在的身体也带不了星星。就叫那小婆娘辛苦点，让她鬼混不成。

索素听出来了，这种陈词滥调对母亲发生了威力，准备掐断对星星那么好的感情，说着这样话的母亲不是索素想要的母亲，她一直爱着怀念着青年的那个母亲，一直追求一种轻盈的浪漫的富有爱意的生活，看来这真的只是一个虚空的梦，生活显得如此乏味沉重，沉重到令她无比厌倦。在听了母亲的一席话之后，索素突然爆发了，妈你怎么这样啊，一会儿一个想法，所有的事情都因你而起，如果不是你想要儿子把索明抱来，他现在可能还跟乡下的妈妈在一起，活得好好的，如果不是你一会儿要把财产留给星星，一会儿又怕雪芬得了，家里也不会搅得这么乱，如果——

索素昏乱中听到电话挂了，她惊醒过来，知道自己犯了一个无法弥补的错误，她喘着粗气，一边哽咽一边流泪，立即又给母亲打过去。电话已经关机了。她害怕起来，立即打给索丽请她去大院看一眼母亲。索丽去了，回电话说妈好好的，在吃香蕉。索素无力地瘫软下来，她不敢想母亲平静的后面是什么，不管是什么都让她痛彻心扉，她累极了，觉得自己是个彻头彻尾的失败者。不过她感到最惋惜的是，不知道今后自己还能不能跨越障碍，勇敢地去触碰母亲的身体，抚慰她苍老的心。

草长莺飞醉春烟

小安出生的那个下午整个矿山安静极了，天井院里空无一人，六月的风温暖地涌进院子，老皂角树在风中发出“沙沙”的响声。

姐姐英子从学校偷跑回来，她已经快十二岁，继承了母亲出众的体格，瓜子脸上镶着一双杏仁眼，樱桃小口，苗条结实的身材，机灵鬼一个。穿过天井院回到家，英子把两条黑油油的辫子一甩，像猫一样轻捷无声地跳过高高的木门槛，把红缨枪往门后一靠（她是红小兵），第一件事就是去看母亲。英子惦记着母亲兰芝的分娩，尽管这个“富农”的女儿半年来脾气暴躁，动不动就出手打自己，可英子还是生怕她出意外。她的脾气变得暴躁，是因为父亲半年前在矿洞里出事后死去，英子并不恨她，有的是办法对付她，打左边尽量往右闪，打右边尽量往左闪，落到身上也就没多少了，除非春天的时候，那富农的女儿开始用柳枝儿，柳枝又细又长防不胜防，英子只能撒腿就跑，一头撞在天井院的另一个邻居纪树身上，她像野鹿一样推开他，一边跑一边回头喊，你已经打过我了兰芝，我待会儿回来你可不许再打！她很小的时候就随着父亲直呼母亲的名字，觉得叫名字比叫妈还要亲，她也不像矿上别家的孩子，跟父母怄气能跑一天一夜不回，尤其这小半年以来，她跑不远就开始惦记家里。纪树刚从山下镇中放假回来，进院就看到这么一幕挺喜兴的，他把网兜里的篮球往肩上一扔，对兰芝说，她跑不远的阿姨，你定定在家待着。

英子果然没跑多远就想起晚饭时间到了，兰芝怀孩子不能饿着，她到食堂买了两个馒头，半斤一个拿在手上回家了。半年来英子开始在这个家里操心所有事，她虽然不喜欢洗碗扫地这些小细活，但重活都是她抢着干，她最不喜欢的是洗衣服，逢着邻居大华洗衣服，英子趁她起身拿肥皂，猴一样扒下自己的脏衣服按进盆底，大华的性子软得像水，总是翻两个白眼就替她洗了，她对大华有把握。天井院住着三户人家，大华家、纪树家和英子家，英子和纪树小时候是对头没少打架，一般是英子取得胜利，她知道纪树对自己不下狠手。大华就更不用说，虽然强迫她给自己洗衣服，等到上山砍柴时，英子砍完自己的两捆后，飞快地再砍一捆送给大华，遇到砍柴就哭鼻子的大华，每次是靠英子送的柴回家交差。

英子做家里的重活时身上仿佛有无穷的力气，她一心一意想的是她把这些事做掉了，兰芝就可以少做，兰芝是矿井女工里唯一读过书的女人，因为出身不好家里是富农成分，只能下矿井当工人，又心高气傲很不合群，矿上的女人总合起伙排挤她，只有英子心疼她。当妈的也绝不是粗心人，兰芝什么都知道，看到英子泼出小身子蛮干，她的心苏醒过来，心疼女儿，这种疼终于日渐盖住了前面的疼，午休时她唤英子睡到大床来，满心歉疚地抚摸女儿的头，这几个月妈心里难过，你别在外面惹事，我一着急就要打你。

英子在兰芝的怀里忸怩了一下，母亲要打尽管打，自己愿意当她的出气筒，她已经长大了，九月就要到镇上去读初中，已经不适合待在母亲怀里了。兰芝敏锐地察觉女儿的不习惯，放开英子让她回自己的床睡，在黑暗中看着屋顶的亮瓦对她说，你希望妈给你生个弟弟还是妹妹？

妹妹，英子毫不犹豫地说。

兰芝顿了一下，她希望是个男孩，不过她还是顺着女儿的话，那生个妹妹就取名小安，行吗？

英子很喜欢，于是说，兰芝，矿上你最会取名字，别人家取名要不叫大华，要不叫什么香，难听死了，你取的名字最好听，别管他们怎么说，我们自己喜欢就行了。

兰芝明白女儿的意思，哭了然后又笑了，两行喜泪顺着腮帮子流下来。第二天早饭她在英子的碗底卧一个鸡蛋，英子发现后以飞快的速度夹到兰芝的碗里，兰芝就把鸡蛋分成两半，一半给女儿一半自己吃下去，兰芝吃完后看着女儿示意她吃，英子的小脸红了，她背过身把鸡蛋吃了，她并不想让母亲知道自己太多的心思，可偏偏母女同心，她做什么想什么都逃不过兰芝的眼睛，所以在下次挨打时她就把头仰得更高，要么就跑得让富农的女儿连影都追不上。

英子十二岁这年，得了同属相的妹妹小安。

英子从学校回来得正是时候，她把一张黑俏的脸探进母亲黑乎乎的大屋时，兰芝正疼得满头大汗，一九七〇年的偏远矿山还处于煤油灯时代，富农的女儿为了节约在这个下午连煤油灯也没点，她对女儿招招手异常虚弱而温柔地说，英子，过来。英子眼睛顿时一酸，庆幸回来得及时，矿上的女人生孩子是家常便饭，她也不准备去喊医生，有她在屋里就够了。

然后一场战役开始，在母亲的指挥下，英子点灯、烧水、准备小衣服和给母亲垫好纸。母亲疼得吼叫起来，两条腿张得开开的，英子把手递过去让她掐着，脸扭在一边不忍心看，母亲终于九死一生把小婴儿生出来了，英子在她的指导下烧红了剪子剪脐带，麻麻利利舀了热水给她洗澡，母亲在床上问，是个什么？英子知道她会失望，顿了一下才回答，跟我一样！母亲长叹一声之后高兴起来，合你的意了，妹妹长得好看吗？

英子咧开嘴笑了，她肯定能成为矿上最美的女孩儿。

小安手脚乱动，洗的时候居然睁开眼对英子笑，英子立刻喜欢上她，因为这个小家伙，她得以跟母亲联手做了件大事，没请接生婆，没要任何人帮忙，终于把小安洗好包好抱给兰芝时，英子心里很得意。

富农的女儿接过包得歪七扭八的婴儿，在英子笨手笨脚洗婴儿时，年轻的母亲已经借着煤油灯的光看清楚了，长得像丈夫，他借着孩子又回到这个家了，一切恢复完整，为了两个女儿她绝不再嫁不再生，哪怕叫那帮矿井女人得意，吵架时有了顺口的话把子——有什么了不起的无儿无后断子绝孙。想到那帮人她疲惫地闭上眼睛，英子知道母亲在想什么，她只扭头去厨房又烧着火，打了一碗荷包蛋端回来放在母亲床边，兰芝把她的手捏住，拉到床边，满意地摸了摸她的脸。英子哈欠连天地把衣服一脱睡在大床边上，兰芝，以后我晚上帮你给小安端尿。

兰芝生了遗腹子坐月子，婆家来人了。英子的奶奶来后，床边就不需要英子了，大华也跑进来，在床边打转转想抱一下小婴儿，奶奶说生人可不敢，别惊了奶水，英子急得立即把大华推出门，两人一起去大食堂吃饭，路上遇到艳秋她们几个，汇成了更大的一帮，英子一贯是最活跃的，由于心情不错，她用两根狗尾草撑开眼皮做成狼眼追着吓唬她们，过小石桥的时候踩偏了，一跟斗栽了下去，女孩们扶在桥栏杆上看不到人，四散回家了，大华吓得站在桥上哭起来。纪树带着一帮男娃子过来，他是他们永远的老大，虽然他已经比他们早一步上镇中了，他在矿子弟小学做过的事没人敢做，他在老师的讲台凳子上涂沥青，先后两个数学老师带着凳子离开教室，是最为轰动的。除此之外在教室门顶上放一把笤帚，来上课的老师只要一推门就先挨一笤帚，只能算是家常便饭了。老师们恨这个没爹的二流子学生，但从没有要把学生开除这一说，原始的矿山上老师和学生奇异地平等，纪树就这样顺利地小学毕业去读镇中了。纪树还是纪树，走路永远吊儿郎当，看人要么不看要么盯住你透视一番，脸上总是似笑非笑。

跟上来的男娃子们看到英子掉到小石桥下面了，发出一阵哄笑，小石桥并不高。半天还是听不到英子爬起来的声音，纪树忽然推开所有人一撂腿就跳到石桥下面，英子满脸是血地躺在那儿，被纪树扶着坐起来时头上还带了一颗小石头起来，石头已经凹陷进头皮里了。纪树第一次看到了软绵绵像死人似的英子，抱住她喊着，英子，英子！

英子被唤醒，恍惚地看着满脸焦急的纪树，他眼睛睁得大大的，英子在他的眼睛里面看到了自己，泪水“哗”地挂了一串。纪树犹豫了一下翻身把英子背了起来，往医务室跑去，包完伤口两人一前一后地回家，一路上谁也没敢跟对方说话，走进天井院后纪树扭过头问，还疼吗？英子看着他摇了摇头，推开门进屋，跑到摇篮里把小安妹妹抱起来，紧紧地贴贴脸，小安看着姐姐笑了。

小安的童年被各种传说故事蛊惑入迷。

说天井院以前是一口很大的井，干了后就盖成了这院房子，取名叫天井院。说马鞍桥是专供神仙飞马登天的地方等等，矿上类似这种传说还多得是，孤零零盘踞在绵延的秦巴山脉上的一个矿山，想怎么编故事都可以，但云盖山和云盖寺是不容置疑的。

云盖山就是站在天井院可以看见的顶上终日笼罩着一片白云的那座，看上去很远，走起来很近，从天井院走五分钟到马鞍桥，从马鞍桥上梁子可以上到云盖山，山顶就是云盖寺，一路上有比长城还漂亮的青石台阶和半塌的围墙。“文革”一开始这座寺就给捣毁了，寺里的和尚据说都逃走了，先有云盖后有武当之说，是从这帮和尚嘴里传出来的，真武大帝踩着祥云来到云盖山，修了云盖山道观正要修行，却发现云盖山宝物太多自己坐镇不住，于是飘飘飞去了武当，这里就变成了一座寺院。和尚们说的宝物是山一样大的金船、金鸭子和巨蟒，说都蛰伏在山体之中，它们横空出世的那一天，云盖山就要山崩地裂，巨蟒要吃掉矿上一半的小孩。

小安的心被笼罩在这神话传说中，又兴奋又恐惧，连英子也忌惮这些传说，只有纪树例外，他总显出超人一等的魄力，他天不怕地不怕，也根本不相信有巨蟒蛰伏这种鬼话，他笃定地说，这山上真正的宝物就是整山整山的绿松石，所以国家在这里开了矿，招了上千的工人，有正规的矿山顺着铁轨开进矿井深处，还盖了天井院这样的房子，要是有金船、金鸭子早会勘测出来，更别说什么巨蟒，巨蟒要是敢出来我一刀剁了它。

纪树的话一时给了小安莫大的抚慰，小安四岁了，最喜欢的人是妈妈和姐姐英子，她们俩是她心中的女神，接着喜欢的人是大华姐姐，纪树也是小安心里的保护神，而且小安知道纪树喜欢自己的英子姐姐，英子姐姐还在镇中读高中，纪树已经上班拿工资了，每次见到小安他都能从兜里变出一颗糖来。纪树认识到石头才是宝物时已十八岁高中毕业，他顺理成章地回矿当了工人，在工艺车间学雕刻，他爱上了雕刻翠绿的奇石。拿着工资吃着食堂的纪树个子继续长高，他还是吊儿郎当，但他体魄的强健，脸孔的英俊，让矿上所有的小姑娘着迷，矿上领导拿他没办法，北京人每次来验货对纪树的雕件都赞不绝口，他有一手雕刻绝活。

天井院并不是在井底盖的，但天井院之窄是确实，抬起头好像真的只看到井口大个天，这么个小院子还挤了三户职工，门各开一方，背靠背地住，长年并不来往。开井院虽小也有一棵大皂角树，小安在皂角树下面搁着的轿椅上，在妈妈和姐姐的背上长大了。在矿上家家户户都这样，大的背小的，给父母腾出时间做大事，偶尔看管不力死个把小奶娃正常，也有生下来一看是女孩就随手扔进痰盂里溺死了。小安得以存活下来，睁开朦胧的双眼打量这个世界时，她在天井院里经常可以看见的一幕就是英子跟母亲兰芝犟嘴，犟完又去哄兰芝开心，英子对母亲又反抗又驯服，小安总静静地睁大好奇的眼睛看这一幕幕。

小安的聪明伶俐，先是天井院的人一片惊奇，后来发展到全矿的人，把她视为矿山的奇才宝物，英子当然自得，小安四岁时就识字，背唐诗，能把《我的祖国》完整唱下来了，都是英子教的。每天中午兰芝下班回到家，小安从房里一步一摇地搬一把椅子出来让母亲坐下，然后爬上她的腿，开始用脆生生的童音唱歌给母亲听。中午的阳光从天井院房檐上射下来，一身的疲乏都融化在这奶声奶气中了。小安好像是老天降给富农女儿的慰藉，她从生了小安以后，一头乌黑的秀发剪成了包菜头，把自己弄成和女工们一模一样，但她的那些调调并没改多少，她识文断字，不喜欢矿上繁重的井下劳动，却争强好胜每年都拼命争当三八红旗手。她孤芳自赏崇尚文化，喜欢读书唱歌看矿上两星期一次的露天电影，偷着和到这里劳改的右派男女来往，有时聊天聊到很晚，矿上的女人们一大半不待见她，她在她们面前把头昂得高高的，装作不在意，心里并不快活。

终于有一天中午，富农的女儿正沉醉在小安的歌声中时，两个被挑唆起来的女矿工找上门打架来了，骂骂咧咧的声音在天井院外很远就传过来了，从梦中惊醒的富农女儿手足无措地放下膝上的小安，她是绝对不擅长打架的，幸亏赶上英子在家，这时英子早已机灵地站出来了，她叫上大华对母亲说，别怕，妈。

英子已经十六了，单腿一支拦在了通进天井院的窄道子里，想进天井院必须要通过这条又窄又长的道子。英子杏眼一挑，冷冷地对那两个泼妇说，今儿谁也别想过去。大华跟在英子后面把这话重复了一遍，两个女人就扑向了她们。

纪树正好下班回来，被堵在天井院外面进不来，他的背心扎在裤子里，胸脯和上臂有隆起的肌肉，英俊的脸冷着。听到英子在里面说话他有点奇怪，很久没见这丫头片子，她和大华在山下镇上读寄宿高中，今天怎么在家呢，还一副女土匪的样子。他好笑地抱着膀子站着，嘴里“嚯嚯”地吹着口哨，英子上初一时还在跟他打架，为他抢了大华的一本武侠小说，她来替大华要，气势汹汹地扑过来又推又抓的，他偏不给她，把书举高引她跳起来拿，他一直喜欢她想逗逗她，其实他不缺那种书，他手下有兄弟向他进贡，金庸梁羽生随便选。本来英子一扑过来他就想还给她的，又觉得胳膊被她抓着痒酥酥的很舒服，就索性举起来引她再抓自己两下，谁知道她一耳光就上来了。

英子看到纪树似笑非笑看着自己，有点为自己支起来的腿难为情，索性豁出去了，俏脸一冷，挺胸抬头，杏仁眼鼓得圆圆的。两个胖女人已经开始进攻，英子的腿挡不住她们河马一样的身体，就那样一下子冲进了天井院。纪树回过神来，后悔自己没帮忙拦住，是英子挺起的胸把纪树弄蒙了，她的胸长大了，面积体积全面增长，在她不经意地挺起时暴露无遗，纪树一下想起他们那次无法忘记的“打架”，英子一耳光打在他脸上，从来没人敢在纪树的脸上动过，他老娘也不敢。纪树的脸“刷”地涨红了，举起拳头要打，但一触到那毫不示弱的杏仁眼，居然又软了，想放过她，又碍于自己的手下弟兄全在周围看着，于是意思一下推了她一把，这一推惹下更大的祸，他并没刻意，谁知道会推在她那个部位呢，平时打架都是这么推的，这是第一次推女生，他也不想再推第二下，推完英子的半个月时间里，每次回忆起来身体都变得瘫软无力，英子的胸部有一小坨暖乎乎又富有弹性的肉，他触电般想撤回手时已来不及，英子又羞又怒，像发生了天大的事，几乎要哭了，他呆呆地不知所措，眼看着英子转身跑了。

纪树责怪自己又被英子的胸弄蒙，他停止吹口哨，跟进院子里，打算伺机给英子帮忙，女人们扑进院子后并不急着打架，对着英子家的兰芝开始大骂起来，纪树听出无非是找碴，说英子的妈拿了她们藏在二号矿的货，兰芝气得说不出话。英子双手把腰一叉，眼一闭跟两个女人对起嘴来，冤枉人小心老天爷劈死你们，老天爷在上你们骂人都是骂自己。

她越说越快声音越大，硬生生把两个女人压住了，女人们骂不成就开始动手，卷起袖管说要撕英子的嘴，纪树蹑手蹑脚跟在后面，等胖女人发起冲锋时，从后面飞起两脚踹在她们的屁股上，女人们号叫着扑倒在地上，纪树一溜烟跑了。趁两个女人还在狗吃屎，聪明的英子立即指挥大华，一人揪一个头发，使她们的头动弹不得，女人们被揪得头啄地，根本没有反击的余地，只有用腿乱踢，英子吩咐小安去按腿，小安注定是个从小就有奇思妙想的女孩儿，她穿着小裙子和漂亮的塑料凉鞋，可能是看见趴在地上的大屁股很肥沃很宽广，就忘记使命地坐了上去。得到信儿的矿领导赶到时，看到的就是这么一幕，挨批评的只能是那寻衅滋事者。

战争并没因此结束。

偏远矿山的春天来得格外晚一些。习惯了抓小辫子整人的泼妇哪肯服输，很容易就在开水房堵住了英子，她们准备把这个小蹄子撕成碎片，于是目露凶光地逼上去。她根本不知道英子是学校里的快手女王，是个招惹不得的打遍天下无敌手，纪树上学时算是武林至尊了，矿上孩子群里流传的却是纪树打不过英子，在镇中英子还是百米短跑冠军，学校里那帮知青老师的红人。

胖女人紧逼着，英子不动声色，就在胖女人要出手的一瞬间，英子像练了无影手一样，忽然就左右开弓地扇过去两耳光，然后趁着她蒙在那儿时拔腿跑没了影。

镇中的早操时间，女人带着她彪形大汉的丈夫来到镇中的女生宿舍，英子被彪形大汉反手擒住，女人揪着她的头发把她带到了校长面前，校长听说他的学生敢跟长辈动手，当即命令早操时间罚她站在乒乓球台上亮相。

乒乓球台上英子浑身发抖，十个手指全硬了，收不拢了，鸡爪子一样。早操时的乒乓球台是一天中最空闲的，忙碌的是下面几百个学生，他们的胳膊腿比画着广播体操的动作，眼睛都忙着偷瞟台子上的英子，矿上的子弟在镇中读书是被羡慕的，镇中上学的大部分是周边农民的孩子，英子的傲劲儿漂亮劲儿曾让很多同学觉得可望而不可即，谁也没想到英子会被校长亲自罚站在乒乓球台上。

陆老师终于来了，他在知青老师里最有威望，是大华去叫的，大华跟着英子已经变得越来越胆大聪明。陆老师是英子和大华的班主任，从武汉来的，性格特别牛气。他偏爱他这个黑牡丹一般机灵突出的学生，听大华一说就火冒三丈冲到乒乓球台前把英子带走了，他是大地方来的，他不怕那个再三再四的土校长，那位校长每次给学生训话就说——我警告你们，只有再一再二，没有再三再四！

在陆老师的办公室里英子呆呆坐着，她流不出眼泪，她站在台子上不是她一个人的耻辱，也辱没了陆老师。陆老师拍着她的肩膀安慰她，她浑身发抖，只对老师说了四个字，我想回家。

子弟小学的楼被刷白，像小洋楼。天井院拆迁，天井院的几户都搬到黄土堡崭新的红砖水泥顶平房里了，小安长大了，已经上小学了。老师的宠儿，妈的乖乖女，唇红齿白留着娃娃头就是六岁的小安。新学期开始时兰芝把小安收拾得花骨朵一般，还拉到房后的花园里教她说，去了给老师们鞠个躬，说声新年好。这确实是年后的新学期，花园里的腊梅开得正盛，映衬着小安粉嘟嘟的脸。

小安心里一百个不愿意按妈妈的话做。没有小朋友这么做，很难为情，太那个了。但妈妈坚持要她做，她只得答应了，磨磨蹭蹭地背着小书包走在去学校的路上，开学的高兴劲儿全没了。到了办公室门口，心脏“怦怦”跳的小安看到老师们都低头忙着，鼓起勇气走进去，站在办公室中间，对所有老师鞠了一个躬，操着云盖山的方言大声说，老师新年好！

里面正在办公的五个老师都愣了一下，转而开心地笑了，这声音多好听啊，面前站着的小人多可爱啊，昌兰是小安的班主任，她自豪地起身把小安拉到身边，使劲儿地捏捏她软软的小手。

小安是兰芝要塑造的一个梦想。

她要让小安成为人见人爱的、文雅乖巧的公主。她吃了半辈子的苦，环境不会朝夕变换，英子因为她这个妈受苦，她不想再那么较真儿了。小安遂着她的心意长大，能说会唱，圆圆的一张苹果脸，不像英子滴溜溜的杏眼却含着杀气，樱桃小口却不爱笑。小安是爱笑的，阳光灿烂的，好脾气的，小安是母亲的小心肝。回忆起来兰芝只动手打过她一巴掌，那是英子站了乒乓球台以后不吃不喝被老师送回来，手指硬得软不回来，兰芝急坏了，小安站在床边哭，使劲地要掰开姐姐的手。

兰芝劈头打了小安一巴掌，你姐都成啥了，你还在弄她。

英子不成人形，为了这一次屈辱她几乎郁绝。像死人一样地躺在屋里不吃不喝，灌也灌不进去。她脸色苍白，浑身僵硬。纪树早已知道英子的事，一直在想对策，他觉得棘手，因为对方是英子，英子是天底下最不屈的女孩。最后他选在一个家里没人的时候去了。

出去！他进门就对守着姐姐的小安一声低吼，他知道英子喜欢小安，故意这样刺激她。小安愤怒地跟纪树对峙，她奉命在家守护姐姐，虽然有点怕这个家伙，但绝不擅离职守。纪树被小安瞪着的眼睛弄得不好意思，小声嘀咕，怎么牛犟精都出到你们家了。

英子躺在床上还是没有反应，纪树于是蹲下来好言好语地把小安哄出去了，屋里只剩下了他们俩。这一连串的骚扰慢慢开始奏效，对于纪树守在床边上英子感到不安，眼皮动了一下看他想干什么，她看见纪树一动不动正炯炯有神地盯着自己，赶紧又把眼睛闭上。纪树诡异地笑了，从衣兜里拎出一个银光四射的东西，趴到英子的枕头边晃着，英子闭着眼睛都能感觉到那跳跃的银光，她忍不住了，睁开了眼，一块手表！要知道一块手表在一九七九年意味着什么，纪树总有这种超人的力量。英子的眼睛亮了一下，那不仅是一块手表，而且是一块女式的小手表，矿上杨书记老婆戴的也还是老式的上海大砖头呢。这块表是英子见过的最奢华的东西，但她还是把眼帘又关上了。纪树还是继续诱惑她，俯下身在她耳边说，只要你吃饭，这块表就是你的。

英子不理睬，纪树着急地捏住她的肩膀摇了摇，她还是躺着，最后纪树说，你再这么躺着，我就亲你了。英子惊恐地睁开眼睛，看到纪树一脸坏笑，她举起拳头向他打过去，委屈的眼泪才一串一串落下来，纪树擦着英子的眼泪，心一疼使劲把她抱住了，纪树对英子说，以后什么都不许怕，有我。

英子开始吃饭，下床活动一天后返校了。英子返校的早上纪树起得很早，他守在天井院门口，看到英子出来，把手插进裤兜吹着口哨，大摇大摆跟在后面送她，英子一句话也不跟他说，手腕上戴着那块表，心里重新充满斗志，她知道那块表值钱，将来她一定对得起他，现在不需要说什么。英子坐上矿里每天早上下山采购物资的大卡车，纪树收拾起吊儿郎当的模样，目光沉稳地看着她消失在山路上。

兰芝家的门槛炙手可热起来，因为小安。

小安出落得越来越好看，一点也不像矿山的女孩，都说她像电视里给周总理戴红领巾的那个，小安的学习好，新来的矿长让老师把他的儿子跟小安坐同桌，每天早上让儿子去小安家等她一起上学。矿工们一看也争着让自己的孩子去和小安一起上学，小安谁也不在乎，按部就班吃自己的早饭，吃完背上书包对同学说，走吧别迟到啦。

小安带领的小队伍就排着队到学校。上到二年级时昌兰老师给了词让学着造句子，小安很喜欢，她造的句子写了半面作业本。

昌兰老师看后笑了，对兰芝说，将来小安可以当个作家。

但三年级时小安又迷上了画画，她用蜡笔把她在春天看到的第一朵小黄菊画出来了。她用橘黄的蜡笔把花瓣浓厚地涂了一层又一层，直到颜料因为堆积变成了发光的金黄色，她感觉是那个清晨的那一朵了。那个清晨的印象太深刻,在无边的青草里唯独只有那么一枝金黄的小菊花，细细的秆弯弯地托起它，它像仰着脸在对小安笑，小安看着它的笑简直像触电了，小安感觉它那么可爱那么美，美得一辈子再没忘过，后来她又独自在树林里看到蘑菇，在她放学回家的必经之路上邂逅一颗草莓，小安每一天的生命就这样在惊喜中度过。

英子高中毕业时，没有像纪树担心的那样考上任何一所大学远走高飞。但也没有像纪树期望的那样回到矿上招工，她响应上山下乡的号召去了一个农场插队。英子总是向往远方的，她要趁着年轻走得越远越好。

纪树更难以见到英子，他的身边有几个老爱围着他的女孩儿，纪树一个也不喜欢，无聊时也带她们玩玩，他弄了一辆自行车，矿上绝无仅有的一辆，女孩们一坐到他骑着的自行车后座上，就银铃一样地咯咯直笑，他听着觉得很受用。有一天下班，他正骑着车在大操场上逗女孩儿时，看见英子板着脸经过，操场在矿上的公路边，穿过操场就到了黄土堡红房子，红房子一共三栋，每栋住二十户职工，是黄土堡最长最气派的住宅区。矿井仍在天井院那边，几年来矿山在发生着飞跃，开发了黄土堡住宅区，修了大操场，盖了电影院，前后买了四辆解放大卡车和两台吉普，翻修了下山的公路。英子就是坐解放回来的，她的一只手提一个网兜，另一只手拖着大被卷。纪树看到这一幕时心里“怦怦”跳了两下，丫头片子总算回窝了，他的鼻子甚至有点酸酸的。

纪树一个箭步跳过去帮英子拎被卷儿，英子甩开他的胳膊，他又追上来，英子用眼睛瞟了一下那边女孩们正在玩的自行车说话了，不会用车子驮！

纪树过去散了她们，拿回车子，英子把网兜挂在车把上，被子驮在车身上，亲手推着车子，她会骑自行车，在农场学的，明天她要从黄土堡骑到天井院，让所有人知道——英子即使回了矿，也至少是矿上唯一会骑自行车的女孩子！

英子一回来，小安欢呼雀跃。

英子回来的第一个新年，用她在农场攒下来的工资给兰芝买了一件“滑雪袄”，兰芝念过好几次，说现在的衣服做得好，又暖和又挡风，面前还是蝴蝶盘扣，英子当然说什么都要买给她的，英子在农场死存了两年的钱，觉得不够，就开始帮知青代写家书收费，再后来代写情书，日积月累很是存下了一笔钱。她要用自己的双手创造奇迹，把兰芝和小安想要的所有东西都买回来。兰芝的滑雪棉袄面浅荷色，小立领，对襟一排安着古色古香的蝴蝶盘扣，把富农的女儿打扮得漂亮极了。第二件东西是给小安的，英子剩下的钱只够买小安的了，是件呢子外套，红呢子外套，母亲的滑雪袄和小安的红呢子外套，是英子的那个年里具有爆炸性效果的杰作，没人穿过，矿上没有女人和女孩儿穿过滑花袄和呢子外套，英子是转车上百公里跑到县城去买的，顺便在城里的知青好友家住了一夜，打听招工的情况。

剪着妹妹头的小安，雪白圆脸蛋，漆黑的眼珠，再配上这件红呢子外套，荷叶状的领子，微喇叭的下摆和袖口，跟英子走在雪地里。矿上的年没有一次不是在冰雪中，山顶的冬天冷，冷得像东北一样，小安的红呢子外套和娇嫩的脸蛋在雪地里就更动人了，连英子也被她的杰作惊呆了。牵着小安的手，英子在过年期间给矿上所有有头有脸的人拜了年，不在乎他们打开门时的惊诧，她打定主意不会留在这偏远的矿山，走之前她要安置好母亲和小安的处境，她耐着性子恭维每一家的女主人，说着吉利话，让小安甜甜地叫人，她知道一点，人心都是肉长的，她还知道伸手不打笑脸人，她要给母亲留一个和平的环境度晚年。

最后来到纪树家。纪树见英子来了，喜上眉梢，他的寡妇妈反应冷淡，被他不由分说地推上前接待。英子回矿后，纪树离弃了所有追随者一心一意地讨好英子，没见到半点成效，英子总是不冷不热的，没想到她在过年时竟亲自登门，纪树高兴得不停搓着手，还傻乎乎揪小安的脸蛋，一边喊她，小美人！小安不高兴地嘸起嘴巴，英子打开纪树的手，难得温柔地看了他一眼，陪着他妈坐到火炉边说话，小安乖乖地陪坐着。纪树手插在裤兜里靠在墙上，电灯泡吊得很低，在他眼前晃着，他觉得这是一个幸福年。

英子过完年下山了一趟，来去用了五天，除了母亲谁也不知道她去了哪儿。半个月后，忽然惊雷般地传出消息，县里税务局派人到矿上来提英子的档案，英子通过了税务局的招考，成国家干部了！提走档案后要集中培训三个月，再分配工作地点。英子用闪电速度把未来安排好，纪树酩酊大醉，只喝了两个晚上英子就走了。

小安讨厌纪树。

纪树总入侵她的世界。不是在她专心致志在屋后看蚂蚁时，就是在她因为什么伤心一个人坐在花园里垂泪时。他总是忽然就出现了，看到小安后他反而还吃了一惊，你怎么坐这儿！好像小安反把他吓着了似的。有很多次他喝多了，跑到小树林来吐，还有两次他跟别人打完架，手臂受伤，跑来让小安帮他擦血，缠绷带包伤口，小安虽然又长大了一岁，这些事还不会做，纪树就吼着她教她做。

小安乖乖照做了，她知道英子走了他不舒服，矿上的姑娘都在笑他被英子甩了，就因为这个原因他让她做什么她都做了，但他不应该一直这样，而且他家又不住这儿，从天井院搬走后，纪树家搬去了黄土堡另一处房子。这小树林和花园都在小安家房后，都是属于小安的，很少有人随便闯入，除了纪树，有一天他竟搂了一个女的在花园里亲嘴，小安又羞又气，从心底里更讨厌他了，觉得她把自己干干净净的童话世界弄脏了。

小安的光阴太快乐，她最喜欢的是春天，学到一首古诗“草长莺飞二月天，拂堤杨柳醉春烟”时，矿山没有拂堤杨柳景色，她喜欢直接念第一句的四个字和第二句的后三个字，一看到从土地冒出的新芽和天上的飞鸟就要念“草长莺飞醉春烟”。晴天的日子每天都是亮黄色的，她最爱的小黄鸡，还有天上每天照着她的太阳。在学校她先是当上中队长，后来又当大队长，她的每一次领奖，上主席台学生代表发言，只要兰芝有时间就会去听去看，兰芝坐在人堆里，盯着自己的小女儿，旁边有人夸了，她谦和地一笑，眼睛里的亮光却藏不住。

当然也有忧愁，第一次看到纪树为姐姐醉酒，她就忧愁过，差点为他们俩的事落泪。好在忧愁总是天一亮后就散去，还有看电影那一类的事，电影是好的，人是多的热闹的，电影要结束时昏昏欲睡是舒服的，被兰芝背回家的那段路上是幸福的，沙沙的脚步，温暖的柔柔的母亲的肩膀，忧愁是在被安放进被窝突然醒来的时候，胸口忽然闷得难受极了，电影怎么结束得如此之快，那热闹盛大的场面怎么转瞬就消失了，那么多聚在一起的人转眼就散掉，要是能一直在兰芝的背上不醒来也好啊，怎么又偏偏醒了，空荡荡的黑夜，全都是寂寞。

这一类的忧愁只要咬牙忍一忍，第二天清晨见到太阳的那一刻也会烟消云散。重大的忧愁是类似小黄鸡死去这一类。金黄得像一朵菊花一样小的小黄鸡，在开始生蛋后不到一年就死于一场鸡瘟。它短短的生命里，为小安承受了巨大的牺牲。它是在小鸡雏时被兰芝用一只手从荒郊兜回家的，小安一眼就钟爱它，它入鸡群太晚，鸡群不接受它，每天离群索居，除了独自觅食，就是等待中午和晚上与小安的见面，特别是晚上，即使是夏季最热的一天，也要相互依偎片刻，才由小安送它回鸡笼，它习惯如此。在它死去后很长一段时间，小安写完作业坐在客厅的老藤椅上，一到黄昏时候就好像看见小黄鸡来了，踱着结实的碎步绕到屋前，跳过门槛，穿过客厅来到她面前，展翅飞上藤椅的扶手，再跳到她的怀里，这一切都真真实实曾经拥有，后来又永远地没有了，这让小安的心像刀割一样地痛苦，甚至不想活下去。

从此小安偏爱金黄这种颜色，没想到九岁时她在昌兰老师寝室认识了梵高，那本书在老师的书架上，她踩在椅子上取下书就被迷住，认识梵高使她又重重地忧愁了一次。梵高和她，虽然一个与日月同辉，一个只是一株仰视他的小草，在小安认为，那是一颗和她一模一样的灵魂，所以当他割耳朵，他得不到承认生活过得那么苦，还同情煤炭工人，最后他开枪射击自己时，小安哭起来，这次的忧愁没有在第二天缓解，过了三四天之后，才变得好受一点。

幸运的是每次心碎都有补偿。

那一天小安奉命坐在灶后面烧火，预备好煮面条招待里面喝完酒的客人。

一个年轻的客人离开了酒桌出来溜达，这个年轻人眼角的余光看见厨房的柴凳上坐了一个可爱的小姑娘，就走了过去，小姑娘恹恹地看着火，没精打采。年轻人于是笑了，蹲下来问她，你怎么了？

小安扭过脸，见到一个和矿山上的所有人都不同的年轻男人，他个子很高，即使蹲下来仍显得那么高大，他穿着套头毛衣，英气逼人，脸上荡漾着微笑，身上充满了阳光和活力。纪树也穿套头毛衣，不过纪树总是漫不经心、阴鸷邪气的，小安不喜欢。

是不是有人惹你生气了呀？年轻男人开口说话就一下触到她的伤心事，她垂下头。他又问了第二遍，你怎么了嗯？他把小安的小手捧起来暖着。小安哽咽起来，她决定把自己的不幸告诉他，他这么好。

我的小黄鸡死了，小安说。

是吗？他动容了，别太难过，以后再买一只。

我不要另外的，我只喜欢它，小安抽抽搭搭起来。

得想办法解救她，年轻人看出问题的严重性了，这是一个多愁善感的小女孩，有点曾经沧海难为水。他在柴火上坐下来，跟她肩并肩严肃地说，小黄鸡只是去另外的地方了，并没死，他对她说。

他也解释不清这个问题，据说灵魂是不死的，他相信这个。

可我亲眼看见我妈把它熬成汤了！小安停止哭泣。

那只是它的肉身，它的精神并没死，它还是很喜欢你，就像你还是很喜欢它，不信你闭上眼睛想想，它因为喜欢你，舍不得离开你，所以一直还待在你身边。

小安闭上眼睛想了想，破涕为笑，年轻男人站起来摸摸她的小脑瓜，走了。他就是小安未来的姐夫张文皓，他来矿上看望兰芝，在小安家吃饭，小安还不认识他。

英子回矿探亲，很是轰动。

英子美了，她的美从来都不是表皮的，她的皮肤不白，但那种枣蜜色，使她俏丽的脸蛋动人心魄，她信心满满，对母亲对妹妹的保护欲，使她像一朵大骨朵的带刺玫瑰，她既善良又老辣，从小在逆境中练出的机敏指引她处事。她变得更精于修饰自己，在绵羊卷发大潮中独辟蹊径地将长发烫成波浪，一个野心勃勃火热迷人的波希米亚女郎诞生了。

英子一回来就开始布置兰芝的房子，她用带回来的蕾丝花边床罩铺床，两间卧室一个天蓝，一个粉红，她把窗子缝上窗帘，桌子铺上桌布，她把兰芝的家布置得像天堂一样。邻居们络绎不绝来参观，问起她的工作，艳羡不已。分配在离县城最近的镇税务所，下一步就调到县里去，她轻松地说着，送走一拨又一拨的客人，最后送走的是大华，她把大华留在最后才让她走。她暗暗等的那个人一直没来，直到她假期最后一天的晚上，半夜时分门被敲响了，打开门一看，她惊喜地低喊了一声，纪树！

纪树来了，他来得很晚，是从山下连夜走回来的，他走了很远的路，看上去有点疲惫，眼睛却炯炯有神地盯着英子。知道我从哪儿来吗？他问。

我到县里去找你，你跑回矿了。

你就扯吧，我回来都五天了，没见过你人影。

我去省里上培训班了你不知道吗！他急，离得太远真不是好事。

英子这才明白，嗔责地推了他一把，知道上进了。

纪树耸耸肩，不也还是追不上某个人的速度吗？

英子黯然，那你今天是从省城跑到县里，又跑回来的？

是啊，纪树一屁股在她的小床上坐下。

起来坐凳子，英子把他拉起来，她上班后变得死讲干净。

今晚我要睡在这张床上，纪树点根烟叼着。英子不喜欢他这副样子，纪树笑起来，扯过她的胳膊哄着，好好，我错了我错了。纪树的眼睛很好看，睫毛密密的，像女人的眼睛，只要他乐意笑或是哄人，谁都抗拒不了。

英子的腕上戴着那块手表，她见纪树的目光也移向这块表，心随着他的目光软下来。这只当时不知道具体价钱就收下的手表，到城里后终于在商场见到，标价八十九元，而英子目前一个月的工资是十八块二，纪树送她这块表的时候——英子回忆了一下，他的工资只有几块钱。那天英子在从商场出来后喉咙哽哽的，她想纪树。

纪树说，你保护得真好，还跟新的一样。

这么贵重的东西我能不保护好吗。

纪树含着点希望问她，那你怎么打算的，我们都不小了，我还等着娶媳妇呢。他了解英子，以她的现在她不可能嫁给一个矿工。

英子不吭声，半天才说出来，我们不可能。纪树长出一口气，早说我现在儿子都有了。英子发作起来，你哪天闲着了，还怪我耽误你，你的怀里就没断过女人。

纪树一把搂过她，她使劲挣扎，逐渐没有力气，最后瘫软在他怀里，纪树才开始慢慢征服他的猎物，他亲不够地亲，把英子的脸捧住看着，眼圈红了。英子也哭了，泪珠子扑簌簌地落下来，心一横开始解衣服，纪树把她的手捏住，她甩开，哭着说，我长这么大唯一喜欢过的人就是你纪树，但我们不可能在一起，今天我就把自己交给你，算是对得起我们喜欢了一回，以后我们就各奔东西吧。

纪树把衣服给英子披上，对着她跪下来，我知道我现在这样跟你不可能，只要你答应嫁给我，我一定好好混，你等我两年！

英子腿微微发抖了，心里激烈地挣扎着，她很动心，最后却还是告诉纪树，已经有人给我介绍了县长的外甥，名字叫张文皓，人很不错。纪树人整个僵住，慢腾腾站起来，恢复了吊儿郎当，直视着英子，那我要你身子干什么，我又不缺。

英子生气地把衣服扣好，咬着牙问，你跑到这儿来，我还以为你的心里只有我，你到底跟谁了？亲近到什么分上，那样了吗？

纪树坏笑着说，艳秋，我跟她上过床，从你这儿回去我就把她给我妈娶回去。

英子的心失落万丈，气恼至极，她的脸上忽然挂起一丝冷笑，纪树，我现在发现你根本不配被我喜欢！

纪树看了英子一眼，一点也不生气，眼神温柔而又忧伤，我是配不上，你不喜欢我我喜欢你不就行了，只不过别再让我看到你，我一看到你就不行，心像被矿洞里的铁钎子刺中。

纪树摸摸英子的脸，头也不回地走了，来这儿时本来也不敢幻想什么，但跪在地上时，他感觉他真愿意用半辈子的命换她一个答应，看来还是痴心妄想。英子开门追出来时，他已经像伤心的豹子一样消失在夜幕中。

英子扑在床上哭了很久，又站到窗前对着纪树离开的方向猛哭，她愿意跟纪树亲嘴，愿意让他抱着她，但她就是不能和他结婚，她说不清是什么东西拦在心里，纪树仿佛是一件她非常非常喜欢的东西，但她不能伸手去拿，进退两难，哭了一小时后她就果断地停止了，洗脸梳头，“砰”地关上了那扇窗，她决定把这个人永远忘记。

英子关窗户的声音打在小安的心上，她什么都听见，不是故意是英子一点也不避她，她决心以后再也不讨厌纪树，他喜欢英子喜欢得那么厉害，想到他小安简直心如刀割。

英子答应了张文皓，等把她一调到县里就结婚，这个变动导致了小安在一年后永远地离开了矿上。

那是矿上无数美好夏天中的一天，小安却要离开了，家具已经全部搬到卡车上捆好，即将到来的离别让小安心如刀割，简直不能呼吸，她不明白别人为什么能笑嘻嘻的，为这件事小安开始不喜欢英子，她总是自己想怎么样就怎么样，她和兰芝在两月前决定要把自己转到县城去读书时，小安就不答应，说不想和老师还有同学分开，英子说分开后还能再相聚，而且还可以交新朋友，可小安不需要新朋友，她就爱矿上的朋友，矿上的山和树林、青草和小路。

英子亲手指挥着拆掉三人在矿上的家，小安充满忧伤地看着，然后躲开了，她只想远远地躲开这种破碎，躲开英子。英子注意到小安的抵触，她发现正在长大的小安越来越瘦，性格也变了，以前是多么可爱的小安啊，现在总躲着自己，英子把手里的活儿暂时放下，想去安慰一下妹妹，英子向小安走过去时小安开始移动，英子走到葡萄架下面小安早已一溜烟跑到学校操场去了。英子从操场开始发力，拿出自己短跑冠军的速度，终于在三楼教室外面堵住小安。英子追过去双手一撑，把她固定在墙上，两人都气喘吁吁。

你不喜欢姐姐了？英子问她。小安不看她，只摇了摇头。你从小是姐姐最喜欢的妹妹，你现在是怎么了？英子捏起她的下巴。小安顿时泪如雨下，稚气的脸上布满了与年龄不相称的哀愁，任凭英子再问任何问题也不回答，英子怅然地放开了她，她不说话自己就无法攻破她，她只有去问母亲。母亲不以为然，没什么就是这种倔强性格，跟你小时候一样。

英子发脾气，自己小时候哪是这种性格！

兰芝仔细一回忆，是的，小安是从近几个月开始的，是不是受了什么刺激，她常在半夜一个人蒙着被子发抖，黄土堡这片房子是推了坟堆盖的。

英子为妹妹而闷闷不乐，她把妹妹当珍宝一样爱护，让兰芝提前退休，举家迁到县城，同样是为了让这个宝受更好的教育，但她发现也许这确实剥夺了小安的快乐，小安像精灵一样，适合大自然，自由无羁的生活，她纯真而敏感脆弱，有着惊人的感受力和强烈的激情，她对矿山四季的色彩无限着迷，每当大雨过后一尘不染的醒目的绿，或是春天即将到来的第一棵新芽，或是天空的太阳光芒四射，让万物都发出属于自己的亮光，她的眼睛总能捕捉到，她的心灵随之激动无比。她爱自己的母亲和姐姐，爱矿上的每个人，她在被子里发抖是因为英子非要把她从矿上移走，使她一下子体会到死亡一般的痛苦，这段时间的每个深夜她容易醒来，想到死亡的问题。她真切地感受到了死亡，那是一片混沌的黑暗，永永远远的寂寞和绝望，所以她恐惧和痛苦得身体缩成一团。小安后来问过母亲，妈你怕死吗？问这话时她心里极度恐惧着将来失去母亲，母亲却只简短回答，不怕。

小安不明白兰芝为什么不怕，比起怕自己死去后永远消失在黑暗中，小安更心痛母亲死去，因为她觉得不知道有多爱兰芝，不忍心她死，如果要兰芝死，她情愿拿自己的生命去替兰芝，换她留在世界上。

现在英子和兰芝非要把她从矿上搬走，就让她体会到和死亡一样的黑暗感觉。两辆大卡车满载家具出发了，天下起雨，星夜搬家不影响邻里，路上行车也方便，因为下雨整个车顶蒙上了雨篷，车里的家具摆得跟家一样，林立的柜子间有一张床，可以睡觉，因为这一趟路要走整整七个小时。兰芝在第一辆车里招呼着，小安跟英子待在第二辆车上。车走了没多久，公路拐弯处攀上车来一个人，他是纪树。他跳上车来时，闪电伴着雷雨，“刷”地照亮他，英子一点也不吃惊，好像预料到他会来，小安有点困了，被这个跟电闪雷鸣一起到来的人惊醒，英子迎上去，跟电人抱在一起，小安睁大眼睛新奇地看着他们，于是作为他们俩的见证人，小安生命第一次看到，并明白男女离别之可怕的苦，她能明白是因为自己同样在遭受离别，只不过和他们离别的东西不一样。

纪树不要命地跳上车后，英子收容了他，帮他脱湿衣服，两个人脸上都布满了不知雨水还是泪水。纪树说，这下你飞得彻彻底底，再也不会回来了吧。英子不吭声，纪树拿出一个东西递到英子手上，借着闪电划进来的光，小安看清是一头牛，绿松石雕刻的一头牛，石料选的一块净面天蓝石头，干净极了。纪树说，发现这块石头时就想用它给你雕一件东西，想来想去雕了你的属相。纪树一口气地继续说，英子，我已经在努力，来矿上提货的北京人说我雕东西太好了，说了好几次让我到北京去工作，我问你，你愿不愿意跟我去北京英子？

纪树在做最后的努力，连小安都被他眼里闪的光吓住，英子为之动摇，手里捏着绿松石心里疯狂地斗争，她被纪树感动了，真的想不顾一切跟他上北京，纪树等了有一分钟那么久，一直眼睛冒火死死地把英子盯着，最后她还是对纪树摇了头，她说她一个人走了妈和小安她放心不下，小安很聪明，她要把小安带到城里去读书，说着英子哭起来，英子是不流泪的女孩儿，她的眼泪比油还要贵。

看到英子流泪纪树也哭了，搂住英子不停地安慰，最后他们眼角挂着泪，在车厢里哆哆嗦嗦把嘴亲到了一起。小安一声不吭坐在角落，无限酸楚地看着他们，在又一个山路拐弯来临时，纪树托起小安的下巴看着她说，去城里了好好读书，有朝一日你会长成一个有才的女孩儿。他回头最后看了英子一眼，咬咬牙跳下车，在雨中大踏步往山里走回去了。

这个夜后来雨停，满天的星星。小安遥望远去的矿山，心已经从痛苦中平静下来，她在一夜之间长大，明白了很多以前不懂的事，英子说要带她到更好的地方，兰芝肯定也这么认为，虽然她一点也不愿意，那就去吧，过去的事就都当成，草长莺飞醉春烟。

盐　罐

许莲一直没见到新局长，他到任时许莲出差未归，等她回来局长又出差了。

清早踏进办公室，扑面而来就是喧闹，许莲一个一个打招呼递礼物，出差回来的常规礼仪。她屡次渴望将来能熬上个一官半职，一个人坐一间办公室，清静一下。总是闹哄哄一天，然后一个人回到家里，家是寂寥的，黎明在北京读博已经快一年，没有男人的家显得过分安静，虽然他在家话也不多，总是一脸温和的笑，静悄悄在书房攻读，但那种情景和空屋子是完全不同的。

许莲开始经常做梦，她不会告诉任何人的一种梦境，梦到的从不是丈夫，而是不固定的一些男人，但有一种眼神很肯定，那是一双充满疼爱的眼睛，像一口老井，幽深而温暖，许莲的心在梦中悸动迷醉。见到局长的前一天晚上，许莲又做梦了，长着那双眼睛的男人，来到她的床前，俯身在她耳畔低语，许莲从梦中惊醒，赤裸着年轻光洁的身体坐在空荡荡的大床上。

第二天许莲见到新局长。

局长名叫严礼，因为起初的相互交错，许莲和他注定要以一种很奇特的方式认识，像电影里的场景一样，一个男人一个女人，在办公大楼的走廊里相遇了，许莲穿着风衣，最适合她气质的浅色风衣，随意地敞着，脖子上挂了一条丝巾，在初秋的微凉中，明暗交映的楼道里，手插在衣兜中，高跟鞋，矜持而落寞地走着。感觉到有人注目时许莲偏着头看了一下，时间停止半秒，许莲看到一双眼睛，那正是一双温和深邃的中年男人的眼睛，戴着眼镜，爱怜的眼神从镜片后面透出来，许莲心头一震，他们对峙了几秒，他先许莲而去，进了走廊尽头的那个门，每个科员最清楚不过的局长办公室。

许莲在恍惚中进到自己的办公室，这是全局最大的一间办公室，工会办公室，九个年龄不等的女人，坐着格子间在这里办公，许莲在这帮女人中最年轻，也最势力单薄，她们都有着这样那样的出身和背景，只有许莲大学毕业分配而来。

以前的机关女人是报纸清茶毛线团，现在不同，她们都比许莲时尚，她们一律使用兰蔻和香奈儿，喝着安利纽崔莱，谈着《金瓶梅》。

每到她们的闲聊时间，许莲就戴上无线耳机，用长发盖住，在音乐中上网，这会儿她看到这样一段从书籍中裁剪的语言：

> 我厌倦了贞洁又郁闷的日子，又没有勇气过堕落的生活。一种没有雄心也没有激情的金光闪闪的平庸，漫无目的，无限地周而复始的日子，缓缓地滑向死亡，不寻思原因的生活。原封不动地保存和重复世界，看来既不可取，也不可能。关于爱情，一个审慎的女人会寻思：他需要的果真是我吗？男人喜欢她，以特殊的温情和愿望想得到她，但他对别的女人就没有如此特殊的感情吗？许多恋爱的女人心甘情愿受骗；她们想无视一般包含在特殊之中，男人让她们产生幻觉，因为他一开始也有这种幻觉；他的欲望中常常有一种狂热，似乎在向时间挑战；在他想要这个女人的那一刻，他热烈地想要她，只想要她，因此，那一刻是绝对的，但那是一刻的绝对。女人受愚弄，过渡到永恒。

许莲出神地琢磨着这段话，端起茶杯抿了一口，在茶的雾气中向那帮太太看去，她们嘀嘀咕咕，然后不由自主声音大了，忽然又羞红了脸惊呼，呀！跟动物，女人跟发情的骡子，还怀孕啦！

只有一个生性直接而爱恶作剧的转向许莲，许莲许莲，你回去问问你老公，这样的状况女人能怀孕吗，会生出什么样的怪种呢？

黎明攻读的正是妇产医学博士学位，许莲在办公室也是机敏随和的，她立即摘下耳机回答说，你们要不害臊，我可立马打电话问。

算了算了，女人们笑成一团，忽然发现局长从门口过去，暂时安静了下来。

局长再次经过时进来了。

与进别的办公室不同，女人们并不十分俯首帖耳，都敷衍地寒暄着，并没人站起来，许莲也坐着没动，但她坐得很直，凝神注视着他的眼睛。仿佛有一种默契，她有恃无恐，靠在窗边，她知道有一抹夕阳洒在肩上。他风度翩翩地跟大家寒暄，然后目光越过所有，微笑地对许莲轻轻点头，他的目光让许莲知道他记得走廊的相逢，他过来也许是看她。

在他离去后办公室恢复了喧闹，女人中家世最为显赫的那位不以为然地说，县上来的。然后又说，在县里是一把手呢，人模人样的，听说作风不好，被赶到这里来的，老婆正在与他闹离婚。

许莲不动声色地坐着，目光投注在电脑上，心里却无法不起波澜。这些女人完全有资本把一个局长不放在眼里，可许莲不行也不会。但许莲什么也不会对她们说，大家坐在一起，却是世界上距离最远的人。她们享受最好的物质，说着最陈旧的词语，她们中有一大半都是从县里上来的，然后又轻蔑地看着县里人。反倒是许莲，是长在城市里的，父母都是普通教师，她高中毕业轻松考了一所985，毕业回到父母身边工作。她用不起香奈儿兰蔻，而且嫁了一个高学历只知道闷头读书的老公，但她就喜欢这么恬淡。

女人们下班前的最后一个话题把许莲真正逗乐了，她们说到丈夫的繁忙，生活上的不满，又用鄙夷的口气说，妓女倒好，天天热热闹闹有人陪，又舒服又拿钱了。许莲大笑起来，想起先头那个问题，也开始好奇，人和动物究竟会不会怀孕，她决定真的问问黎明。

许莲缓缓地漫步回到家，在固定的通话时间里给黎明讲了官太太们的笑话，并且问他会不会怀孕。黎明没回答，沉默了一下，最后却说，你们没事在一起就聊这些，许莲你这么快就不学了，将来怎么跟上我呢。以后多看看书，没有重要事的话不要天天都打电话吧。

放下电话虽然家中空无他人，许莲还是脸红了，她苦笑，黎明的回答刺开她心上那个无边无际的空洞。每天一个电话是维持心情的要素，令人怅惘的黎明，伤人的也让人爱的黎明，不会接吻的黎明，即使耍赖非要他吻，他会咬一下，真的用牙齿咬许莲的嘴唇，时间久了许莲终究感到寂寞难耐。

晚上许莲再次做梦，竟然是一个和局长长得很像的男人入梦，她被他百般照料地带到一幢唯美的小木楼，男人把许莲安排在桌边坐下，坐着时男人的鼻息渐近，吻了许莲，那一刻如同电击，梦就醒了。

许莲第一次需要到局长办公室，是为自己想参加一个律师资格考试的培训，所以要请局长的批准。单位长期不上班的也有，但许莲不是那帮太太们，不敢奢望得到特殊照顾。

坐下后许莲一口气地说，我不会影响工作我会在晚上到局里把工作补起来下午没有课也可以回来上班提升一下法律知识素养对工作也有好处希望您能批准局长。

好像料定他会批准，许莲说话时头也不抬，眼睛看着握在一起的细长的手指尖。说完后才发现他好笑地专注地看着自己，他强压笑意严肃地回答，嗯，读书是好事，看了你的档案，你很优秀许莲。

他的声音喊自己的名字有种特别的磁性，许莲想起梦里的男人，她知道自我暗示在起着强烈作用，她要淡去要摆脱，这是一个该睁开眼睛活下去的世界。局长并没打算停下，他继续说下去，像我，其实是学中文的，从政似乎很不适合我，他看着许莲的眼睛说。

许莲惊讶地张开嘴，谈话越过了界限，他把失意毫无掩饰地呈现，她应接不暇，只能在匆忙中告辞，走到门口时又被他叫住，把你的电话留下许莲，有什么工作的话找你方便一些。

许莲折回来接过他递来的笔，刷刷地写下号码。他满意地笑了，脸上露出两个浅浅的酒窝，像个孩子，许莲于是也笑了。

回到办公室稍做整理，许莲有种要逃脱牢笼的喜悦感，许莲在这张办公桌前坐够了，生活犹如死水。虽然只是暂时，许莲也想这是一个改变的机会，等拿到律师证后也许炒机关的鱿鱼，天南海北闯世界，过理想的生活。

电话在许莲陷入构想时响起来，是黎明打来的，他告诉许莲他大哥的女儿苏朵要从乡里上来住一阵，找工作，要许莲多关照一下。许莲一口答应，苏朵深受许莲的喜欢，她继承了苏家出众的外形，身体丰满，皮肤鲜嫩，带着乡下野妞的活泼和憨劲，上来陪住是个理想的小伴。

苏朵住到家里一星期后，许莲开始发现不是那么回事。

原本胖的苏朵乳房耸立得更高了，胃口却并不见得好，一开始吃饭就皱眉头。吃完饭也不像原来那样爱叽叽喳喳跟许莲说话，总一个人躲进屋睡觉。

许莲在一个晚上特地进了她的房间，灯没开，黑漆漆的竟听到苏朵蒙在被子里的抽泣声，许莲走过去她没有避开许莲，而是把许莲的手拿过去放在她的肚子上，哭得更厉害了，许莲终于明白，心疼得搂了她。

第二天早上的课没上，带苏朵上了医院。

等在人流室外面时给黎明拨了一个电话，又放下了。许莲已经问清楚，打掉的孩子是乡长儿子的，那个坏孩子说让他爸给苏朵找工作，苏朵就同意跟他好了，许莲本想跟黎明商量追责，想起苏朵改变了决定，这是一个人言可畏的世界，让这件事成为秘密，对于苏朵来说也许是最好的选择。许莲现在更明白乡里孩子为什么要努力跃龙门了，黎明就是他们中间的杰出代表，许莲决定不能让他的亲人再遭受屈辱，她决心等苏朵好了，陪她去找工作。孕育了黎明和苏朵的那片乡土许莲很喜欢，那里蓝天白云，青草碧水，鸡鸣狗吠，人儿善良，许莲爱那个地方。几年来许莲把那个地方几乎遗忘了，这一刻靠在摧毁苏朵童贞的病床上，许莲又记起来那种感觉，苏朵不再是纯净得像家乡的青草和露珠一样的孩子了，连许莲都有一种稀世珍宝被打碎的心痛，许莲无法把这件事告诉黎明。

在一个叫百乐门的歌舞厅，许莲再次遇到局长。

百乐门曾经红极一时，到两千年钟声敲响以后开始没落，年轻人的娱乐转向网络，这里成了中老年人跳舞交友的场所，许莲后来想她和学中文的局长一定是命定有缘的人，否则怎么会在这种地方相遇呢。

确定她看到的男人是局长的那一刻，许莲正从洗手间出来边走边擦手，她会到百乐门来是因为有个女友年纪轻轻却喜欢泡舞厅，两人从小一起长大。许莲喜欢和她在一起，她的个性无拘无束，许莲常希望像女友一样跳舞跳得将头发甩起来，但没有过，她还是自己的样子，在女友跟不论年龄的男舞伴如痴如醉跳着华尔兹时，她一个人走出来，梦游一样在舞厅外面的走廊里看字画，她看了一张狂草，一幅水墨画，浓淡相宜的泼墨上面鲜艳欲滴的几点红，触目惊心。许莲看完去洗手间时看到一个男人，可能因为舞厅的燥热他脱掉了外套，穿着挺括的浅蓝衬衫，从许莲身边擦肩而过往洗手间去。许莲看清他的脸时想溜走，转而又决定等他，在他返转时跟他打招呼。

许莲在门口的吧台买了两块口香糖，他来了，她未语先笑站到了他面前，局长！

她以为他会尴尬，因为这是大众娱乐场所。但他愣了一下后目光灼灼地笑起来，许莲也笑，耸了耸肩将口香糖递给他，她亮着眼睛说，专门买给您的！您怎么会在这儿！

他又笑了，眨了眨眼睛一把把糖接过去，并不回答许莲的问题。陪我进去跳舞！他轻轻搂了一下她的腰肢，以命令的口气。许莲来不及想什么，一个仓促的夜晚拉开序幕。

女友找不到许莲打来电话，许莲看了看身边的局长，只好骗她说已经走了，她被局长拉到小包间，光线比外面更黑暗，坐进去很久才互相能看见对方，局长醉了，许莲确定。他挨在许莲身边的座位，胳膊圈在她的椅子上，絮叨地和她交谈。

他并不让许莲感到紧张，因为要凑得很近说话，许莲向他讨一颗口香糖。他取出一粒来要她张嘴，她赶紧用手将糖接住，脸在黑暗中绯红，他满口酒气，许莲想他醉了并不知道自己在做什么。他把许莲拉起来跳舞，依傍在他陌生却温暖的怀抱，许莲忽然眼眶潮湿，他贴心地把她紧紧搂住了。想起梦中那双眼睛，许莲把头靠在他的肩膀上，此时萨克斯在吹奏一曲悠长的情歌，许莲开始泪流满面。

局长似乎明白一切，他沉默不语，用吻来表达，他吻去许莲的泪水，许莲的泪更多，他举起手再次擦干它们。他开始迷乱地吻，他有一只灵活的舌，游走在许莲的面颊，当它带着重重的鼻息来到许莲的颈项时，许莲如同电击，只有推开他来拒绝那个深渊，因为有梦在先，许莲对他怀着单纯的遐想，他的意外之吻来自身体，却已到达灵魂，许莲只有推开他说，局长你喝醉了！

他们回到椅子上坐下。三瓶五粮液，朋友们才喝了三分之二，他告诉许莲。

剩下的全被您给喝了。

他抿嘴笑，逐渐清醒并恢复礼仪，你怎么来这儿许莲？这是老年人的乐园，他调侃地说。

许莲正要讲起调皮的女友，舞厅的大灯亮了，他们得走了，两人都还意犹未尽，局长轻轻揽了一下许莲的腰，说可以送她，接着又提出另外一个建议，不如我们开到山里去！

许莲愿意，她想放开自己。

在他的车里，许莲见他萧萧秋夜居然鼻尖冒汗，调皮地对他说，我可以给你擦擦汗。他干脆利落回答，好的，谢谢。

许莲喜欢他的利落，从包里掏出一条雪白的绢子，对他扬了扬，白吗？他看一眼笑了，低声说，只有你才配用。许莲给他擦汗，无拘无束。

山里的夜许莲领略过，在黎明的家乡，那样的山水使她想嫁一个那种山水走出来的男孩。许莲漫步在乡村公路上，这个村子与黎明老家的不同是有这么好的公路通进来，静到寂的静，潺潺的流水，清风的声音，可以躺下来睡的平整清洁的路面，许莲有种想哭的冲动，她一直在想黎明，比什么时候都想，可身边这个男人也觉得亲切，他已不再是局长，在车上他就要许莲“你”字下面不要再加心，两个人现在不是上下级而是一男一女。

两人找到一座竹桥，竹桥有拱形的栏杆，竹桥下有一条河，河两边树木高大，树叶间竟穿梭着萤火虫！太不可思议，已是初秋天气，许莲只能认为这是一场梦境。在梦境里两个人并排走着，走到桥尽头的一棵树下，他将许莲固定在树上用他那双许莲梦中的眼睛久久看着她，许莲说，我认得你，你还没到这座城市已经到过我的梦里。

他显得惊喜，是真的？我们有缘！他把许莲一下搂进怀里。

许莲轻轻推开他，我还想再到桥上去看看，桥上的月光怎么那么好。

他孩子气地说，不去那儿太亮，你怎么对我一点感觉都没有？

许莲沉默一下说，我对你没有感觉很正常，如果感觉来得这么快那去得也一定快。但许莲的心很明白，她对局长的感觉很强烈，强烈得自己感到害怕，她告诫自己，不能爱上他。

局长慨叹，不要太约束自己许莲，你应该开放自己，解放你的身体，灵与肉需要互动。

许莲大失所望，我们现在谈的应该不是身体而是心灵，我们似乎还没有资格谈灵与肉结合。

他有点愣了，我是喜欢你的许莲！从第一眼见到你，你是我心爱的女人。

许莲不语，这句话比他急切地要求她灵肉合一还更不合时宜，他讪笑，然后迁就地拉着她往前走，他们终于干干净净靠在桥上了，并排。

你留给我的印象很深，他说。

怎么就深？

我到单位的第一天开会，你来得很晚，穿了一件长风衣。

错！许莲笑了，你来那天我不在。

后来在办公室里你披着夕阳坐在那儿，十分端庄，很美！

许莲有些感动，将头靠在了他的肩上。他伸手抚了抚许莲的长发，指着夜中苍穹之下的山黛对许莲说，看，像水墨画，我只在桂林和印度看到过这么美的山，不想今天能在家乡也看到。

许莲向山看去，夜浓得化不开，只看见圆润黝黑的一片轮廓，的确是一幅水墨，在浩阔的星空陪衬下，令人心旷神怡。他开始吟一首词：

> 纤云弄巧，飞星传恨，银汉迢迢暗度。金风玉露一相逢，便胜却人间无数。

许莲接下阕：

> 柔情似水，佳期如梦，忍顾鹊桥归路！两情若是久长时，又岂在朝朝暮暮。

许莲的眼里又有星星点点的泪花了，这是她喜欢的一阕词。

以后你叫我老严，他说。

为什么？

我就喜欢听别人叫我老严。

干吗叫老严？我送你一个名字——盐罐，许莲偏着头说，因为他的体形虽还不错，但决不清瘦，微微的肚腩，有点盐罐的味道。

你是我的亲人许莲！他惊异地扶住许莲的肩，盯住她的眼睛，你知道我在老家的绰号叫什么吗？盐罐！这个名字只在亲人中流传。

许莲遥想了一番，咯咯地笑起来。

他却沉在情绪里，依然严肃，知道我从哪儿来，知道我的事吗？

许莲摇摇头。他满腹惆怅地说，也许我不该学中文，我满腔抱负，又喜欢文艺，写过很多年的诗。我被人称为“情种县长”，你介意吗？

许莲摇摇头，体恤地在山风中替他扣好纽扣，她想起办公室太太不屑的口吻，他可真是个好欺负的人，单位的一把手没人当得像他这样，他们显得强大威仪，有着和古代帝王一样的风采。为了让他开心一点，许莲拉着他向前面一段临着大峡谷的路跑过去。奔跑对他这样的中年人来说肯定新鲜，他果然呵呵笑起来。许莲对他喊，要像我一样开心！

他做了一个出人意料的动作，把许莲整个抱起来了，抛上半空，又紧紧接在怀里，喘息地深情地对她说，你真是一个好姑娘，我愿与你同生共死。

许莲泪流满面。

距离那个夜晚一周过去，许莲却觉得已经过去很多年，局长后来把她送到小区门口，看着她上楼，许莲每天经过他车子停驻过的地方，等公交车去上班。

那个晚上分别时，他们真情真意地吻过，许莲把这件事看得很认真，每看到那个地方心里就涌起酸楚，她思念着他，一天过去就仿佛过去一世。

他们没有再联络，许莲甚至很害怕在单位遇到他，她说不清那种滋味，一走进办公室，看到那些女人，她就难以相信那个夜晚的真实性，她把这件事情看得很重很大，备受煎熬，直到她觉得彼此沉默得都太久，忽然又急于求证，她要见到他！他为什么不来找自己，难道他把一切都忘了？

许莲想出一个理由去找他，她要请他在局里给苏朵安排一个哪怕临时的工作，哪怕在会议室端茶水扫地的工作。这种想法应该是在那个晚上，当许莲知道他曾恰好是苏朵家乡的县长时就瞬间闪现过。苏朵为了能找到一份工作竟不惜金玉之身，如果能为黎明解决这件事，也是一件可喜的事，见他的愿望和帮助苏朵的愿望变得同时迫切起来。

局长办公室的门虚掩着，他坐在里面的样子很亲切，许莲极力镇定，心却波澜起伏。八天了，他理应先找自己，如果自己不来找他，就一直这样沉默下去？想到这儿许莲捂住胸口，她的心很痛。

他像没事儿，惊喜地看着许莲来到他的地盘，一再解释说好忙。

听到他说忙更令人难过，所以许莲比往日还要尊敬地喊他局长，因为她要自尊。

在许莲把苏朵作为局里家属陈述了请求后，他沉吟地问，如果不能在市里解决，回到县里怎么样？他恳切地看着许莲。

许莲当然同意，苏朵为了在乡政府当一名打字员付出这么大的代价，能到县里工作有何不可！

我在县里还有老部下，问题应该不大，你先等我安排一下。许莲心中有暖流涌起，局长，感谢你！

他感慨地凝视着许莲，你有些见外，不是告诉过你吗许莲，我在这儿看到你就像看到亲人一样。别跟我说谢，是你给了我温暖，如果我想要的更多，你舍得给我吗？

许莲向他的眼睛看去，他可真是一个难懂的人。她想他所说的更多一定指的是肉体，这样的东西她目前无法给他，她无法像他那样坦然地触碰其他人的身体。有人敲门要进来汇报工作，他匆匆嘱咐说，改天你把人带来给我看看，我会尽最大努力的。

许莲带着苏朵到局长办公室。

如果说有谁要看苏朵，许莲当然是百分百的信心，孩子实在很漂亮，连局长见到也大大地惊诧，他笑笑地说，怎么长得像舅妈呀！

许莲很得意，真的吗？她拍拍苏朵的脸蛋。局长肯定地点头，同时高兴地说，县委办主任，我的老部下刚好给我回话了，办公室缺个打资料的，先去，以后慢慢想办法进编。

许莲和苏朵忍住没有在局长办公室蹦起来，勾肩搭背回到家后，两人对苏朵将可能拥有一份不错的工作充满信心，说话都变得格外嘻嘻哈哈的，苏朵喜欢看超级女声，许莲陪着她看，苏朵支持的超女何洁许莲却不以为然。

你应该喜欢那个机器猫女生，长得不要太漂亮才能玩出灵魂音乐来！许莲躺在苏朵身后的沙发上说。然后许莲看见苏朵不理人了，给许莲一个又硬又冷的脊背，许莲笑嘻嘻去搂她，对着她的脊背感叹，苏朵你也真是痴傻的女孩，追星追得这么认真。

许莲的青春与苏朵不同，那时也有流行歌曲，但总觉得比现在的好听，也追星，但更多的时间用来迷恋书籍，在苏朵这个年龄许莲已读过太多书，以至于构建了一个精神乌托邦，毕业工作的这三年里她感觉很不好，一切和自己本以为的太不同，她不知道自己什么时候才能成功蜕变，和办公室那帮太太们一样安逸地生活。

等苏朵看完比赛，许莲挤到她的床上睡。许莲想对苏朵说点什么，就提起自己高中时班上有一个叫李菲的乡下女孩子，家里很穷，可她自己非要读书，于是利用业余时间捡破烂挣学费，平时省吃俭用，有一次正在上课忽然晕倒了，因为她早上没舍得吃饭。许莲还没讲完却发现苏朵已经呼呼入睡了。第二天晚上许莲又接着讲，有人同情她想资助她却拒绝了，她说她有一双手，能自己养活自己。

苏朵睡意蒙眬地操着家乡话说，舅妈，我觉得这个李菲如果不是个傻子，就肯定是富家里逃出来的小姐，像《罗马假日》里的公主一样，好日子过腻了，出来新鲜新鲜的。

这个故事就如此奇妙地被苏朵定了性。

许莲变得不经常给黎明打电话了，他倒经常打回来问苏朵的情况，并要许莲一定重谢帮忙办事的好人，于是许莲带着苏朵请局长吃饭。许莲趁苏朵去洗手间，把黎明交代的六千元钱拿出来送给局长，他把钱放回许莲的掌心，捧住她的手说，我高兴能为你做点事！然后温存地吻了许莲的手。

许莲混沌不清了，她感到温暖，也感到迷惑，她为自己将陷入某种不确定的东西，而忽然间强烈思念黎明。

在圣诞节时，局长终于给许莲打电话要她出来吃饭，许莲慌乱地换好衣服，坐在梳妆台前化妆，最后来到他告诉的酒楼。包间里全是一桌不相识的男人，原来都是他在县里的故交。许莲被安排在他身边坐下，犹如众星捧月，许莲略显羞涩而满心幸福，坐定很久，她才在一圈人中发现了一张熟悉的面孔，局长看许莲盯着别人看，淡淡一笑，你很有眼力嘛，这就是苏朵今后的上司，余主任。今天你可要好好敬他两杯。

许莲赶紧敬酒，为了苏朵的未来。那眼熟的年轻男人也就客客气气地喝了，一边冲着局长说虽然离开县里了，还要继续指导工作。

局长落寞地一笑，我现在还有什么资格指导工作，多谢老兄还顾念旧情，来来，喝一杯！

在两个男人觥筹交错间，许莲想起这个人是谁了，黎明的高中同学呀，当初许莲被黎明带回乡里，他还只是一个乡政府干事，他对许莲的热情和仰慕，留给了许莲美好的印象，以至于她一直记得这张脸，但这一刻他却装作根本不认识。许莲记起这一切的时候脸微微发热，坐在身边的局长以为许莲不胜酒力，让服务员把许莲的酒换成了果汁，此后许莲便得以一直被他不动声色地照料着。他并不给许莲夹菜，但把刚上的每一道菜轻轻旋转到许莲面前停驻，许莲对他感激一笑。男人们已经喝得很热闹，在室内空调的温暖里他只穿着一件衬衫，离许莲很近，发散出一股男人的体魄魅力来，许莲在微醺之中嗅着这股气息，感觉春天要来了一样，她的心变成一枚即将破土的嫩芽。

聚会散去时，许莲和局长并肩从酒楼里走出来。他安排司机去送客人，自己打车把许莲又带到上次的郊外山村。许莲开心起来，大口呼吸新鲜而微寒的空气，他挨近她走着，喝了很多酒，却并无醉意，反而是许莲语无伦次了，我还以为是局里的饭局呢，我来完全是个多余人嘛……局长看着她娇羞的样子，用手揽过她的腰，开她的玩笑，我特地让他们见识见识我市里的女人！

许莲推开他的手，不知怎么这种饭局和他的语气她都不喜欢。

三杯两盏淡酒，怎敌它，晚来风急啊，他借着山村的微寒仰天喟叹。

许莲有点想流泪，男人总是太爱呼朋唤友，欢筵散后，他也许是比自己还要寂寞的人。

今天是庆功宴啊许莲，他忽然又振作起来，苏朵的工作已经安排好，下个月一号去上班吧。

许莲高兴得想跳起来，心中似乎有音乐响起，他看着许莲的笑容，恳求地说，我们回市里去，你多陪我一会儿好吗？

在局会议室旁边有一间套房，厨房卫生间一应俱全，环境不错，许莲一直不知道他原来住在这里。进门后他就将许莲抱起来，疯狂地吻着。许莲浑身战栗，一边退避，一边无可退避地迎合。他极度冲动地呻吟，哀求着许莲，莲，给我一次，给我一次，今天你该好好安慰我报答我呀。

许莲的热情瞬间消退。他指的是苏朵的事吧，这就是他苦心经营的交换条件！他用不着哀求，两个相爱的人可以自然结合在一起。如果他真爱也可以不容分说地占有，这也不失为一种爱的勇气，许莲已经是等待燃烧的干柴。唯独他委琐的哀求声，毫不费力地熄灭了许莲心头的火焰。

许莲冷静地说不行。他继续袒露下去，许莲，你跟了我不好吗！我很喜欢你，你要是想发展，我可以提你担任科长，甚至培养你当局长。那帮女人，马上就有收拾她们的时候了，我们局要和工业局合并，市委重新拟定了编制，我们局超编三人，她们一个个都会带着丈夫来求我的。

许莲更退了一步。这并不是许莲满含心仪的那个诗意男人，这不过是时下再普通不过的一个人而已，他那迷人的眼睛发射的不再是深邃的光泽，而只是软弱庸俗和欲望。他步步靠近，渴望和她温柔缠绵，许莲只准备夺路而逃，手已经转动了门把手。

他扑上来把许莲死死搂住，浑浊的口气迎面扑来，令人生厌。许莲恐惧了，泪珠扑簌簌落下。这致命的熟稔之后的陌生感，幻灭之后的失落感，让许莲泪水涟涟，她在心里嘲笑自己竟飞蛾扑火一样，以为要发生一段刻骨铭心的爱情。

他看到许莲的眼泪，终于松了手，颓然叹道，你怎么对我一点都不动心呢，我是多么喜欢你啊。

许莲趁他松手，飞也似的逃离了这间小客房，仓皇地回到家中。

苏朵已睡了，许莲瑟瑟缩缩地钻进她的被窝，贴着她取暖。许莲不知道人与人之间看似很近的距离，竟也这样像隔了万水千山，再也算不清路程。她想起他们曾心灵契合到一同吟诗，他那双深邃柔情的眼睛也几乎整个淹没自己，她心如刀绞，努力镇定还是无法入睡，她想把苏朵叫醒，告诉她关于她的好消息，看她睡得好沉就放弃了，苏朵的手机没关，机身上的七彩灯间或闪烁，很好看。许莲无意识地把手机拿过来把玩，忽然发现苏朵的手机上有许多拨到局里的电话，那是局长办公室的电话。许莲惊诧，也许她问自己的事，这一向也是个既傻又敢作敢为的女孩子。

第二天是周末，许莲起得大早到公园漫步。在这个公园里，许莲度过了人生许多寂寞忧愁的时刻，被黎明冷落时，被工作的环境困扰伤害时，被内心的渴望笼罩时，许莲都像一个丁香姑娘，独自在公园幽长幽长的小径上彷徨。许莲回想起昨夜的表现，忽然有点歉疚，在白日阳光下许莲正一步步调整着自己的理想化，局长他对一个女人也算侠义相助，也许现在是他人生失意的时候，心急浮躁都可谅解，想到这儿她的眼睛潮湿了，她决定重新去看他，买一些营养品，她已经不可能爱上他，只想让他知道自己感激他所做的一切。

许莲结束漫步回到家时，苏朵已经不在了，贪睡的丫头今天表现还不错。许莲梳洗完毕，吃完早点，在超市大采购，像要拼命偿还他的人情一样。

局里空无一人，快到他的房间时许莲停住了脚步，犹豫起来，他的房门没有关闭，周末的办公楼空无一人，隐隐的说话声应该是他的房间发出的，他有客人。许莲犹豫中向前又走了一步，然后从那个门缝里，许莲看到了刺心的一幕，局长坐在椅子上，苏朵扭动着站在他的面前，被他亲昵地环着腰，他如痴如醉爱怜地凝视着苏朵，苏朵娇艳懵懂，神采飞扬，正妩媚含情地对他说着什么。

这一幅画面，如果除却一切不谈，竟然很温馨迷人。如果画面上的男人是个父亲，或苏朵不是许莲年仅十九岁的侄女，许莲自嘲地摇着头，男人总能毁灭女人的最后一丝幻想，她摇摇头，为自己的多情无地自容。

许莲浑身乏力地退到墙壁拐角，她要避免苏朵再次受害，给苏朵打了一个电话，说没带钥匙，要她赶快回家开门。过了一会儿许莲听见苏朵出来等电梯，许莲想象在她出来之前，他会进行的最后一个动作。

许莲在电梯门关上后，怀着有生最大的愤怒推开了他的门，她没忘记把买给他的东西放在他的桌上，然后用伤心失望的眼睛痛苦地看着他。他悔恨地对她解释，我绝对没有碰她！只是觉得和她在一起很轻松，很快乐，我只是很享受她的青春活力。我是真心喜欢你的许莲！

他的眸子里含有泪光。

许莲转身离他而去，像没有灵魂了，像自由落体，她飘出她工作数年的地方，飘荡在她从小到大的城市里，这一刻主宰她的并非对男人的爱恨情仇，她只是失落，没有着落没有依傍，直到她认出她正走在儿时放学的路上，她看到许多背着书包欢快而稚嫩的身影，才抽泣起来，她应该回去看看父母了。

送走苏朵的中午，许莲的脸色很凶。

她一声不吭凌厉的样子把苏朵吓住了，苏朵心虚地连连唤许莲，舅妈我可以再陪你几天，不是下个月一号才上班嘛。

许莲不容分说地把她推出门，自己也锁上门出来，痛心地看着她，你如果在男女之事上第三次再错，我永远也不会再原谅你的愚蠢了！

苏朵哭起来，脸羞得通红。她明白舅妈的话，她很在意这个像亲姐一样的女人，苏朵含着泪抬起脸承诺，你放心吧舅妈，我以后再也不会做错事了。

许莲感到欣慰，露出满意的笑容，她相信苏朵以后会听话，恢复她的清纯美丽。

许莲准点到达科室上班，裁减三人的消息已传出来了，女人们议论纷纷，情绪激愤。当看到许莲平静如水地坐在电脑前，不发一言，有人用白眼瞟她，许莲感觉到了。然后这个人按捺不住地抬头，人家年轻漂亮，哪舍得哟！不过也休想把我们这些兢兢业业上班的人赶走。

说话的女人是办公室里除了许莲唯一一个丈夫无权的，太太们矜持地不开口是因为她们虽然也怕，但知道谁也动不了她们，动了她们就等于动了她们的丈夫，听到这个女人的话，她们同情地看了许莲一眼，保持着缄默。许莲也以沉默面对，绝不应战，那女人继续挑衅，想依靠那种关系！我们走着瞧。

许莲忽然站起来了，苗条的身体不停发抖，她大声说，我跟任何人没有任何关系，不信我立即辞职给你们看，你们等着吧。

许莲顺手抓了一张打印纸，手指颤抖，但极度兴奋地写起来。有人过来劝，剩下的人都看着，她们觉得许莲有点像疯了。许莲凄凉地一笑，第一次发现她还是很舍不得她们的，她没有去局长办公室，把辞职报告拍在桌上，她知道自然有人会送，然后背起包，甩了甩长发走了。

许莲至今回想起来，仍觉得那一天很洒脱很悲壮。

许莲决定过自由的生活，断绝了与外界的一切联络，仅告诉了黎明一声。黎明很意外，但没说什么，只说他再过一个月才能回来，要许莲保重。

起初许莲感觉很好，她听音乐，记录了一些自由生活的感受，每天早上步行去上课，一星期后培训班放寒假了，她想找一份工作试试，先应聘了一家广告公司，经理把许莲打量了很久，犹豫不决，许莲问什么原因，他说从学历气质看你不适合我们这里。许莲问薪水得知底薪是一千八百元，她明白经理为什么犹豫了，这个工资对她来说不适合，经理说，会有年轻姑娘愿意做。

许莲的第一次求职经历告诉她，她已经不年轻了。

接着许莲决定到旅行社学习一下，许莲的一个朋友给许莲介绍了一家旅行社，许莲愿意先无偿帮忙，因为还没有导游证。色眯眯的经理把许莲一看说，没有关系，照样给薪水，我们这里的姑娘很多都没有导游证啦。

许莲直接就当上了助理，陪同一个比她年轻很多的女孩带团去云南。许莲心情愉快，做导游应该是可以养家了，路上年轻导游低劣的素质，夜总会里的说笑风格也没有影响许莲的心情。回来后她就拿到了这一次的差旅费，经理在鼓舞许莲的同时，垂涎三尺地盯着她说，小许呀，我们这儿你的气质最好，好好干！

许莲一路已经听说公司里所有的女孩，他都满怀渴望，还听说顾客可以向导游提出性服务，着急挣钱的女孩儿带团一次是收入颇丰的。许莲半信半疑地跟了第二个团，她亲眼看见游客把导游带进了他的单人间。回来后许莲立即辞了职，这种形式灵活的特色经营许莲无法接受。而且导游是一个青春职业，不可能是许莲一生的事业，这时许莲意识到，她并不知道海有多深，就纵身跳了进来。在这种心理下她更加努力地出去找工作，早出晚归。

腊八这天许莲又裹着围巾面试了两家公司，晚上回家时天已漆黑，许莲不住在市中心，通向回家的路边有很多下岗工人，用摩托车载客为生，政府明令不允许，原因是影响市容，但他们东躲西藏顽强地存在着。生活的酸甜苦辣，一个月以来许莲深深体会到，现在她需要尽快到家吃饭洗澡和使用空调取暖，她已经浑身冻僵疲惫不堪，于是决定乘坐这种摩托，一则它比计程车便宜，二则也照顾他们的生意。

就在许莲刚坐上车不久，方脸的下岗工人本来骑得稳稳当当，忽然他朝另外一个方向一拐，就玩命地跑起来，许莲吓坏了，紧紧抓住他向后一看，才知道是交警在追赶他。交警的车技一点也不逊色，一边喊话命令他停下，一边毫不留情地追赶。他非但不停，反而更快了，许莲把眼闭上，感到今天必死无疑。

在漫长恐怖的风驰电掣之后，许莲和他一同撞上了什么东西而摔倒了，许莲睁开眼睛，发现自己和他都被压在车下，而他正以一个奇特的造型让许莲终生难忘，他并不挪动他的身体，仿佛压在车下面更安全，然后他一只手护着他的爱车，另一只手高高地举着一个假肢——原来他只有一条腿！他向交警做出的这个投降姿势，震撼了许莲，他的造型很像一幅雕塑或是一幅巨型油画，他头盔下的沧桑和凌乱，蒙受羞耻但坚毅的目光，让许莲的眼泪顺着面颊汩汩流下，许莲对戴着白手套的交警说，请放过他这一次吧。

交警皱着眉盯了他们好一会儿，转身骑上车走了。

回到家后，许莲难以从生存的挫败感中逃脱出来，她几乎想像那个下岗工人一样——缴械投降。

她停止了一切努力，在黎明到家之前，她想像一只冬眠的动物，什么都不想。她不说话不吃饭不洗澡不外出，近乎不起床，只是喝一点牛奶和僵卧昏睡。昏睡中梦到局长来过，他带来鲜花，是一束野菊花，他将花插在瓶子里，然后说懂许莲的心事，要许莲不要着急，就走了。他没有过来亲昵，只留下了深邃的眼神。

许莲从梦中醒来，容颜憔悴，但却有一种新生般的新鲜，今冬第一场大雪，不知何时已将整个世界覆盖，寒冷、新鲜、陌生。纠缠许莲的绝望和郁闷可能已被冻死，她感到轻松甚至愉悦，她想人只要活着就是可以恢复的，这时她听到低弱的门铃声，就起了床，打开门一看，门外站的竟是局长，他也有些憔悴，很奇怪。他们坐到客厅里，开始了一次奇异的长聊。

他说话很简练，像一个痛苦的忏悔者，黑夜要降临了，屋里没有火，以后的很多年许莲都不会忘记这个冬雪之夜。你走得太突然太彻底，电话不接，我来过在你小区门外，但找不到你。

我想试试过另外一种生活，许莲简短回答。

从你的状态来看，暂时不顺利？他关切地问。

是的，活着是一门很大的学问。

你的位置一直留着，局里并没接受你的辞职，等你觉得可以的时候就回去上班，我把你调到监察科了。没等许莲说话，他忽然开始讲他的故事，我的一生喜欢过无数个女人，放纵自己，可除了妻子只有一个女人让我刻骨铭心，那就是被我始乱终弃的严槐，我从小一起长大的领养妹妹，我叫她槐花，她是被我们家领养的孤儿。我从没把她当亲妹妹过，邻居们大妈们也爱开玩笑，说她是我的小媳妇。小时候槐花活泼可爱，我只比她大两岁，总是奇怪为什么她撒尿要蹲着，我撒尿要站着，我对她的身体充满了好奇。我们一起长大，第一个给我取外号“盐罐”的就是槐花，我由她陪伴长成一个青年，完成恼人的发育阶段，父母都忙，我无拘无束地享受着青春，隐秘地拥有来自槐花的生理安慰。她一切都顺从于我，命运却像苔丝一样，等来的是我大学之后的抛弃，她便一直待在老家侍奉父母没有嫁人，守着我无数次中途疲累后回到家乡，施以她那一点身体的爱，我在她固执的等待中老去，她却显得比我年轻很多。每当我看到她平静的眼神，夹杂在众人中那默默地仰视，我只能让自己以亲近陌生女人来逃遁，以至于妻子终于跟我离婚。

直到遇见你！他用他的眼睛望着许莲，你长得非常像她，近乎就是她的更完美的翻版，你年轻，受现代教育，我觉得我找到理想与现实的完美结合，可当我在你的身上发现一种东西，那种与她类似的坚贞后，就立即不想和你深交了，我向你道歉我伤害了你，而你却唤醒了我，回顾一生，我发现我爱的只是一个女人，不过不愿承认罢了，晚年我希望回到家乡，或带她到城市里，伴她终老。

许莲听到此处，放眼眺望窗外漫天漫地的大雪，热泪滚滚，她的心终于获救，她流着泪转身对他说谢谢，凝视他迷人的眼睛对他说，我的感觉是对的，你是一个值得动心的男人。

他笑了。

他们心境澄明地告别。

许莲重回局里上班，黎明回来后变得热情。

除夕夜他对许莲说在北京时很想念她，然后一边说一边身体就很动情，他要让许莲怀上他的孩子。许莲很感动，失而复得的平静生活她很珍惜，许莲觉得会在他这次走后怀上他的孩子，成为一个母亲。黎明睡着后她拧开落地台灯，在昏黄光线的笼罩中，她觉得有另外一个自己，站在床边温柔而审慎地看着她和黎明。

新的一年开始时，黎明又走了，许莲上班时有一个让人意外的消息——局长结婚了。没有请客没有公开仪式，这个消息只在局里流传着。终于有一天，许莲看见他们散步，他那双迷人的眼睛含笑地看着，一个普通得不能再普通的女人，她看起来已不年轻，但是看局长时还是一种少女般的羞涩眼神。许莲莞尔一笑，她预感自己会因为那个关于爱情的故事，因为很多为生活挣扎的人们，因为腹中的婴儿，而变得越来越广袤而丰富。

他们曾经相爱

小姨安葬后的第十天熊一来到上海浦东郊区宜家墓园，既然这么多年小姨一直将他称作熊一，那么熊一就是他的名字吧。

他比我先到，我一眼就认出他，墓园地址是我按小姨生前的吩咐给的，没想到他径直就来了，事先没招呼以便接待。所有璞石来的亲戚无一不是我接待，他们对上海不熟，只有这个男人无须接待，因为没什么地方是他陌生的，当年他就从不需要向导，指挥着他的司机来到上海任何一个有名的弄堂。他毕竟在内地生活得太久，他威严，满头银发，仪表不凡，我感到奇妙，他是《老人与海》里面的渔夫，无法战胜，在精神的世界里，他还是那么自以为是，独掌乾坤。

看着他的样子，我红肿着眼睛微笑了，小姨最想见的人终于到来，而且丝毫没变，十年前他就这样，他陪同小姨来上海，那辆黑色的轿车停在我学校的门口，他从黑色轿车边踱过来，小姨穿着件异常精致的银色收腰羊绒大衣，娇小地走在他旁边，他们并肩走来时刚刚大一的我被震撼，我认为那并不是一个所谓贪官和他的情妇，那不过就是一个男人和他的女人，陪衬他们的背景是上海雾蒙蒙的天空下，他们无所畏惧的命运。所以尽管他们俩的故事在璞石被传得沸沸扬扬，我为小姨所有的隐忧一下变成多余，小姨用她骨感的手轻抚了一下我的面颊，熊一在旁边看着她露出笑容。

时光飞逝场景变换，夏天的墓园花草丰茂，一个在地下躺着，一个努力弯下腰去亲近，一样不失体面。也许这两个人之间的事我知道得太多，我无法控制眼泪，开始在这个银发男人的身后唏嘘不已，小姨去世前的这两年一直住在上海，我们无话不谈，我对熊一的了解，如同了解一部小说的男主人公。我的哽咽惊动了他，他有些衰弱地回过头，没有惊诧，他就像小姨描述的一样，永远波澜不惊。他看上去很累，嘴巴紧闭，嘴角不自觉委屈地向下撇着，眼神恍惚而忧伤，我有种侵犯了他的窘迫，几乎想隐身到树后去，但他的原本鹰一样的眼睛又醒过来了，磁性浑厚的男中音传过来，是小希吧？

我艰难地挪到他面前之前，他保持等待的姿势，殷切地注目着即将到来的姑娘，几乎每个人都说我是小姨的翻版，我明白他想看我，他果然就那样沉默地端详地看了半天，忽然说，安排我见一下老杨，小希。

老杨就是教授杨建国，是小姨去世前法定的丈夫，我母校的一名老教授，以独身和坏脾气著名。小姨四十岁认识他，四十二岁同意跟他结婚，共同生活三年他送走小姨。

我当然也熟悉杨建国，他应该算我的姨夫，我顺从地同意了熊一，他的声音是那么轻轻地，却不容置疑，这是他的魔力，小姨把它称为“土皇帝”的魔力。见完教授后他却直接走了，没有再跟我告别，我有点怅然，我很愿意和这个土皇帝聊一聊，他是我家乡楠县最著名的一任父母官，著名到尽管他已老去，楠县还有人传颂他当年的故事，著名到尽管他后来“犯错误”而入狱，他留下的文化广场，开发的温泉旅游项目，兴建的小型发电站，都依然被大家称道。我很在意他这样一个传奇人物，想和他聊一聊我的工作与生活，听听他的看法，陪他坐一坐。我现在干得不错，在安瑞德上海分公司做翻译，于情于礼我都准备好好陪他坐坐，也包括提及当年我最难时他的帮助。他陪同小姨来看我的那一次，我刚来到上海读书，家里由于母亲生病而负债累累，他从皮包里掏出一个牛皮纸信封，不容回绝地说，你收下我会很感谢你，我这是向朝阳献出我的贺礼。

牛皮纸信封里面整整五千元，我节省地用，除顺利抵抗了两年的生活费，还给母亲在上海买了两次药寄回去。可在我毕业时他已经和小姨分开，我一直记得他热情洋溢的语言，就这样心存报答却没有行动。我摇摇头甩掉对他不辞而别的黯然，开始猜想他是否如小姨猜想的那样，见到老杨一定想打听点什么，男人对女人的心属于谁，总还是耿耿于怀，何况是两头雄狮。老杨一定会激烈地讽刺他，再次宣扬女人是我杨建国的，杨建国才是她的丈夫，把他刺得血淋淋走掉。这样就好了，小姨对我说过，这样他才能放下我的死，不为我的提前离开过分伤心，他一生认准的事情从不回头，对社会和生活的热情都很高，不能再伤了，他才六十出头，还要潇洒再活上几十年才败下阵来。

小姨决定嫁给杨教授看上去很荒谬，虽然她当时病了，她并不爱这个在上海教书的东北男人，杨教授却苦苦哀求，哪怕小姨用自己的癌症抵挡，也没吓退他，他说爱一个女人本来就是想照顾她，要小姨一定让他照顾两年他死也瞑目，于是小姨再三考虑之后同意，这种决定的用意只有我知道，她是为了保护熊一。我知道小姨原本期待的是熊一出狱后他们要在一起，既然背了一辈子的骂名，就好好地正式地做一对情人，她为了他一生未嫁。没想到却在他即将获得自由前生病，而且因为生病她决定改写两人的命运，我当然从心底里很不情愿，但小姨捏捏我的手说，相信我，这么做一定是对的，如果我不嫁给别人，让他死心，我生病然后死去他会随我一起完了，他太刚又太多情，到老秉性没有改过。

看到熊一以后我开始相信小姨是对的，他那委屈的样子让我眼泪纵横，使我萌生要把他们俩的故事讲出来的欲望，我想把小姨留下来，活在纸页上，并让她爱了一生的男人陪着她，当我艰难地表述时，我感到锥心的痛楚消失了，我仿佛跟他们一起活着。

就像现在这样，我干起我并不擅长的事情，作为一个讲故事的人出现在小姨的故事里。我这才略带戏谑地记起，故事的源头在莽莽大山里，小姨和我的出生都无可炫耀，我们出生在璞石市楠县桃花乡的一个破落家庭，我的父母至今住的还是土坯房子。我和小姨操着祖辈留下的方言长大，青春期里我们先后都是丑小鸭学霸。小姨十八岁轰动一方地考上清华时，还不能算一个美人，她中等个子，有点婴儿肥，剪着短短的小子头，屁股和大腿都很结实，胸部大理石般雪白而饱满，性格羞涩腼腆，活脱一个青春期的戴安娜。

小姨接受分配回到家乡工作那天，轰动了整个小县城，县政府门口打着标语——欢迎清华高才生姚忆秋同志回到家乡工作！楠县的老百姓特地等在县政府门口，有的带着孩子，来亲眼看看这只山里飞出去的金凤凰。小姨说那天的她早已经不是十八岁的那个女孩儿，我可以想象小姨乌黑的长发束成马尾巴，带着清华给予她的书卷味，微红着脸被围观到县长办公室报到时的样子，她并不知道她本来不至于要回到穷乡僻壤，是熊一在省里开会时向教育厅要人，他说楠县需要高素质毕业生，只要是名牌大学毕业他全盘接收，县长熊一也没想到好不容易给了一个清华的，却是学文科的女生，省里这是顺手把原籍楠县没什么背景的小姨发配回来了，所以当小姨亭亭玉立站着，一双秋水般的眸子看他时，他有点意外，放下手中的电话冷冷地问，你就是姚忆秋？一边在心里骂着娘，骂那帮徇私舞弊的家伙。

小姨点点头，虽然这是家乡，她的心情还是有些低落，她也并不知道眼前是位传奇人物，只意外他的年轻，她以为当到县长都该是老头了，可他顶多四十岁，敞着领口，密密的一头浓发，目光如电。那天的熊一很忙，他的眼睛却没有遗漏小姨表情里的失落，他对上面干的这件事心里很不满意，他想要的是学经济、农业之类的，来了一个学中文的女孩儿他无法满意。他蹙着眉叫来办公室主任，让他陪着小姨先去熟悉一下环境。

桃花乡到楠县城将近两百公里路，所以小姨对楠县并不十分熟悉。这儿环境古朴，是个老县城，县东头有一个古城楼和一截古城墙，报完到后她一个人跑到古城楼眺望，想到分开的男友一片怅惘。男友是她的大学同学，家在北京，他跟父母抗争过要跟她结婚，但小姨毕业时没能留下来，所以当小姨提出分手时他的力量似乎耗尽了，抱着头不说话，小姨摸了一下他的头发走了，男友在小姨走的那天迟到，火车开动才赶到，他追着火车跑，小姨对他挥手流泪，心却放下，她知道自己爱上的其实还是一个孩子。

下午一上班小姨被叫到孙书记办公室，孙书记是楠县县委副书记，主抓党政工作，其他熊一全面负责，孙书记看上去人很和善，他语重心长地说，小姚你毕业于著名学府，那是我们国家培养人才的摇篮，好好干前途无量！本来县委是不配女秘书的，情况特殊，目前缺人，你就暂时给熊县长帮忙，叫你来主要是为了提醒你，要保持政治觉悟，不要同流合污，有情况就向我汇报！

小姨对老领导有本能的敬畏，把他的话反复想了一下。带小姨去孙书记办公室的人事科女科长回来路上向小姨解释了孙书记的意思，熊县长是个搞改革的能手，不过他的男女关系方面和自由化倾向，孙书记一直忧虑，你还是好自为之！凭着清华女生的智商和敏锐，小姨嗅到紧张的气氛，心情沉重。

她没想到的是熊县长安排了新职工欢迎仪式，沉重的感觉被一扫而空。仪式就设在县委大院食堂，主要活动是聚餐。孙书记没到，晚餐是县长熊一让司机小于通知食堂准备的。

晚饭开始之前，熊一先介绍了小姨和其他新员工，所有到场的人鼓掌欢迎。接着他开始让小姨领略自己的风采，今天还要着重提一下我们的姚忆秋小姐，来自清华回到楠县，今后要把所学所见传递给我们，让我们领略卓越。

大家鼓掌，小姨谢过之后开心地环顾，到场的基本都是年轻人，人事科长不在，气氛自由而开放，而眼前的县长是坦荡而强悍的，站在小姨身边的司机小于低声说，你和县长是校友，很多人不知道熊县长也是名牌大学毕业。

小姨瞬间无比亲切，县长还在继续讲话，中国每所知名学府都有着迷人文化，以后有机会送大家都出去进修一下，比如清华，近春园，水木清华的韵致，只有你们去了，才能领略！他兴趣盎然地吟诵起来——惠风荡繁囿，白云屯曾阿。景昃鸣禽集，水木湛清华。

参加聚餐的所有人都兴奋地鼓掌，叫好，小姨的眸子泛起泪花。她承认，县长熊一诵诗时的样子非常打动她，他让自己感到在楠县有了依靠，还有一种更重要的东西，那就是文化认同，有熊一在的楠县在小姨的心里终于落地生根。

吃饭时县长熊一再次夸赞小姨在校成绩优异，本来学校要留她任教，被自己硬挖回来，真没想到是这么美丽的一位姚小姐，大家哄笑起来，县长喜欢把所有女性都称为小姐，所有人都习惯了。这个晚上他喝了不少酒，命令小姨也喝了白酒，小姨在酒的兴奋和昏沉中，安然地开始职业生涯。

小姨喜欢上楠县的工作。

她在这儿很受宠，熊一很尊重每一位下属，下班时如果刚好在一起工作，就叫上小于一起去食堂吃饭。小于很白净，不爱说话，有一次在食堂放开水的时间，一个英俊的男孩过来帮她打开水，小姨抬头一看，是小于，她开心地笑了，打开水的龙头爱喷溅，手慢一点都不行，她每次都被烫到。小姨说谢时小于的脸红了，垂下眼帘说，熊县长交代过我平时多关照你一下。

县长熊一从酒桌回到办公室，就似乎完全不记得夸赞了小姨什么，上班八小时里他对工作人员非常严厉，对小姨更是近乎苛刻，尽管她只暂时在秘书科代班。熊一精力充沛，事实求全，一份《楠县烟叶种植情况报告》磨了她五遍，一字之差反复让她修改，工作时他像个黑脸包公，一点也不像清华温文尔雅的高才生。从同事们的嘴里小姨也逐渐知道，县长只是下派锻炼，明年可能就要调回市里，他下到县里连老婆孩子都没带来。据说县长的老子是个了不起的人物，县长其实是好人，眼里揉不得沙子，见到那种搜刮民财欺压百姓的干部就撤……

这是真的，小姨第一次随着下乡熊一就撤了一个镇长。

那天车刚开进镇子就远远看见一个人跪着，熊一让车停下步行走了过去，快步上前扶起露着病容的老乡。貌似柔顺的小姨内心是个烈女，她生于乡里长于乡里看不得穷人的苦，看到老乡的样子她的脸情不自禁涨红了，当她看向熊一时，他却面无表情，只淡淡地命令司机，把老乡扶到车上！一行人到镇上的主要事情搁置一边，老乡乘县长的车被接到镇政府调查情况，情况调查清楚后熊一勃然大怒，在镇政府当场宣布免去镇长的职务。

他是上天的宠儿，小姨总是喃喃对我说。

小姨被查出癌症，以及整个治疗阶段我都陪着她，在每完成一阶段化疗，终于平静下来不再呕吐时，就开始跟我讲熊一的故事。他工作起来不近人情，在他身边工作如同伴虎，但我的心里知道，这都不能算什么不好，包括他的所谓男女关系自由化倾向，都是别有用心的人刻意揣度而已。他一高兴会跟大家开玩笑，爱逛山水看风景，讲人文历史，大家都愿意跟着他，谁不喜欢好山好水，不喜欢快乐的有趣的灵魂呢？跟着孙书记就相反了，他太喜欢一本正经，没什么文化，脾气倔认死理。相比起来，这位是集学历背景能力与铁腕为一体的新秀，不得不承认，他是上天的宠儿，没人像他这样既能写，又能说，是改革派搞经济的高手；他喜欢跟老百姓亲近，没架子，极力把自己乡土化，下乡跟老百姓聊天时，还故意说两句方言带上个毬字。回到机关他总提议食堂经常搞点好吃的，大家聚聚增加点营养，老孙头出来挡道说这是滑向腐败，熊一他当面不反驳背后照样干，用炊事员的话——那我们熊县长尿都不尿他，熊县长又不是自己吃独食，公务员也是人也需要营养，哪像他孙书记三两天就要吃一次桂花鱼，每次都要跑到市里去给他采购。

小姨告诉我，政府大院无形地分成两派，孙派和熊派，而孙派的少数人立场不坚定，有时会自动参加熊派的会餐，熊一自己并不分孙熊，谁家里有困难他都伸手帮忙。但熊派里有几个铁杆，绝不会在年节里像别人那样，把家里的炒花生腌腊肉送到孙书记家。在楠县熊一一人之下万人之上，他是真正的土皇帝，他喜欢诛心，准确地说他以心换心。楠县的老百姓街谈巷议时都是那么自豪——那我们熊县长是大地方来的，回回电视上子（只）要他一出来，边上的人都跟土狗子一样，人家熊县长再一开口讲话，那一口儿的普通话说得比北京人不错！

不错在楠县就是不差的意思，小姨承认，他仪表堂堂，连说话声音都很好听，如果没有这样一个魅力人物存在，她在楠县的生活会失去很多色彩。他从不向她问当地土话的意思，他都听得懂，他绷着脸对着她学本地最有特色的方言，那需要舌头打卷才能发出的音，把她逗得大笑起来，他发音的地道比本地人还本地。县长熊一说，不要笑，我可做了功课的，对着镜子练。一个男人走进了一方水土，踏入一方百姓的视线，被他们挂在舌尖上，暖在心里头，他如果连一两句乡音都不会说，算什么人呢。

熊一对她最爱说的一句话是——我怎么这么傻这么喜欢你呢，姚小姐？他逗她开心时就爱叫她姚小姐，如果不知道叫什么而他又要提到的女性，他就一律暂定为马小姐。外交辞令他很少用，但偶尔也会说，谦虚谦虚，失敬失敬，久仰久仰什么的……

我在听小姨讲她的熊一时追问过，你第一次迷上他是什么时候，你那么年轻，为他一直不婚，就从来没后悔过吗？小姨平静地回答，后悔过很多次，在他同时还爱着旧情人时，在我被她的妻子羞辱时，在他入狱、我被开除公职时，为了情我们俩被描述得不堪，众叛亲离，不过我知道我并不后悔。

我和他，就开始于那个第一次陪他下乡撤掉当地镇长的夜，那晚安排住处时他对小于半风趣地说，把姚小姐放在最里那间，由我们两个男人保护。没想到夜里就真需要他的保护了。

根据小姨的讲述我知道那个春天夜晚发生的事，镇长诬陷镇上村民的儿子，致使一个带头致富的年轻人蒙冤，在被带到派出所询问的路上出车祸高位截瘫，这个不学无术仗着上面有人的镇长，在镇上干了许多坏事，拦路跪下的村民手里拿的是几十位村民联合签的告状信，熊一在镇政府了解清楚情况后，认定事实很清楚，证据也很确凿，就直接宣布撤掉他，行政手续后续再补。镇长被撤了，他的姐姐居然找来寻仇，彪悍的女人直接闯进最里面小姨的房间，手上拿的竟是家里切菜的刀，她的动静太大了使她没来得及伤人，刀刚在被子上挥舞了一下就被冲进来的人制服。

被窝里的小姨被吓得浑身瘫软，把众人遣散后熊一留下来，十分后怕，隔着被子像哄孩子一样轻轻拍了拍她的背，没事了没事了。小姨压抑了很久的委屈忽然全部流淌出来，半年了，朝夕相处风雨与共，如果说小姨对这样的县长熊一不曾心动过，那不真实。他就是个众人膜拜的偶像，而这个人这刻把奇异的温存给了她，她是现在全世界离他最近的女人。而他对自己也早已不是完全的上下级关系，他越界地体贴小姨不是第一次领略。他会在小姨终于把文件弄到完美时奖给她一个笑容，会在小姨陪他熬到很晚时感激地拍拍她的手，在一个小姨遇到大姨妈无法坚持工作的下午，他亲手送了一碗红糖米酒荷包蛋到小姨的寝室。喝完红糖米酒，小姨勉强起来到办公室继续打材料，他走进来说，不舒服就好好休息。小姨忽然眼睛亮亮地看着他，你送那种东西谁还好意思安心休息！他的脸竟微微红了，小姨快乐调皮地替他解围，谢谢县长！

但第二天他依然会因为工作当众训斥她，想到这些小姨忽然从被窝伸出胳膊搂住他的脖子，哽咽着问他，在你身边工作我的压力真的很大。我出生在农村本来没有娇惯自己的毛病，上大学时也是很拼的，可现在的职业好像不是我向往的，告诉你，我是最想成为一名大学老师的！

熊一于是笑了，他笑起来时很好看，他帮小姨拂开散在脸颊的头发，微笑地怜爱地看着她说，我正是看到你肯努力能吃苦，才想把你炼得更好，你很踏实，我很喜欢！我想把你炼得更好是因为我不想让别人再炼你了，你就从我手上飞起来，以后会得到适当的自由，做自己想做的事，去当大学老师也不是不可能，行吗？他凝视着小姨，充满真诚。

小姨惊讶地抬起眼看他，他在这时却松开了她，捏了捏她的胳膊不再聊下去，嘱咐她闩好门记住他的话，道声晚安走了。小姨起床在窗前站着，院子里镇派出所已调了两个民警，在转来转去。这里跟楠县的每一个乡镇的气候都一样，山体的森林覆盖率达到百分之九十，空气清新，夜间可以借着月光看见露珠。

小姨开始觉得自己一点也不了解男人。在绞尽脑汁地琢磨熊一时，她已经不能再把他纯粹当成上司，她从理论上接受拥抱不是只用来表达爱情，然而她却发现自己骨子里属于桃花乡的，那甚至还含有男女授受不亲的男女观一直存在，出生在山乡的人永远爱守着肢体的规矩，无法逾越和改变，而像他那样的男人，似乎并不把一个拥抱看得过于认真。所以在他被搂住脖子而被动地拥抱她之后，她就开始了，尽管他并没有留下再多一点的暗示，可小姨开始昏天黑地思念他，哪怕每天见无数次面，他布置工作，忙得没时间抬眼看她，关注她在想什么。

小姨继而开始变瘦，瘦得很多人都问她是不是不服水土，小姨谦虚地一笑，土生土长，哪会不服水土！有一天她躺在寝室里，有人敲门，她在幻想中激动地把门打开，发现是小于，小于抓抓头笑了，我看你也不到食堂吃饭，就给你打了一份。

小姨准备说谢谢，小于已经走了，她自嘲地笑了，知道自己必须振作起来。

后来熊一才对小姨说知道她的难过，他那时比小姨还要矛盾，努力克制自己害怕出错。他抚着小姨的头发说，你来到楠县，把我整个弄蒙了，我对书读得好的女孩儿常常不敢恭维，而你不同，你身上蕴含了许多东西，有时我甚至看到你走进我的办公室，心情就美好起来。我好傻我怎么这么喜欢你！

拿刀想砍人的镇长姐姐，回到县里后熊一让镇派出所把她放了，镇长交给县纪委处理。那女人可不是小事啊，比她弟的罪不小哩，县长你这是太姑息她了！小于很气愤。熊一好玩地看着他的小司机，他已看出小于那点心思了，小于是本地出产的瘦条漂亮男孩，直率单纯，皮肤很白。楠县山区的人都很白，因为水土非常好，他曾在一次下乡时专门绕到桃花乡去，天高地阔，太偏远的乡人也认不得县长，所以他悠哉地逛了一大圈，最后绕到我的父母、小姨的哥嫂家了。他回来后告诉小姨，你嫂子正在喂猪，看到有人，嘴里吆喝着猪猡吃食，眼睛盯着我这个陌生人。小姨心里很甜，熊一接着说，桃花乡的人个个挺好看呢，我看我们县政府有喜欢你的人。

对于小于的气愤，熊一认真地对他解释说，根据我的判断她根本不敢伤人，就是我们站着不动，她最终也只是在被子上比画两下而已。女人头发长见识短正常，但动了她却事关一个大家庭的正常运转，女人总是家庭幸福的核心人物，你说呢？小于点头，心里佩服县长的大度，他知道县长没心思想这些，楠县的雨季要到了，每年楠河沿岸都要毁庄稼，死几个汛期不肯听从指挥的百姓，县长在会上说了今年不想死一个百姓，六七八三个月工作的重点在防洪。小姨也在会上听到了，她想有的人是来世间爱另一些人的，有的人是来世间找那个将毕生爱着的人的，比如自己。

防汛工作开始了，秘书的岗位依然空缺，小姨依然替补。

由于熊一，她已经喜欢上在基层工作。熊一决定要把楠县三百多个村镇跑一遍，首要抓防洪，次要看地貌水土经济发展结构，扶持特色企业，经济农作物，最后他要找人才，他想建电站。小姨在心里默默想，一个只是下来锻炼一下的未来市长，怎么还有这么多的计划，这么多的雄心壮志？既然他要做的事那就做吧，愿意随他千山万水，哪怕永远都不停下来。

孙书记批准了熊一的工作，一帮人明天就要动身去防洪的第一站，楠县最南的陈庄，跟天水县接壤，天水在楠河上游，地势比楠县高，老百姓又称石头县，天水县的山石头多土壤薄，只长些瘦瘦的马尾松。到了雨季更是不锁水，恶性循环，又旱又涝，而雨季天水水库泄洪的第一站就直接到陈庄。

熊一的决心真大，陈庄距县政府八九百公里，两天的路程，莽莽的大山弯曲的山路，第一天时还勉强，第二天一上路小姨就开始晕车，弯道太多，小于已经尽量慢了，她还是七八里就停下来吐一次，吐出的胃液颜色都发绿了。小于跳下车给她拍背，熊一却坐在车里一动不动地看着，等她吐完了他才对小于说，你忙成这样我们别指望天黑赶到了！他对小于挤挤眼睛，好整以暇。

小于脸红了，那咋办呢县长，晕车确实难受。熊一扔掉烟头跟小于打商量，要不这样你看行不行，于师傅？我替你照顾她，你专心开车！小于抓了抓头扑哧笑了，那咋不行呢，县长。

小姨昏沉地闭上眼睛不想再看他了，他表现得无情又可恶，并且他说到做到，真的从副驾挪到后座，那股强烈的男性荷尔蒙气息和他的烟味混在一起，他的体味，几乎立即唤醒了她身体的每一个细胞，她的神经因为紧张也猛然醒过来，她红着脸坐直身子，捋平散在车座上的裙子，他无声地怜惜地看了她一眼，以后下乡的标配是平底鞋，上衣长裤，说完安适地把他的肩膀跟她的并在一起靠着。

她感到羞耻，这是第一次需要长达半个月的下乡，为了显得好看而不着痕迹，她出发前左右权衡过，却没想到晕车这么严重，完全顾不上风度，穿裙子跟揉腌菜无异。为了减轻这种缺乏职业精神的羞耻感，她主动道歉，对不起是我没考虑周到。他点点头，你是自由的爱怎么美怎么美吧，别真的弄成清华老处女的样子。下次我回市里时，你也跟上，让小于陪你买两套工作西装，开发票报销。

小姨点点头，又赶快摇摇头，他说到最后一句又在用开玩笑的语气，熊一指着小于说，你告诉她我是不是说假话骗人的！小于嘻嘻笑着证实，是真的是真的，县长规定每个新员工可以公费买两套职业装。小姨看着熊一笑了，他忽然把她纤细透明的手拿起来，掐住她食指与拇指之间的合谷穴，据说这样管用，他目视前方说，她只好任由他掐着。晕车医学称晕动症，人的内耳里面有个前庭器，隶属第八对脑神经，是人体平衡感受器官，传递汽车启动加速、船舶晃动颠簸、电梯或飞机升降时的刺激，他饶有兴致娓娓对小姨讲着，小姨默默无声快乐地听着。每个人耐受力不同，受遗传因素、体质心情、空气质量等的影响，你年轻，发作一次耐受力增加，下次就好了。他讲完时小姨正目不转睛地笑望着他，两人于是相视一笑。

小姨的晕动症就这样从此好了，车也到达陈庄。陈庄的乡政府不知道县长要来，陈庄水文站倒有一个人在等他们，他叫卢俊文。寂寥的山路上，熊一和小姨两个人借着夜色手一直握在一起，手握在一起时，熊一告诉小姨今晚在陈庄水文站住一晚。他告诉小姨他也特地来寻这个卢俊文，他的内线，他在璞石市政府他们就认识，那年他从市政府下乡扶贫住卢俊文的寝室，弄得卢俊文到老乡家里去借住。熊一跟小姨讲当年的故事：我住的第二天发现卢俊文爱看小说，寝室里堆了很多小说杂志，随手拿起一本一翻就读到了一篇当年的好小说《嘴唇》，我听说过这篇，因为很快禁了所以没读到，没想在这深山老坳给找到了，杂志的主人而且每页都用红笔在精彩句子下面画着红线，旁边批着体会。

小姨惊喜的声音从蜿蜒行走在乡间的幽暗吉普车里发出来，呀！我也想读！

我一夜没睡一口气读完，连那些红字一起。第二天一早就去水文站找爱读书的卢俊文，要跟他一起吃一起睡，秉烛夜谈。刚开始他挺不自在，闷声不吭，我想逼他说话，吃完晚饭我把那本书拿出来吓唬他，你怎么私藏禁书呢？

玩笑开大了，卢俊文面色煞白，冷汗直流，我立即道歉才缓过他的气，从此我们成了莫逆之交。

小姨听着这个故事村口到了，柳树下黑黢黢站着一个人，他就是卢俊文。

山里的夜静得太孤寂，黑得太浓烈，小姨庆幸她毕业没留在北京也没留在省城，而是回来重温着故乡，熊一总说这里太美他爱这一片土地，她却没有深切感受，好像童年就没有好好过过，她仿佛是从生下来就开始发奋读书似的，现在她终于有时间在黑漆漆的夜里，听着虫子的叫声，托着腮打瞌睡了。小姨坐在水文站院子里打盹，她在等出去的男人们，一边头一点一点地打瞌睡。熊一跟卢俊文已经兴致勃勃地出去一个小时了，木门“吱呀”一声终于打开时，三个男人笑吟吟的，卢俊文走过来歉疚地对她说，今晚要委屈你一下，跟隔壁房里的胖嫂将就一晚。

小姨跟着卢俊文往隔壁的房屋走去，回过头看熊一时，他已不像个县长，像个乡里的调皮青年，跟好哥们儿见面了，兴致勃勃意气风发。

卢俊文从来没成为小姨的朋友，卢俊文对熊一的爱有种女人的气息，他对熊一言听计从，赤胆忠心，而熊一把卢俊文视为在楠县最好的朋友，同吃同住，亲如一体。小姨跨进了胖嫂的寝室，乡里的房子不严格分单位，胖嫂是供销社职工，上班时离家远就住水文站院里。胖嫂容忍她睡下后，毫不客气地把自己的身子也丢在床上，占走木床的三分之二。隔壁两个男人的亲密交谈直到半夜，由于山里的静寂，隐隐约约一直能听见，她无法入睡，静静躺着一动不动，对一个疲倦与清瘦的身体这不难做到，胖嫂却也在呼呼睡一觉后醒来了，听到密谈的声音，她竟然也在床上辗转反侧起来，过了一会儿还悄然坐起来观察小姨睡着没有，小姨立即闭上眼睛均匀呼吸，胖嫂这时戏剧性地起床了，她蹑手蹑脚走到隔壁门前，把耳朵贴上去听了听，又回到屋里，隔壁的声音大了一点，胖嫂于是又出去了，这次她把胖胖的身子蜷缩到隔壁的窗户下面，打算听出个究竟，这时小姨发现从胖嫂的后门摸进来一个黑影，她惊得坐起来，来人捂住小姨的嘴巴赶紧说，是我！

是熊一，他拉起小姨就往卢俊文的屋里走，示意她小声，然后说要让她看一场好戏。熊一笑嘻嘻地把小姨拉到窗边，蹑手蹑脚递给她一盆水，然后回到床上继续跟卢俊文说话，声音分贝忽然提高，熊一对卢俊文说，隔壁的胖嫂是个好人啊！他说着就示意小姨开始泼水。卢俊文说，那是！我光身汉在这儿，得了她不少照应。卢俊文也示意泼水，小姨还是没把水泼下去，熊一又说，这么好的女人应该向上级汇报表彰！

然后他示意卢俊文说话，自己亲自跑到窗边，从身后扶起小姨的胳膊，两人一起把那盆水"哗"地兜头浇下去，窗户下面的胖嫂一声尖叫，落汤鸡般跑回自己屋子，那边他还在窗口说，卢俊文你们这儿夜里窗户底下还睡野猫子？

嗯，常有，卢俊文回答。熊一这当口已经从容不迫地把小姨送到后门口，你就说解手了！小姨回屋时胖嫂忙着擦身根本没问她，小姨钻进被窝，在床上无声地笑起来，笑得床都能跟着抖起来。

第二天清晨终于见到熊一时，小姨迫不及待想聊这件事，熊一被小姨清脆的笑声感染，也笑起来。你可是县长！她抬起脸对他说。

这办法取之于民用之于民，他吊儿郎当地回答，专治那些盯梢告密之徒。

小姨替胖嫂辩解，也许胖嫂只是喜欢卢俊文，想听他房里是不是来了女人。

你这种思维方式倒也能切中主题，他饶有兴味地看着她，胖嫂确实想和卢俊文发生关系，不过知道卢俊文为什么那么害怕她听墙吗？因为胖嫂在运动中检举过他，不然以卢俊文的才干早都调到城里去了，算是毁了卢俊文半生。他们俩年轻时就一起在这儿工作，算是两个相邻十几年的伴儿，胖嫂却又想跟卢俊文那个又要检举他。

小姨感到不可思议，她难以把这两种状态整合到一个人身上，熊一告诉她，特殊的时代特殊的人性，这就是造物主的神奇。他整完了胖嫂依然跟她寒暄，似乎一切都无所谓，而小姨却不愿意在吃早饭时再看胖嫂一眼。

这就是我和熊一的不同，也许这也是男与女的不同，小姨在这个故事的末尾对我说。

后来遇到熊一对我承认依然爱大学时的初恋情人，我再一次觉得不可思议，一个人不可能有两颗心！我泪流满面地控诉他。一个男人怎么做到可以同时跟两个女人来往！小姨激烈地宣称要离开他，熊一痛苦而坦诚地对小姨说，我不觉得我有错，我爱着你，但并不是就一定要把内心其他的感情赶尽杀绝。

我和小姨在感性上一致，理性上我同意熊一，但同意不代表接受。我对小姨说，我绝不会和同时还爱着其他女人的男人纠缠太久。小姨看着我淡淡一笑，如果你真的爱一个男人，你会！我就是这样在与熊一的磋磨和交融中，变得对生活让步，对人性包容，可以说我毕业于熊一这所学校。

小姨接着对我讲后面的故事。

雨季来了，熊一的乡镇视察并不都像去陈庄那样有趣，雨泥泞了熊一的路，他忧心忡忡。也弄湿了小姨的心，她只觉得雨全部都下在自己的心上，从下雨开始他对她不闻不问，完全一副上级对下属的公事公办，她受不了他的反复无常，如果他并不爱她，又为什么拥抱牵手呢，她知道他是忙是忧虑，可她满脑子还是这样的蠢问题，最后她脆弱得快神经质了，难道他只是逢场作戏家常便饭！小姨的眼神越来越忧郁，忧郁中又透出骄傲和倔强，她倔强地不走近他，除了工作剩下的时间独来独往，直到黄坪乡的暴雨之夜。

关于暴雨，卢俊文一定预知，他赶到了黄坪住下来，加上黄坪的干部，彻夜地研究治水的方案。小姨幽怨地经过他们俩说话的办公室，准备到河边看看，小于从哪儿跟上来的她完全不知道，这个给小姨的人生注入永远伤痛的漂亮小伙子，在小姨临终时也不忘提到他。我不能不在熊一和小姨的故事里多嘴多舌，小姨对另一个世界的小于的惦念，使我眼里的泪水曾一次次落下。小姨对我说，如果在你还年轻时有一个男人为你死去，那一瞬即是永恒，对于你长长的一生他是配角却也成了永远的主角，充斥在心里的爱情没来得及遭遇拒绝，就被勇于牺牲的美好秉性定格成极美，我并不爱小于，但我后来对大家承认他是我男朋友。

也许就是这种极美的暗示，成就了她对熊一毕生的感情。

在那个百年不遇的暴雨之夜，小于就这样跟上小姨，他把手上早准备好的雨衣递给小姨，眼睛亮晶晶想说什么，小姨感激地对他一笑，把脚步加到很快使他什么都不能说。河边有按照吩咐加固河堤的农民，一个年轻农民干着活，小女儿守在旁边玩儿。水似乎突然间变得湍急，小于在后面说，坏了，情况有点不对！你快回去跟熊县长报告一下！

说话的瞬间一个一人高的浪头席卷而来，小姨看着那个年轻的农民和他的女儿顷刻被水浪卷走，她终于明白发生了什么，小女孩惊慌的呼喊激起她强烈的母性，小姨什么也没想，向水上那个小黑影冲过去，小于在后面大声叫着，忆秋，你不能去，我去我去！

小于在世界上的最后一句话是对小姨说的，小姨起初一直认为这对她是个太残酷的事实，她宁可自己死去，他本可以找个适合他的姑娘度过不错的一生，而他却为了救她和那个小女孩，把一切都毁了。小于的尸体捞回来时熊一脸色惨白，幸存的护堤农民说，熊县长的司机和秘书都是好人哟，要救张家小女儿，连熊县长都要往水里去，我们死活把他拉住了。

小姨生不如死地跟着熊一奔波了十五天后回到楠县政府大院。尽管全力补救，这一场洪灾，从陈庄到黄坪乡，一共受灾五个镇十三个乡，冲毁农户房屋二十一家，溺水身亡二十四人，在孙书记的主持下，实际上报受灾面积为五个乡，毁坏农舍为三间，溺水七人。市委工作组在县政府待了两天，按照孙书记统计上报的数据报上去，然后返回了。老孙头转过脸开始在内部贬斥熊一，而熊一像死人一样地沉默着，大家担心熊县长，是个人都能理解他的心情，连老孙头的脾气发着发着也住了口，他一向不喜欢这个爱出风头、狂妄自大不把老领导放在眼里的年轻干部，不过那小子沉默的样子让他有点发怵，他看上去就像一座沉默的火山。

小姨一直坚持她和熊一是结过婚的，她有过一个新婚之夜。

当她和熊一隐秘而大胆的恋情发展到高峰时，她也曾遗憾没有婚姻，熊一确定地说，我们这么相爱还不算是结婚吗？其实她并不真的渴望结婚，如果没有小于的死她也许渴望，小于刚刚去世时，他的妈妈要求见一见小姨。她和小于一样白皙漂亮，而小姨却目光躲闪，毫无力量迎接那心碎的母亲。

小于妈妈端详了小姨很久，平静地开口了，人都是命姑娘，我不会怪你的，早听说你不是一般女孩，你知道吗？我儿子从你来到楠县就告诉我他喜欢你，我极力打破，告诉他你们俩不可能，没想到他还是痴心到这种程度，你放心我绝不会追究，我想他走的时候是满足的，为了救自己心爱的姑娘，没什么可遗憾的。

小姨泣不成声，小于妈妈继续说，以后我想儿子时可以常看看你吗？她的眼里充满无助。小姨跪下来伏在她的腿上点头同意。

小姨送走于妈妈后感到自己是个罪人，她瘫坐着，精神面临崩溃，这是一笔无法偿还的债，她太孤独了，需要去找唯一的同盟军，尽管从出事后他简直变了一个人。她开始从三楼自己的寝室往五楼出发，在夜里。门没锁，她轻轻一推就开。

熊一呆立在窗前。

看着一个伟岸的男人憔悴，可以让同样处于垂死命运的女人瞬间产生求生的勇气。她记起她听过的一个故事，一只哺乳期的狐狸被猎人的套子夹住了，它苦苦挣扎急于赶回家给孩子喂奶，在努力无果后它毅然咬断被夹住的那条腿，一路淋血回到巢中。

熊一扭过头时眼神像绝望的幼兽，小姨心碎了，她走上去试图用纤细的胳膊搂抱他，却被他推开，他痛苦得无法慰藉，他还不是一个见惯风雨的老练政客，他的心灵被二十多条生命，被过分的悲悯、过度的自责攫住了，她只能再次上去，扬起满脸的泪水，让他看到她一样痛苦的眼睛，知道他在世上有一个同盟军，他终于看到她，他号叫了一声然后大哭起来，不顾身份恢复他的原始本能，尽情哀悼他的百姓，他政治生命中的第一场败仗，她静默地陪伴着，灵魂在瞬间成长和苍老，从此一己私情对小姨是件最大也最小的事。她预感这个受了伤四面楚歌的男人，复原后一定会发生很大的变化。

当晚在政府大院的人一定都听到县长的声音，但所有人都保持了缄默。熊一倒尽苦水后一脚踢上门，搂住了小姨。小姨甘愿被他剥光，她甘愿像哺乳的狐狸妈妈一样被他吮吸，他紧紧贴在她年轻美丽赤裸的身体上，一遍遍吮吸她，占据她，直到两个人都因为肉体强烈的刺激，而心灵平复下来。

他温存起来，用工作人员为他缝制的大红被面的薄棉被覆盖住她雪白的身体，隔着被子搂住她问，你恨我吗？我离不了婚，娶不了你。

小姨看了一眼身上的红色被面，坚定地回答，我知道，就这样吧，我很愿意。

他抚摸着她的脸流下一串眼泪，小姨用手指去揩着对他说，和大学的男朋友分手后我就开始对婚姻并不向往，小于的死使我确定了我的独身主义，人生苦短，没人规定必须每个人都一样。熊一赞同地听完，沉吟片刻对她说，那就做我的女人吧。小姨点点头，像新娘一样娇羞，熊一于是感激地紧紧地搂抱着属于他的女人。

小姨一直没有升迁，因为做了熊一的女人。

她维持着轰动楠县时的公众形象，清丽脱俗，高不可攀。楠县老百姓总认为这样的文状元是不会在小地方一直待着的，就像熊县长，都是早晚要走的人。对于她的不谈恋爱不结婚，人们纷纷地议论，说是为了死去的小于，小姨不回应任何谣言，她主动去看望于妈妈，这种猜测变成结论，她似乎成了小于的未亡人。小姨丝毫也不介意，挤在人群中，结婚、生子忙碌一生，对她变得毫无吸引力。

另一种幸福生活似乎开始了。

小姨和熊一两个人寻找一切机会，还是一两个月才能幽会一次，他们需要一处众人视线之外的房子。过了一阵熊一拿钱来了，要她买房。小姨一再追问钱的来历，熊一告诉她是卖文章的钱。一篇文章能卖那么多钱！她惊诧。熊一说以后要把她带到沿海开放城市生活，那里的经济很活跃，他把文章卖给一个家族做生意的大学同学，同学准备进军仕途，手上没有像样的资历。她笑了，为买房子她也不谋而合卖过文章，不过价钱是熊一的十分之一，这就是区别！熊一调侃她。这件不谋而合的事给予她甜蜜感，她喜欢熊一给她钱，又忧虑着这样是否合适。

熊一说两个人避开世人的口水，能幸福多久就多久，最好一生一世！她喜欢听他这么说，她拿着熊一给的钱，用心地在县城郊区找了一处带庭院的房子，她给房子取了一个名字叫馨园，这也是熊一的家，熊一熬不住思念时就会归家，除此她决不召唤他，他不来时她利用所有空闲时间读书，思考工作的问题，她已不在熊一身边工作，调入县委宣传部。

她练就了一身的本领，在会议上发言，跟各级的领导汇报工作，下乡闲暇中深入各个小乡镇的文化馆，研究地方戏曲、山腔小调，把它们做成文艺节目，搬上舞台，带到省里去会演，在两人同居的第一个年末，小姨的节目获得省文艺会演一等奖。

熊一参加完省里的年末团拜，晚上很晚还是赶回馨园，他一进门就压在她的身上，刮她的鼻子，亲着她的脸蛋说，小家伙，我还担心你独居寂寞，没想到你把寂寞的生活过得有滋有味。她享受着他的亲吻，从桌上拿过一沓资料迫切地递给他，你的！她把她的爱都化成这些东西赠送他，熊一发现那是他一直准备让秘书科写出来向上提交的一份《楠河上游治理方案》，熊一狼吞虎咽地读完，虽然里面的内容都是熊一躺着闲聊时对她说的，但她一一查过资料，又找水利专家求教过，有了这篇材料，上次洪灾的根本原因不攻自破，天水县增修两到三座大型水库蓄水，并建水渠，引水灌溉，一举解决旱涝问题。两个人深夜还在促膝交谈，熊一问，你知道我跟你说的想法里有一半是谁的吗，卢俊文，他是个人才，那晚他赶到黄坪就是觉得要出事，陈庄地势比黄坪高，农民对天水的泄洪也都有警惕。她微笑，因为他终于能平静地谈那次洪灾，谈完后他困了，歪在她的怀里安稳地睡着。静静的雪夜，就这样静静地度过，两人在楠县的时光中多半都这样，在她温柔悱恻的等待中他终于来了，但很累，歪在她怀里睡一觉又匆匆地走。

熊一每次都带东西来，漂亮的琥珀，全竹的茶壶，据说改变酸碱度的水杯，买给她母亲坐的太师椅，甚至床单、鸭绒被。他极力想象一个丈夫，给他的女人一个温暖的家，小姨体味着其中的快乐，从不言谢，生命仿佛静止下来，她深切地感到活着的好。

熊一恢复了昔日的风采，当然他也常参加文化局的重要活动。人们已经渐渐忘掉了小姨的学历背景，她的清心寡欲为她争取到了一份自由天地。但也有人不会放过任何可以大做文章的蛛丝马迹，来传说这两个在楠县都可谓传说的人，灾难终将降临，小姨对此甚至有心理准备。

她艰难地回忆那一次见面，那是她第一次也是唯一一次见到熊一的夫人，那天她正在局里上班，熊一的夫人让县政府招待所工作人员请她去一下，小姨还能清晰地回忆她的容貌，虽然算是徐娘半老，可以毫不费力地判断出年轻时曾貌美，她有一种被宠坏的莽撞，不加以思索的冲动，所以当小姨来到她的房间，她快步地几乎是一下子就站到小姨的面前，在窗外阳光的笼罩中，她盯住小姨的脸，问了声，你就是姚忆秋？小姨不安地微笑地点头，她以无法躲闪的速度一耳光挥到了小姨的脸上。她很会选，这么一个无人打扰的环境，一切可以发生过也可以否认发生过。

但熊一毕竟是赶过来了，他后来一直后悔没能保护她，他心如刀割地看着小姨的脸，把妻子推走了，耻辱留给了小姨一个人，这晚熊一没回来，接着有一周的时间一直没回来。

听说他夫人回去后闹得很厉害，还服了安定自杀，熊一的司机小赵来看小姨时委婉转达，小姨听懂了，一连很多天她神思恍惚，文化局没人渲染这件事，因为她从不妨碍任何人的利益，从来给所有人帮忙，有求必应。她忧虑的是熊一，听说孙书记收到熊一夫人的举报信后，在熊一出差缺席的情况下，开党委会批评得很严厉，要求纪委调查。纪委书记站出来说，凭着一封信，都还没调查是什么事，孙书记怎么就说了这么多，我认为就是确实有生活问题，也应该酌情处置，毕竟都是为楠县做了贡献的人。

老孙头并没有坚持调查，他只是去了趟市里，熊一的副市长任命搁置下来，却正逢老孙头到了退休年龄，过了半年熊一被拟定接任楠县县委副书记，三十九岁，楠县历史上最年轻的书记。

小姨一直不知道被人们传说的熊一的初恋情人离自己并不遥远，名叫张庆龄，旅游局曾经的大家闺秀、才女，旅游局局长。一次终于碰到一起的时机，熊一在会议室只剩下他们俩时向她祝贺，不食人间烟火的仙女，也终于在仕途顺利发展了！

她回敬了一句触动熊一神经的话，我离婚了老熊！说完她扔下熊一走了，她就是这么个说走就走、我行我素的女人。熊一呆立一会儿，才缓缓离开。

接下来却像上天注定，熊一想做的事都需要旅游局协助。两年里熊一多次研究过楠县的温泉，老孙头在位时不许他动，严令禁止搞什么温泉度假村，把好好的一点温泉水糟蹋坏，老孙头坚信温泉不可能多到熊一说的那样，更不能说假话骗人，另外他个人也极喜欢泡温泉。现在老孙头无法再压制他了，他的想法也已成熟，熊一认定发展旅游最有利于山城的建设，不破坏环境生态，反而美化环境，也可以让楠县人腰包鼓起来，开开眼界。

多年以后的小姨讲到那段往事依然有些伤感，小姨伤感地叹息一声，她来了，旅游局的局长、熊一的初恋出现在熊一的大事上，陪同省委市委的一行领导到楠县来考察温泉旅游项目，她的名字叫张庆龄。

在晚宴上小姨还什么都不知道，张庆龄风度翩翩，小姨喜欢她的博学和气质，这是她在本地见到的最杰出的女性，她喜欢她的一切。我问，那后来呢？小姨承认当知道他们的关系时自己伤感了，在发展温泉旅游的那两年，熊一从未断过与张的来往，却对自己只字未提，让自己的自尊毫无容身之处。

而那次初见面的宴会是一场真正的宴会，至少是她来到楠县以来见到的最高规格，因为经过这一行人中某些人一签字，财政厅的拨款确定下来，熊一的大事就可以轰轰烈烈做起来了。宴席上张庆龄应付得从容优雅，小姨却慌乱青涩，官员们毫不掩饰对在座两位知识女性的惊艳，那晚的小姨遵照熊一的吩咐为自己购置了一件旗袍，并把长发盘起来，淡妆粉黛。她不适应自己的装扮，熊一却很满意，说她艳压群芳。

群芳都是他的群芳，是他挑来应景的花瓶，只有张庆龄以她的神定气闲，看着他人的表演。熊一让各机关挑来的女孩们轮番地敬酒，财政厅的家伙为了逃避喝酒却戏剧性地说，除了清华美女的敬酒别人的他都不喝。

为了熊一一心想干的事小姨甘愿服从，她是能喝酒的，桃花乡产一种能达到三十度的麸子酒，小时候放学回到姐姐家渴了就舀一小碗咕咚喝下。那晚她把财政厅厅长喝醉了，熊一也喝了将近一斤白酒，张庆龄滴酒未沾，以朋友身份扶着熊一回他的住处。那次宴会后小姨曾下过一个决心，决不再以陪酒身份出现在熊一的宴会上，她是他的红颜至交，如果不是在两情相悦的欢乐处，就是在理解与默契的无声处，而绝不该是酒场上。

痛苦的是宴会结束，她才明白自己追求的那个位置张庆龄早已占据。酒醉的熊一没有电话，没有关心抚慰，平时总有，每天一个晚安的电话，在他不能归家的每个日日夜夜。那晚担心使她来到县委大院五楼他的卧室门口，卧室的门敞开着，这是他的聪明之处，政府大院所有人都看得见窗开着灯亮着。但敞开的门里却是一场精神的鱼水交欢，他自在地躺在床上微闭着眼睛，张庆龄跷着二郎腿，手里优雅地衔着一支烟，他们开心地闲聊。聊到不知什么张落泪了，他挣扎着起来，过去拥住她，为她擦干眼泪。

因爱生妒，世界上最正常的情绪之一，而且没有解药，只有经历更大的风雨你才知道那不过小事，小姨坦然地对我说。我看着病中的小姨，一个美丽豁达的女人，感到迷恋青春美貌实在是男人的误区，女人中年幽深的美才无与伦比。

小姨没有打扰酒醉的男人和他的初恋情人，为了保持风度，年轻的小姨不肯主动跟熊一交谈，解决内心的妒忌，她想到的第一个办法是避开，她住在办公室里，熊一在忙得筋疲力尽后自己开车到馨园来，小姨变得总不在家。

他们的分歧上升到理念，在熊一要求文化部门配合宣传温泉度假村时，小姨在会上发言，虽然现在对温泉的界定很宽泛了，但把体积很小的地底泉水引上来加热说成温泉，需要大量加入自来水，会不会影响楠县的形象，好像也不是您一贯求实进取的风格。

熊一有点激动，我的风格，你了解什么是我的风格吗？务实就是我的风格，让老百姓富起来是我不惜一切代价、一定要做的事！

熊一说完生气地看着小姨，这是他第一次对小姨发这么大火。

温泉度假村两年落成，试运行一年，楠县发生了翻天覆地的变化。熊一是对的，小姨从楠县人生活质量的提高，扬眉吐气的样子确定。温泉村有十眼自然上涌的水口，温度在三十到四十五摄氏度，地底抽出的冷泉成分完全达标，为硫化氢酸性泉水，经过加热，感受没什么区别，重要的是璞石也有特色旅游了，特色旅游就在楠县温泉度假村，连邻省游客也在假期蜂拥而至，小姨开始默默地、任劳任怨地做着度假村的定期宣传。熊一完成了富民的梦想，他要走了，不是回璞石而是直接调到省城工作了，而他们在两年里已形同陌路，辜负了大好时光。

熊一离开楠县时小姨没有参加送别的队伍，从那个夜晚后小姨不接电话，拒绝解释，她固执地保持着沉默，她并没把熊一和张庆龄想成龌龊的样子，她相信熊一，羡慕两人那种肝胆相照、相濡以沫、怡然自得的状态，甚至羡慕熊一看到张庆龄落泪、挣扎起来搂抱她的样子。熊一仅有的一次在小姨回家的路上截住了她，眼里闪着幽怨，我不能像年轻人，总在这儿等你，不知道有多少双眼睛盯着，但如果你觉得不满意，你要开口说出来，或是你需要我离婚，只要你说，谁的目光我都可以不顾，官也可以不当。

你还爱她吗？小姨忽然问。

我爱你，也爱她，是不一样的感情啊。熊一回答。

在那样的年代，熊一却是如此坦诚的爱情观，小姨在回忆中微笑着摇头，可是当一切成为往事，我是那么感激他的坦诚，他没有因为急于挽回而隐瞒自己的真实想法。而我却终于爆发了，一个人的心怎么可能分成两半三半呢，你太贪心了！我斥责他。

他搂住激动不安的我，不是我贪心，她们本来就在那儿，张庆龄是我的初恋，妻子给了我家庭，虽然她脾气很坏。你是老天爷额外赏我的，我经常恐惧留不住你，但我爱你不代表我一定要把头脑里美好的感情都铲除干净，此外我希望你幸福。

小姨提出分手，她看到熊一的眼泪，他的眼泪含在眼眶里。离开楠县前熊一让人转交给小姨一封信，那居然是张庆龄写给他的信，读起来是一篇可谓凄美的惜别散文，语气很沧桑，无愧于“才女”称号：

君此擢升，我们可能再无聚首之缘。细想数十年来我们的际遇，只觉造化弄人，今生与你就这样交错而过了。

若孤灯下的夜笔可以消解此刻的痛楚，我愿用生命所有的力量攫住它，让那笔锋把我已近中年的心境，这积雨云般的心境刺穿一个缺口，就让云化成雨，洒落到大地，而不是一直飘在空中。

如果我们这个年龄还有爱的权利，近两年我们一起的工作，并肩地奋斗，给了我无限的喜悦，我慌乱过，我已青春不再容颜老去，而你错把我仍放在那个位置，你还是那样叫着我的名字，而且是在你醉酒时。对我来说，我再也不能因为你的爱而高高在上地对你了，中年我才倍感我错过了你，是错过一生的幸福。现在的我已是更加喜欢你，可我终究是迟了，我残破婚姻最终还是解体，而我在初遇时不懂珍惜你的感情，致两人都陷入不幸婚姻，怕也无力挽回了，凭你的目光我知道你和你的她正在热恋，你迷恋着她，她因为你的爱而满目生辉，光彩照人，那场宴会是你们的，她很美，我当感慨，更感苦楚，终于还是化为一句话：祝福祝福！

读完信的小姨出差到省城，打通了熊一久违的电话。

故事接近尾声了，我这个笨拙的讲述者，怎么也无法把小姨两年里怀着深情娓娓讲述的人和事都一一呈现，小姨在病榻上斜倚，我守在一旁，落地台灯昏黄地亮着，小姨一再提到的那些人，我的妈妈爸爸、小姨的姐姐姐夫还一直住在桃花乡，在青山绿水间种田，一到上海就说不习惯。我的姥姥小姨的妈妈，她是一个和善的老人，跟着小姨在楠县住了九年后去世，小姨在楠县又独自生活五年后来到上海。小于的墓地在楠县，小姨交代我说死后骨灰在楠县小于的墓前撒一点，剩下的留在上海陪老杨。卢俊文曾因为熊一的信任在楠县显赫一阵，后急流勇退以普通公务员至退休。张庆龄陪女儿去了美国，小姨患病后嫁给杨教授。现在我再也不能多说什么，就让小姨的日记静静来讲述一段时光吧。

1

谁都难以想象，熊一做饭的样子，熊一竟很擅长烹饪。

他拿着锅铲，烹炸煎煮地挥舞一小时。我为他系围裙时不止一次地感到他的身体无比亲切，总情不自禁从身后贴住他，环住他的腰，把脸埋在他的气息里。这一套房子，他再也说不清是用工资还是卖论文的钱了，房子已经市场化，房价不是一般人能承受得起，况且这是省城，房产证上写了我的名字，他不再是单位的核心领导，但他的职务也不轻，我不能让他有任何闪失，熊一却不管不顾，他说要把欠我的都补起来，这时我不能也不愿再多说什么了。

我们每个月总有一天可以在房子里一起生活，他总显得异常高兴，毫无节制，我告诉他这样下去我们早晚会有孩子。他沉思一下，如果你要生我就想办法养，让我的朋友先替我们带着。

他这么说话时我心里的甜有种化不开的浓稠，我满足了，我从没真正想过要孩子，在社会的法度里我没有资格，也希望尽力不伤害别人，一旦我怀疑熊一根本知道我只是要他那句话，就继续调侃他，那要冒很大风险，该怎么告诉孩子他的爸爸妈妈是谁。

当然是熊一和姚二，我说的是认真的！熊一看着我说。

在住进这个房子后熊一发明了“熊一”和“姚二”这两个称呼，这是属于我们俩特定的昵称。熊一喜欢在吃完饭立即就上床，他喜欢紧紧搂着我入睡，他能容忍庸常，孜孜不倦地亲昵，我的养生理论仿佛对他无效。他会敲敲我的脑瓜然后说，都在想什么，哪有庸常？人生的每分每秒都是奇迹，从不会重来。他还是喜欢那样，喜欢用手把我定住，看着我的眼睛迷惑不解地说，我怎么这么傻，这么喜欢你？

熊一总是要先我离开这所房子，我们的第二个家，我可以自由地继续逗留，因为这是我的家啊。我在他走后静坐在黄昏里，屋子的装饰很美，一种恍如梦境的疼痛插入我的心脏，我知道这一切不可能长久，我以及熊一，我们会受到某种惩罚，如果到了那一天，我将竭尽全力保护他，让加在他身上的折磨减轻，就让我一个人承担一切吧，我是如此爱他！

在这种致命的疼痛后，我立即要听一下他的声音才行，电话处于无法通话，过会儿我得到一个回复——致歉，正在开会不能说话！我黯然回复他没事。过会儿熊一像是感觉到我的忧郁，又发来三个字——再致歉！我开始转为欣慰回复他，你真好！他喜欢我送他的三个字，偷了一个空第三次发来——再再致歉！我扑哧笑了，在手机上输了一行小字：小女子受宠若惊，官人赶紧办差吧。

2

我常常希望有个闺蜜，可以讲讲内心的感受，我想只有一个女人像我这样爱着，才能愿意听我倾诉。爱一个人，思念是如此难挨，痛苦是短暂的，欢乐是永恒的。每过一阵，想念了就去省城，他能够潜逃出来的机会少之又少，不过在省城真好，城市大得无论怎么藏身都可以，谁也不认识谁。在约定要见面的日子，空气是甜的，整个人像喝了桃花乡的米酒，快乐得想飞。我不在乎聚少离多，在每一次聚会时我都用心地把学到的、听到的、看到的，用作见面时的谈资，于是两人的幽会，有时是学术化的，他被迫放弃急不可耐的欢愉，支起脖子听我的论证，逐渐津津有味，不停插话。有时是家乡美，璞石的熟人都怀念一遍，由我把他们的趣事讲给他。想折磨他时我也会在见面之前用小伎俩，我说有个领导介绍了一个省城的男人，明天见面相亲，我问他，你在意吗？

熊一是个傻子，他常常把别人逗乐的话当真，他沉闷半天回过来一句话，我能理解晚安！我于是急忙说，我还没说完呢。他回，都晚安了还有什么话，你说我听着就是。我开始窃笑，明天去相亲路过时想看你！

真的吗？他转为喜悦。

真的，我太想念你了，虽然才十一天不见。我开始认真地对他倾诉，我要相亲的人就是你，不管风雨，一路兼程。

熊一所以也给了我一个惊喜，在碰面后直接把我带到他的家，他的妻子出国旅游去了。从洁净和可人的角度看，她夫人很爱家，并不是我一贯想象中那样，他有个并不幸福的婚姻。

我观赏着，思索着，并试图表达。我们并排靠在书房的沙发上，我的眼睛像摄像机一样，缓慢扫描每一寸墙壁，以便记住他的生活是什么样子的。在这样的扫描里于是才发现一个早该明白的秘密，熊一夫人年轻的容貌跟张庆龄年轻的容貌非常近似，你的老婆是按照张庆龄的样子找的？我怀疑地笑看着熊一，要求看看更多的照片，他拿来一本相册，我惊叹，世界上怎么会有长得如此之相近的两个人！

一个跟张庆龄长得很像的夫人，我沉默很久体恤地问，怎么会这样？熊一很淡然，我是个很固执的人，认准的事往往很难改变，其实她们是完全不同的两个人。张庆龄爱读书和隐居，不热衷家务琐事，老婆却极有生活热情，一日三餐事必躬亲，一个安静一个风风火火，起初以为是一种不幸，觉得自己是喜欢哪一种或是不喜欢哪一种，后来发现以男人的天性，原本婚姻就是一种牢笼，无非变成男人的责任。

我跟他聊到很晚，没有身体结合。第二天早早起来，对屋子的女主人默默致歉，用脸挨一下他熟睡的面庞，我在黎明前的黑暗中离开，我没有做爱，那么我并没有冒犯女主人，我以自己的方式，向这位陪伴我爱的男人生活的女人致意了。

在路上我回想着熊一，他居然因为与初恋容貌的相似而娶了一个女人，我十分生他的气，一路叫着傻子，傻子！然后跟自己生着气。我这么孤军深入地爱着，拒绝世上一切的其他，是对自己，更是对熊一的压迫，我忽然明白。我在黎明前的黑暗里一直行走着，想着自己这么多年以来给熊一带来的压迫,他是这么甘愿被我捆绑，配合我演绎这样一段感情，使我觉得在世界上找到了一个傻子，和我一样的傻子，而我是多么地爱这个傻子！

3

天将惩罚降给了熊一！我痛不欲生。

熊一“倒台”的半年里，他受审我心如刀绞，我不堪忍受这种痛苦，申请提前退休，在四十岁来到上海，小希的城市，想换个环境生活一段时间，熊一已进入服刑阶段，我待在上海等待他出狱。

我定期去看熊一，他的情绪状况不算好，直到我发现自己患病了。我想我需要有所安排，这不是能让熊一幸福的结局，他出狱后却看到我凄惨地死去，我怎么也不愿意。我听说他的夫人未生二心后很是欣慰，于是我开始减少去看他，而杨建国出现了，他是小希的大学教授，一个特立独行的人，老杨的性格跟熊一很像，而且他能把我逗得笑出眼泪，在泪光里想起我的熊一来。

老杨知道我的病，却毫不在意，执意要一起生活，我于是在邮箱里给熊一写信，他那里可以上网。我说遇到一个男人，熊一果然并不十分难过，积极地问，那男人身家如何，能不能给你幸福，性格如何，能不能迁就你。

我终于发现熊一老了，我的熊一老了，他在为对方着想，自觉放弃自己的利益了，当然他一定是把锥心的痛苦放在一边了，这点上我和他一样，只不过一明一暗罢了。我们同时把一种东西沉入骨髓，同时采用不在意的方式，并一心想用方式为对方驱赶一点灾难，赢得一点安宁的方式。我于是询问他如果同意我就嫁了，熊一说他一定要事先见见那个人才行，我同意了。

熊一向监狱请假来上海前我已经搬进杨建国的房子，他的房子距离华山医院很近，方便治疗。杨建国没觉得我是个负担，他觉得自己赚了，淘到宝。跟熊一一样，他愿意做饭给我吃，手艺还相当不错。

熊一到了，熊一哪天来哪天就算结婚！这是我跟杨建国商量好的。那天我让杨建国把贴心朋友都请来陪熊一，一帮都曾经有过名堂现在都老去的男人，那天到后来男人们都喝醉了，老杨叼根烟跟熊一说借个火，熊一忽然发作了，你怎么这么吊儿郎当，你娶到一个全世界最好的女人，你该庄重，神圣，感恩！

我的泪水就如奔涌的泉水，肆意地开始流淌。熊一的样子把老杨镇住了，他扔掉香烟，搂过我说，老哥说得好，我们夫妻一起敬你个酒。熊一拒绝跟老杨碰杯，看着眼前端着酒杯的我，他眼眶里压了许久的泪终于滚落下来，这是我最后一次看见熊一的眼泪，我心如刀割，发誓再也不让熊一流一滴泪了，否则我的心到了地底下还会疼。

4

该说说老杨了。

我相信如果不是提前离开，我会跟这个吊儿郎当的老家伙过得很幸福。他是那么像熊一，但他比熊一更无畏，他毕业时以耀眼的成绩留在上海，上班后以惊人的速度成为一个吊儿郎当的教授，他不在乎金钱没有掌控过权力，他跟我一样活成自由自在的平凡人。

而熊一，我永远热爱我的熊一，他总心怀天下，无法挣脱。

当我拿到最近的检查报告时，打电话给老杨，我说，老杨，我恐怕日子不多了，你还敢陪着我吗？要死的人是很可怕的。

老杨说，敢，有什么不敢的！我陪着你，不用害怕。

我知道会是这么一句话。

我把仅有的一点存款都留给老杨，省城的房子留给熊一，这是必然的这是物归原主。我对老杨说，这样对你很不公平，连累你照顾我。老杨正在放水让我泡澡，他试试浴缸的温度说，从前有个调皮小儿，一出门就玩得忘记回家，这天家里来了客，父母明令他出去买包茶叶务必赶回，家里就烧水等着给客人泡茶，一等不回加瓢水，二等不回再加水，最后只好对客人说，今天没什么好招待，请客人在此泡个澡再走吧。

我衰弱地笑起来，连续的化疗已经让我食欲全无，只求速死。

化疗结束后一月，我食欲好起来，体力得到恢复，掐着指头一算熊一该是出狱了，我对老杨说，我想回我的老家走一走，一个人。老杨把我的行李帮我整理好，我撒娇地搂住他的脖子对他说，我走的这些日子里给你放假，你可以跟过去的女朋友好好约约会，等我回来！

我是要去看我的熊一了，这些年我习惯了背着包去找熊一的生活。

从桃花乡到楠县再到璞石，我看了所有人，追忆了我和熊一的所有事，最后来到省城，我在一家二楼的咖啡厅里静坐，拿出我的长焦镜头安在单反相机上，对准熊一常逛的那家花鸟市场，从早上等到晚上，熊一没来，我不气馁。第二天，熊一在我的镜头里出现了，我的心怦然跳动，他还是那样与众不同，走在人群里是那样地引人注目，我的心快要化了。我紧张地拉动着镜头，他像磁石一样吸引着我，这时我渴望时光停止下来，可时光不会停止，他走得尽管很慢，却还是很快要走出我的视线，正在我焦急万分甚至想冲下去时，盆景摊上出了状况，一个卖花的老头拉住一个年轻人，说他踢碎了他的古董花盆，熊一就在这时又回到了镜头里，回到我的眼前了，他沉默地听着他们争执，然后忽然说话了，这个事我可以做证，小伙子的脚根本没踢到你的什么古董花盆，上一次也是你老人家在这儿碰瓷儿！

我笑了，笑得浑身抖起来，我的镜头继续对着我的熊一，他弯腰捏起地上的碎瓷片，我也玩古董，你这就是普通的现代青花瓷，况且也不是人家踢碎是你栽赃，我们都是一样年纪，你跟年轻人认个错就算了。

我的镜头锁定熊一，老头儿不认错他立在那儿不肯走，众人都开始低声责备老头，我的泪涌上来，我不能见他，我只能在镜头里地跟我的老情人告别，我要走了熊一，你就这样好好地活着，替我把美好人间看个够！

小姨的日记我只选了四篇，厚厚的那个本子遵照嘱咐焚烧为灰烬，当我笨拙地敲下最后这几行字，所有失去的悲伤终于散去，无论这个故事的诸多细节，在发生时是多么不合情理，有悖于德行，小姨对熊一的爱却使我觉得美好，熊一和小姨是一对未来应该埋葬在一起的人，我想碑文可以刻着——他们曾经相爱！